三国志名臣列伝

魏篇

宮城谷昌光

文藝春秋

目次

玄菟郡
高句麗
昌黎郡
遼東郡
幽州
漁陽郡
遼西郡
右北平郡
楽浪郡
帯方郡
幷州
鉅鹿郡
冀州
青州
魏郡
上党郡
鄴
東莞郡
兗州
河東郡
河内郡
琅邪国
徐州
洛陽
潁川郡
陳留郡
司州
河南尹
許昌
譙郡
広陵郡
豫州
淮南郡
呉郡
南陽郡
汝南郡
建業
襄陽郡
廬江郡（魏）
丹楊郡
江夏郡
南郡
揚州
会稽郡
武昌郡
荊州
鄱陽郡
豫章郡
長沙郡
零陵郡

三国時代地図

敦煌郡
酒泉郡
涼州
武威郡
河水
金城郡
雍州
安定郡
隴西郡
天水郡
京兆郡
扶風郡
長安
武都郡
陰平郡
漢中郡
魏興郡
梓潼郡
巴西郡
巴東郡
汶山郡
益州
蜀郡
成都
巴郡
漢嘉郡
江水
北
牂柯郡

三国志名臣列伝　魏篇

程昱

ていいく

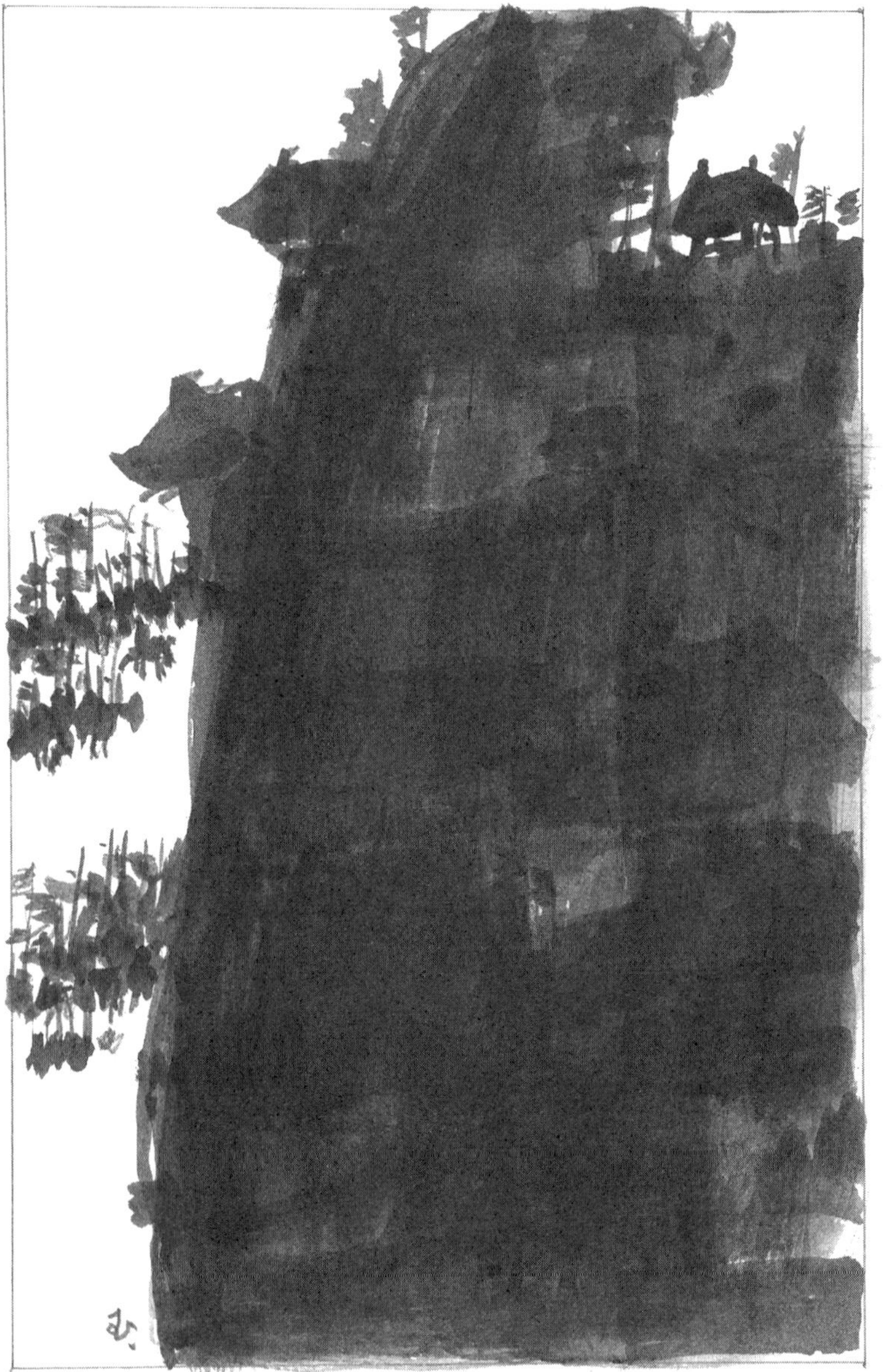

県庁の近くから濛々《もうもう》たる煙が立ち昇った。

やがてその煙は垂天《すいてん》の雲のように県内を冥《くら》くした。

「県丞《けんじょう》の叛乱だ」

と、わめく声が、巷陌《こうはく》に飛び交っている。

県丞は副県令《けんれい》といいかえてもよい。

この年の二月、黄巾《こうきん》の乱が勃発した。黄巾は太平道《たいへいどう》という新興宗教の団体が基《もとい》になっていて、かれらが王朝の秕政《ひせい》を嫌厭《けんえん》して、あらたな政府をつくるべく革命を標榜《ひょうぼう》し、武装化した時点で、黄巾とよばれた。その組織は巨大であり、天下の各地に黄巾の兵を率いる帥《すい》がいて、その数は三十六もある。かれらがいっせいに起《た》つと、どの州郡も蜂《はち》の巣《す》をつついたような騒ぎとなった。

程立《ていりつ》のいる兗《えん》州の東《とう》郡も黄巾の脅威にさらされ、かれの出身県である東阿《とうあ》県も人心が烈しく動揺した。

そのさなかに県丞の叛乱である。

県丞の氏名は王度《おうど》という。かれは太平道に入信したわけではなく、県外の黄巾の兵に呼応するかたちで、日ごろの鬱憤《うっぷん》を爆発させたにすぎない。中央では宦官《かんがん》による腐敗政治がはびこり、それをにがにがしくおもっている地方の高級官吏《かんり》が、黄巾の兵に加担して、個人の正義を発揮しようとしたのは、この東阿県だけではない。

王度はてはじめに県庁の倉庫に火をかけた。ついで、配下とともに県令を殺害しようとした。

県令は城壁を乗り越えて逃げた。

直後に、県民の逃散《とうさん》がはじまった。

県民の多数は東門からでて、まっすぐ渠丘山《きょきゅう》をめざした。山中は避難場所として最適であり、危険を避けたい県民は本能的にそこを選んだ。

程立は流言飛語《りゅうげんひご》にまどわされる質《たち》ではないが、上空の煙をながめ、県内の騒擾《そうじょう》を感じると、

——ひとまず逃げるか。

と、妻子をうながし、早々に隣人たちと東へ奔《はし》った。老人あるいは幼児を背負って趨《はし》る者はすくなくなかった。家財などを家に残してきた者がほとんどである。

渠丘山に逃げ込んだ程立は、落ち着いてから、

——さて、これからどうするか。

と、考えた。県丞の兵の追撃がなかったこと、また県庁から噴出した煙がぞんがい早く消えてしまったことなどをいぶかった。そこで、

「おい、城内のようすを観《み》に行ってくれ」

と、二、三の若者に声をかけた。程立は平民ではあるが、信望があり、かれの指図に従う者が数人はいる。

程立に指名された三人は山をおりて、夜間に城に近づき、夜明けを待った。

「あれっ――」

あたりが明るくなったとき、三人が奇声を発したのも、むりはない。城壁の上に兵の影がまったくなかったばかりか、城門がひらいているではないか。おそるおそる城内にはいった三人は、さらにおどろいた。

「たれも、いない」

ぶきみなほど無人の城であった。

この不可解な事態にとまどったものの、三人は長い話し合いをせず、

「早く、程立さんに報《しら》せよう」

と、決めて、ひとりが城をでて東へ走った。ほかのふたりは県庁の内外を丹念に観てから、西門をでて、ゆっくりすすんだ。五里（およそ二キロメートル）ほどゆくと、

「いた――」

と、ひとりが叫んで、西をゆびさした。

旗がみえた。どうやら王度がそこに営塁《えいるい》を築いてとどまっているようである。

「なぜ、城を空にして、あんなところにいるのだろうか」

「たぶん、県令を追撃したのだ。が、見失ってあたりを捜索しているのではないか」

「すると、県令は死んでいない」

「おそらく――」

ふたりは引き返した。

第一報をきいた程立は、左右にいる者の肩をたたき、

「山中のどこかに薛房《せつぼう》さんがいるはずだ。みつけだしてくれ」

と、いった。薛房は県内の豪族で、多数を頤《あご》で動かせるのはかれしかいない。やがて王度の駐屯地をつきとめたふたりが帰ってきた。報告をきいた程立は、

「早く薛房さんをみつけないと、好機を逸してしまう」

と、いって起ち、みずから探索した。

翌朝、山中がまだ暗いうちに、薛房のまえに坐った程立は、説得にとりかかっていた。説述の趣旨はこうである。

「叛乱を起こした王度は、せっかく城郭を得ながら、外へでてしまいました。城郭の四隅《しぐう》に配備するだけの兵がいないからです。かれが城内から得た物は、財物《ざいぶつ》だけで、穀物には手をつけませんでした。いますぐわれらが城へもどれば、いかなる攻撃にさらされても、堅守できるのです」

程立は東阿県のなかでは有名人のひとりで、薛房はその見識の高さをうわさできいていたので、初対面ながら、この会見を軽んずることをしなかった。

「ふむ……」

薛房は胸のまえで両腕を組んだ。

「われも城には帰りたい。城が空であるならなおさらだ。だが、われが動かせる人数は、千人もいない。数百の兵では城を堅守できない」

王度の兵が黄巾の兵と連合すれば、東阿の城は大波に呑み込まれるように、ひとたまりもあるまい。

そのように想像するのは、薛房だけではあるまいが、程立はちがった。いま東阿の城を衛《まも》りぬかなければ、数日後には、黄巾と叛乱軍の城となり、大半の県民は家財を失い、故郷を失って、他の郡県をさまよわなければならなくなる。県民はいつくるかわからない官軍にたよるのではなく、外敵と戦って自衛するという意識を強くもってもらわねばならない。そこで程立は、

「吏人《りじん》と県民に、武器を執《と》らせ、戦ってもらいます」

と、いった。

「それは、むりだ。みなは、逃げることを知っていても、戦うことを知らぬ。しかも吏民を統率する県令がいない。たれも動くまいよ」

「はは、配下の数人をお借りできれば、かれらを動かせますよ」

程立はもったいぶらずに胸中にある策をうちあけた。

「そんなことで――」

薛房は声を立てずに笑った。

このあと、程立は若者とともに山中をまわり、

「いま城は空だ。帰るのは、いましかない」

と、人々に声をかけた。しかしながらかれらは耳を貸さず、

「賊は西にいる。われらにはただ東があるだけだ」

と、いって、とりあわなかった。

わかっていたこととはいえ、その冷淡さに小腹を立てた程立は、やめだ、やめだ、と若者を引き揚げさせ、あえて大声で、

「愚民《ぐみん》とは計《はか》ることはできない」

と、皮肉をまじえてうそぶき、薛房のもとにもどると、あとはよろしくという意《おも》いで目礼《もくれい》して、山をおりはじめた。

それを看《み》た県民は、

「数十人で城を守れようか。死ににゆくようなものだ」

と、あからさまに嘲笑《ちようしよう》した。いかなる悪口を浴びせられても平気な程立は、おのれの身はおのれで守るものだ、とつぶやき、歩を速めた。

「そろそろか……」

おもむろに起った薛房は、東の山頂をながめた。配下の数騎がひそかに山上に到れば、幡《のぼり》を樹《た》てることになっている。ほどなく幡をみつけた薛房は、

「よし、騒げ」

と、左右に命じた。薛房の近くにいた数人が手を挙《あ》げてわめくと、それに応じた数百人の配下が、

「東をみよ、賊はもうそこまできているぞ」

と、叫びつづけた。薛房はさもあわてたように山をおりはじめた。直後に、山中に悲鳴が飛び交い、人々はなだれをうって薛房を追った。

先行する程立に幸運があった。

東阿県を脱出した県令が、県民と合流するために東行してきた。それをみつけたのである。事情を知った県令が程立の胆力と知力をたのもしく感じて、ともに城にもどったことで、後続の県民も安心した。しかしこれで安全を確保したわけではない。城に帰着したかれらは、県令の訓辞をきき、みずから城を守りぬかなければ生きのびるすべがないことをさとり、戦う気構えをみせた。

「城門が閉じて、旗が樹ったというのか」

報告をうけた王度は、さほどおどろかなかった。県内に正規兵がいるはずがない。東阿県を援《たす》けるとすれば、郡兵だが、その兵がいるのは郡府であり、東郡の郡府は濮陽《ぼくよう》なので、その位置ははるか西南である。郡兵が北上してくれば、すぐにわかる。

――東阿は援兵などなく、県民が城にもどっただけだ。

武器をあつかえぬ県民になにができようか、と、嗤《わら》った王度は、すぐさま営塁をでて東進

し、東阿の城の攻撃にとりかかった。

——三日も攻めれば落ちる。

そのつもりであったが、王度の兵は頑強《がんきょう》な抵抗に遭《あ》って、十日が過ぎても、城壁を越えられなかった。城内の官民を指麾《しき》していたのは程立である。

「敵には、兵糧《ひょうろう》がない。十日耐えれば、かならず攻撃は熄《や》む」

王度が城内の穀物を奪わなかったことに目をつけた程立は、それを敵の最大の弱点であると官民に知らしめて、防衛のくずれをふせいだ。

はたして王度の兵は引き揚げはじめた。

苛烈な攻撃に耐えて戦いぬいた官民はこぞって歓声を揚げ、武器を偃《ふ》せた。が、城壁に立って敵兵の撤退を瞰《み》ていた程立は、

「まだ戦いは終わっておらぬ。武器を執ってわれにつづけ」

と、号令をくだし、城門をひらいて、撃ってでた。程立が戦場での呼吸、進退をこころえていたのは、実戦の場を踏んだことがあるからではあるまい。兵法書の数巻を読んだにせよ、それを生死の場で迷わず活《い》かせるはずがない。兵法とは別の面をみると、人間学である。人を知ることとは、相手を知り、おのれを知ることにほかならない。

——王度は予見力が脆弱《ぜいじゃく》で、注意が散漫である。

そういう王度が撤兵の際に、背後の動静をたしかめるはずがない、と程立は推量した。戦いは敵の虚《きょ》を衝《つ》けば、かならず勝てる。

程立は官民を率いて急追した。まさしく敵の虚を衝く追撃となった。

王度の兵はふりむいて戦うまもなく、大潰走《かいそう》した。それをみた官民は喜躍し、東阿の城を守りぬいた程立を、

「智謀の人」

と、たたえた。


程立《ていりつ》が官民とともに東阿《とうあ》の城を堅守したとき、かれは四十歳を過ぎていた。智器《ちき》であることは郷里の人々から認められていたにちがいないが、名門の生まれではなく、また学者になるために学問をしたわけではないので、その異才ぶりはめだたず、太守《たいしゅ》に招かれて官途に就《つ》いたことがなかった。

程立の年齢が四十代の後半になってから、世は擾《みだ》れに乱れた。

東阿県が東《とう》郡に属していることは前述したが、東郡が兗《えん》州に属していることも、のちの程立の命運にかかわりをもつ。

ある日、長男の程武《ていぶ》が奥まで趨《はし》り込んできて、

「刺史《しし》の使者がいらっしゃいました」

と、程立に告げた。刺史は州の監察官にすぎなかったが、いまや郡の太守を監督する力をそなえ、軍事力を保持するようになっている。兗州刺史は劉岱《りゅうたい》である。

程武は緊張している。が、程立は目をそらしながら、

「用件を訊《き》いたか」

と、あえて冷淡にいった。

「刺史が父上を辟召《へきしょう》なさるそうです」

ようやく程立に官途がひらかれようとしている。肩身の狭いおもいで生きてきた程武にとって、これほどの朗報はない。だが程立はこの太守の辟《まね》きに無関心なようで、

「ただいま父は病にて刺史のご厚意にお応《こた》えできません、といって、使者には帰ってもらえ」

と、いい、長男を落胆させた。

使者が帰ったあと、郷里の者が集まって程立の家に祝辞をいいにきた。てっきり程立が州府に出仕するものとおもって、みなで喜び合うつもりであった。が、程武の話をきいたかれらは、

「劉刺史のなにが不満か。あんなに良い刺史は、ほかの州にはおらぬぞ」

と、奥にいる程立をなじるように大声を放った。

たしかに劉岱は善良な官吏《かんり》であろう。孝子でもあり、弟の劉繇《りゅうよう》をいたわり、他人へのおもいやりも深い。儒教《じゅきょう》でいうところの君子は、劉岱を指すといってもよい。

それを知っている程武は、郷里の人々が引き揚げたあと、父のまえに坐って、

「劉刺史を敬仰《けいぎょう》しない州民はいません。父上にとって最良の上司になるとおもわれますのに、

なにゆえ辞退なさったのですか」

と、口調を強めて問うた。

「船の型がちがうし、操舟《そうしゅう》の術もちがうからだ」

程立はわかりにくいことをいった。

「船の型と操舟とは、なんのことですか」

程武は眉《まゆ》をひそめた。

「州は、郡という船を率いる大船であり、旗艦《きかん》といってもよい。霊帝《れい》が崩御《ほうぎょ》なさるまでは、これらの船は川を往来できる造りでよかった。ところが少帝《しょう》がお立ちになり、輔弼《ほひつ》である大将軍の何進《かしん》が宦官《かんがん》に暗殺されてしまうと、王朝を支える柱がなくなった。さらに西方の梟雄《きょうゆう》である董卓《とうたく》が少帝を殺し、朝廷を牛耳《ぎゅうじ》るようになっては、董卓に抗《こう》する東方の州郡はなかば独立国となった。この兗州も、おだやかな川ではなく、嵐の外洋になげだされてしまった。武よ、われがなにをいおうとしているのか、わかるな」

程立は諄々《じゅんじゅん》と説《と》いた。世間では、程立は強情な男よ、といわれているが、父として子にむける顔は厳しいものではない。要するに、程立は儒教に凝《こ》り固《かた》まった思想の持ち主ではなく、子を型にはめることを嫌い、自由な発想を尊《たっと》んだ。

「わかります。劉刺史の指麾《しき》下にある兗州は、荒れ狂う波濤《はとう》を乗り越えてゆける体制にないということですね」

程武はものわかりがよい。

「劉刺史は名門の生まれだ。当然、秩序を重んずる。高級官吏と親しい側近の意見を用いるものの、軽輩《けいはい》や新参者がどれほど有益な策を献じても、採用することはあるまい。つまり、劉岱が刺史であるかぎり、この兗州は淪没《りんぼつ》してゆくだけだ」

「よくわかりました。わたしが浅慮《せんりょ》でした。父上は劉邦《りゅうほう》の出現をお待ちなのですね」

と、程武はいった。

二年後の冬に、また劉岱の使者がきた。

使者は別駕《べつが》の王彧《おういく》である。別駕とは、別の馬車のことで、刺史とはちがう馬車に乗る高貴な人をいい、いわば副刺史である。

別駕じきじきの来訪とあっては、遁辞《とんじ》をかまえるわけにいかない程立は、王彧を迎えいれて、

「いかなる趣《おもむき》で、弊宅にお越しくださったのでしょうか」

と、低頭した。着座した王彧は、すぐに、

「目下、刺史はたいそう困惑なさっている。そのほうには大事を定める策謀があるとみて、われが推挙した。われとともに刺史のもとへ往き、解決策を献じてくれるように」

程立に否《いな》とはいわせぬいいかたで、劉岱を悩ませている事情を説明した。きき終わった程立は、

——そんなことの判断もつかぬのか。

と、内心あきれた。劉岱に予見力がなく、近臣と重臣に時勢眼がないことはあきらかであ

る。

「承知しました」

よけいなことをいわずに、程立がすみやかに起《た》ったので、王彧はほっとした。王彧にとっても、事態はむずかしい。こういうことである。

兗州を防衛するための軍事に自信のない劉岱は、ふたりの実力者に支援をあおいだ。ひとりは北方の雄《ゆう》というべき公孫瓚《こうそんさん》で、いまひとりは東方の諸侯連合の盟主である袁紹《えんしょう》である。ふたりは快諾《かいだく》してくれた。公孫瓚は従事《じゅうじ》の范方《はんほう》に騎兵を属《つ》けて兗州の州府近くに駐屯させた。袁紹は妻子を劉岱にあずけた。公孫瓚と袁紹とが睦親《ぼくしん》していれば、なんの問題も生じなかったのであるが、急激に両者の関係は悪化し、干戈《かんか》を交えるようになった。劉岱をひきつけておきたい公孫瓚は、

「袁紹の妻子をよこせ。よこさなければ、范方の騎兵を引き揚げさせ、袁紹を斃《たお》したあと、なんじを攻め滅ぼしてやる」

と、恫《おど》した。懊悩《おうのう》した劉岱は決心がつかず、属吏《ぞくり》を集めて議論させたが、それでも逡巡《しゅんじゅん》した。劉岱を決断させるほどの卓見がなかったということである。

――劉岱の近くには、人がいないな。

そうおもいながら府庁にのぼった程立は、その難問をすらすら解いてしまった。もっとも程立にとってそれは難問ではなく、自明の理といってよい。

すなわち程立は劉岱にむかってこう説いた。

「袁紹は近く、公孫瓚は遠いのです。あなたさまが袁紹を棄《す》てて公孫瓚を恃《たの》むとすれば、はるかかなたの越《えつ》から人を借りて、目のまえの溺《おぼ》れる子を救おうとするようなものです。そもそも公孫瓚が袁紹にかなうはずがない。局部で公孫瓚が勝ったようですが、最後には、袁紹に捕殺されるでしょう。目先の優劣にとらわれて、将来の大計をお考えにならないと、あなたさまは失敗なさいますぞ」

この進言には重みがあった。

――この者のいう通りだ。

ここでの劉岱には迷いがなかった。すぐに劉岱は范方を帰還させて公孫瓚とは絶縁した。怒った范方は公孫瓚に訴えるべく帰途をいそいだが、かれが公孫瓚のもとに帰着するまえに、界橋《かいきょう》において大戦がおこなわれ、公孫瓚は大敗し、以後、衰弱してゆく。

「なるほど、程立には智謀がある」

大いに感心した劉岱は、程立を州府にとどめて、騎都尉《きとい》に任命しようとした。が、程立は、ここでも、

「病にて――」

と、いい、さっさと辞去した。

歴史に、もしも、をさしこんだら、その変転はきりがなくなる。

だが、もしも袁紹《えんしょう》が鮑信《ほうしん》の進言を容《い》れて、洛陽《らくよう》に乗り込んできたばかりの董卓《とうたく》を斃《たお》していたら、後漢《ごかん》王朝のあとに三国時代があったかどうか、と想像したくなる。

泰山《たいざん》郡出身の鮑信は、大将軍の何進《かしん》にみこまれて騎都尉《きとい》になった。その後、何進は宦官《かんがん》を抑圧《よくあつ》するために各地の兵を洛陽に集合させようとした。鮑信も何進に命じられて郷里にもどり、千余の兵を集めると、かれらを率いて上洛した。だが、すでに何進は宦官に暗殺され、何進の遺志を継いだ袁紹が宦官を殄滅《てんめつ》したものの、西方から急行してきた董卓とその兵によって王城は占拠された。しかしながら鮑信は西方の兵に疲れがあるとみて、袁紹に近づき、

「いまなら董卓を捕らえることができます。いまをのがせば、この王朝は董卓のおもいのままにされてしまいます」

と、決断をせまり、実行をうながした。

ここでの決断が、今後の王朝と自身の命運を定めるほど重大なものであったが、袁紹は躊《ちゅう》躇《ちょ》した。

袁紹は速断できない人である。

好機を目前にして躊躇することが、袁紹の生涯の特徴となった。

それをみた鮑信は、

――この人は天下を経営することができない。

と、失望し、すみやかに郷里に帰り、さらに兵を集めて、天下擾乱《じょうらん》にそなえた。やがて鮑信の慧眼《けいがん》がみつけたのが、東《とう》郡太守《たいしゅ》になる曹操《そうそう》である。軍事において曹操と歩調をあわせた

鮑信は、兗《えん》州に百万の黄巾《こうきん》の兵がなだれこんできたとき、

「守りを堅くしていれば、賊は去ります。むやみに戦ってはなりません」

と、刺史《しし》の劉岱《りゅうたい》を諫《いさ》めた。だが劉岱はこの諫言《かんげん》をしりぞけて出撃し、黄巾の兵に呑み込まれるように陣歿した。

「兗州に主導者がいないのでは、こまる」

鮑信は州吏《しゅうり》の万潜《ばんせん》らとともに東郡の曹操のもとへゆき、刺史をひきうけさせて、黄巾を撃退した。ちなみに鮑信はその戦いで亡《な》くなった。惜しまれる死である。

曹操は死力を尽くして兗州を防衛したといってよい。

州の民が平穏を感じるようになったとき、程立《ていりつ》の家に曹操の使者がきた。

「曹刺史が父上をお辟《まね》きです。いかがなさいますか」

と、程武《ていぶ》が父の意向をうかがった。

「会おう」

程立はいささかの逡巡《しゅんじゅん》もなく曹操の辟召《へきしょう》に応《こた》えた。そういう父をみて程武は、

「曹刺史が第二の劉邦《りゅうほう》なのですか」

と、問うた。

「いや、それはどうかな。曹刺史は劉邦のように農民の生まれではなく、いちおう名家の出《しゅつ》自《じ》だ。といっても、祖父は宦官であり、父は銭で官位を買った不徳の人だ。先祖の徳によって護《まも》られているわけではない。とすれば、曹刺史はこれから自身で徳を積んでゆかなければ

ならない。徳の基本は、人を悦《よろこ》ばせることだ。曹刺史にはそれができる、とみた」

程武にそうおしえた程立は出仕のために家をでた。とたんに郷里の人に皮肉を投げつけられた。

「前と後では、大ちがい」

劉岱と曹操とは、なにがちがうのか。そう問われたともいえる。程立はそのことばを笑ってきながして郷里をあとにした。

曹操は辟召した人物を自分の目でたしかめるために、余人をまじえず、対話することにしている。程立の場合もそうで、問答をかさねるうちに、

――この者には、後漢の王朝に愛着がない。

と、わかった。むろん、むやみに新しい天下王朝を夢想しているわけではない。その高い見識によっておのずと観《み》える未来があるらしい。

――たいした男だな。

おもわぬ拾い物をしたおもいの曹操は、すぐに程立に寿張《じゅちょう》県を守らせた。寿張県は程立の出身地である東阿《とうあ》県の東南に位置する。

その後、兗州はしばらく静寧《せいねい》がつづいた。

が、この時代の英雄のひとりである袁術《えんじゅつ》にこの州は狙われた。

宮城にあって宦官を掃蕩《そうとう》するために最初に挙兵したのが袁術であり、その苛烈《かれつ》な作業を終了した直後に、宮中に踏み込んできた董卓に嫌悪感をいだき、洛陽を去るのも早かった。南

下した袁術は荊《けい》州の北部にとどまり、北進してきた孫堅《そんけん》という勇将をつかって、董卓の兵を撃破して、威勢を張った。が、荊州の中部と南部は劉表《りゅうひょう》の支配圏であり、その支配圏を侵すべく遠征させた孫堅が敗死したことによって、急速に劣勢となり、ついに荊州奪取をあきらめた。つぎに狙ったのが兗州というわけである。

袁術は陳留《ちんりゅう》郡に軍をいれ、封丘《ほうきゅう》にとどまった。

すでに黄巾の降兵三十万をうけいれ、そのなかから強兵を選んで精鋭部隊をつくっていた曹操は、兵力の増強をはたしていたため、袁術軍をいささかも恐れず、封丘に兵をすすめて包囲しようとした。この兵気の鋭さにおびえた袁術は封丘を棄《す》てて南へ奔《はし》り、襄邑《じょうゆう》にはいった。が、急襲されたため、またしても逃げ、ついにはるばると揚《よう》州の九江《きゅうこう》郡まで行った。

兗州にとって、一難は去った。

だが、半年も経《た》たないうちに、また一難がきた。曹操の個人的不幸である。戦禍《せんか》を避けて泰山郡に滞在していた父の曹嵩《そうすう》と弟の曹徳《そうとく》が徐《じょ》州の兵に殺された。

儒教には、

「不倶戴天《ふぐたいてん》」

という思想がある。父の仇とはおなじ天の下にいてはならない。かならず父の仇を討たねばならない。父母がこの世でもっとも尊い人であるという通念は、おそらく儒教が生まれるまえからあったであろう。

嚇怒《かくど》した曹操は全力で徐州を討つことにした。その際、謀臣のひとりである荀彧《じゅんいく》を、本拠

である鄄城《けんじょう》に残して留守《りゅうしゅ》させたが、再考した曹操は、

「寿張県に使いを――」

と、側近にいい、程立を呼び寄せた。虫が知らせたのかもしれない。うわさにまどわされない信念をもって事にあたることができるのは、荀彧と程立だ、と曹操はふたりの本質を洞察《どうさつ》していた。

秋にはじめられた徐州遠征は、翌年に再度おこなわれたので、一次と二次があると想《おも》えばよい。

が、この遠征のあいだに、曹操不在の兗州をそっくり奪うという陰謀が進行していた。謀主は陳宮《ちんきゅう》である。かれは劉岱の戦死後に、兗州に曹操を迎え入れるために奔走した。そういう勲功をもち、曹操に厚遇された陳宮がなぜ叛《そむ》いたのかは謎ではあるが、兵を与えられて東郡に駐屯していることを好機とみなし、陳留太守の張邈《ちょうばく》を説《と》き、張邈とつながりのある呂布《りょふ》を迎えて、兗州を奪取しようとした。

呂布は献《けん》帝のために董卓を殺害し、その後も董卓配下の諸将と戦ったが敗れて帝都を脱出し、驥足《きそく》をのばす地を捜していた。陳宮と張邈の策謀は、かれにとって渡りに船であったろう。

張邈は鄄城をだまし取るべく使者を遣《や》った。が、この妄《うそ》を看破したのは荀彧である。荀彧は兗州全体が曹操に叛くであろう事態を予測して、早馬を走らせ、東郡太守の夏侯惇《かこうとん》を招いて、鄄城の守備を厚くした。

その後、兗州の現状は悪化の一途をたどった。州内の郡守と県令《けんれい》は、陳宮と張邈に奉戴《ほうたい》されたた呂布の威名におびえ、その叛乱軍に慴服《しょうふく》した。気がつけば、なんと鄄城のほかに范《はん》城と東阿城しか降伏をこばんでおらず、その二城が呂布に降《くだ》れば、徐州から帰還する曹操の命運は風前の灯になってしまう。

憂慮した荀彧は程立を招いて、

「あなたには人望がある。東阿へ帰って説いてくれまいか」

と、たのんだ。東阿の官民がやすやすと呂布に降伏しなかったのは、過去に、県民がこぞって戦い、城を守りぬいたという経験と誇りがあったからであろう。それは程立の指導があったからだということを荀彧は知っている。

「承知した」

程立は東阿の南に位置する范へ急行し、県令の靳允《きんいん》（または勒允《ろくいん》）に会った。靳允がつらい立場にあることは、程立にはわかっていた。

「きいたところでは、君の母と弟と妻子は呂布に捕らえられてしまった。孝子である君は気が気ではないだろう。いま天下は大いに乱れ、英雄が並び起《た》っている。そのなかに命世《めいせい》すなわち天下にひいでる者がいて、天下の乱を鎮《しず》めてしまう。智者であれば、それがたれであるか、わかるはずだ。主を得た者は昌《さか》え、主を失った者は亡ぶ。陳宮は主に叛いて呂布を迎え、それによって百城がみな応えた。陳宮の計画はうまくいったようにみえる。しかしながら、君はそれをどう観ているか。呂布とはいかなる人であるか。そもそも呂布はこまやかな神経をもたない麤才《そさい》であり、親しむ者はすくない。剛戻《ごうれい》で無礼でもある。匹夫《ひっぷ》の勇にすぎない。その兵は衆《おお》くても、けっきょく成功はしない。それにひきかえ曹刺史の知略は不世出であり、ほとんど天授の才器といってよい。君が范を固守し、われが東阿を守れば、田単《でんたん》の功を立てることができる。それとも忠に違《たが》い悪に従って母子《ぼし》ともに亡ぶのがよいのか。よくよく考えてもらいたい」

このときにかぎらず、程立が相手を説得するときに用いることばには、適度な重みと浸潤《しんじゆん》性があり、相手の胸の深いところにとどく。そのことばは、程立という人格から発し、信念の勁《つよ》さをともなっている、ともいえる。

きき終えた靳允は落涙して、

「二心など、ありましょうや――」

と、あえて強く答えた。じつはこの決断はきわどかった。靳允の家族を人質にとっている陳宮は、城のうけとりのために氾嶷《はんぎ》を先行させていて、すでに氾嶷は城下に到着していた。

程立に耳うちをされた靳允はうなずき、すみやかに会見場を設けた。この時代にかぎらず、母を人質にとられて降伏しない者はほとんどいない。儒教は主への忠義を最優先にする教義ではなく、人にとって父母こそ至尊の存在であるとしている。それゆえ孝子である靳允が母を棄てて曹操に忠を尽くすことなどありえないとおもっている氾嶷は、さほど用心することなく、会見の席に就《つ》いた。が、そこがかれにとって死所となった。兵を伏せていた靳允はこの陳宮の使者を刺殺すると、すばやく城にもどって守りを固めた。

それ以前に、騎兵隊を急行させた程立は、陳宮の軍が渡渉《としょう》してくる地点である倉亭津《そうていしん》を遮断した。この妨害によって陳宮の軍は川を渡ることができなくなった。

――これで、よし。

程立は東阿の城へ行った。

県令の棗祗《そうし》はしっかりした男で、官民を統率し、堅い防禦をおこなっていた。

――かれにはなにもいうことはない。

東阿の城が落ちることはないとみた程立は、鄄城にもどって、曹操の帰着を待った。

晩秋にさしかかるころに帰還した曹操は、まず荀彧をねぎらい、つぎに程立の手をとって、

「そなたの力がなければ、われには帰るところがなかった」

と、謝意を籠《こ》めていった。

程立《ていりつ》は若いころにしばしば同じ夢をみた。

泰《たい》山の上で両手で日を捧げる夢である。この夢を荀彧《じゅんいく》に語《つ》げたのは、該博《がいはく》な知識をもつ荀彧に夢占《ゆめうら》をしてもらいたかったのであろう。

だが、さすがの荀彧も、その夢の吉凶まではわからなかったが、兗《えん》州の三城を保佑《ほゆう》した程立の活躍をみて、あの夢は吉夢にちがいないと考え、曹操《そうそう》にむかって、

「程立の夢は、あなたさまにとっても吉ではありますまいか」

と、その内容を語った。泰山は天子が天を祭る山で、いわば封禅《ほうぜん》のためになくてはならぬ山である。その山の上で両手で捧げられた日とは、天下人にちがいなく、つまり曹操を指すのではないか。

うなずいた曹操は程立を呼び、

「卿《けい》は最後までわれの腹心になってくれるであろう」

と、いい、改名を勧《すす》めた。立の上に日を加えて、

「昱《いく》」

にせよ、ということである。

「仰《おお》せのように」

このときから程立は程昱になった。かれは留守《りゅうしゅ》の功が認められて、東平《とうへい》国の相《しょう》に昇進した。王国の相は郡の太守《たいしゅ》にひとしい。ちなみに程昱がまえに治めていた寿張《じゅちょう》県は東平国のなかにある。

程昱は時勢のゆきつく先がわかる男で、曹操にいくつか適確な進言をおこなったが、呂布《りょふ》との戦いで兗州が疲弊《ひへい》したときも、袁紹《えんしょう》の助力を請うために家族を人質に送ろうとした曹操を諫《いさ》めた。

「いま袁紹は燕《えん》と趙《ちょう》の地をあわせ持ち、天下を併呑《へいどん》する勢いを示してはいますが、その知力では成功しないでしょう。それにあなたさまが袁紹の下風に立つことなどできるのでしょうか。どうかよくお考えください」

いまが我慢のしどころであり、いちど袁紹に頭を垂れ、膝《ひざ》を屈してしまうと、それが命運の翳《かげ》りとなり、のちのちまで払拭《ふっしょく》しがたくなる。自立を尊ぶ程昱の信念とはそれであり、苦境を自力で脱する者だけが偉業を成すということを、曹操に自覚してもらいたかった。

「そうだな……」

再考した曹操は安易《あんい》な道を選ぼうとしたおのれを反省し、人質をだすことをやめた。

呂布との戦いは死闘といってもよいほど酷烈《こくれつ》であったが、ついに済陰《せいいん》郡の定陶《ていとう》において呂布軍を大破し、その四か月後に呂布を徐《じょ》州へ逐《お》った。袁紹に協力を求めず、独力で兗州を奪回したことが、曹操の自信を大きく育てた。

荀彧の進言を容《い》れた曹操は、長安《ちょうあん》をのがれてきた献《けん》帝を迎えいれて、首都を潁川《えいせん》郡の許《きょ》県に定めた。後漢《ごかん》王朝がその地にひらかれたことで、程昱は尚書《しょうしょ》に任命された。しかし南に呂布がいて北に袁紹がいるという形勢は、不安定そのものであり、

――程昱に朝廷の事務をやらせている場合ではない。

と、おもった曹操は、程昱を東中郎将《とうちゅうろうしょう》に任じ、済陰太守とし都《と》督兗州事《とくえんしゅうじ》もひきうけさせた。昔から多くの役人のことを百官とか百僚とかいい、天下王朝にはさまざまな官職名がある。程昱にさずけられた都督とは、地方の軍政長官をいい、この場合、兗州の軍事を統《す》べることになったと想《おも》えばよい。

やがて、劉備《りゅうび》が曹操のもとに逃げてきた。

劉備は公孫瓚《こうそんさん》の旧友であったところから、その南下策戦を佐《たす》けるかたちで平原県《へいげん》に駐屯し

たが、徐州が曹操軍に侵略された際、徐州牧《ぼく》の陶謙《とうけん》を援助した。これがきっかけとなって劉備は陶謙に絶大に信頼されるようになり、臨終の陶謙に徐州をゆずり渡された。やむなく徐州を治めることとなった劉備が直面したのは、南の袁術《えんじゅつ》との戦いであり、その戦いに明け暮れているあいだに、曹操に敗れて兗州をあとにした呂布に州内にはいりこまれ、居坐られて、徐州の支配権を奪われた。徐州の主《しゅ》であった劉備は従《じゅう》に貶《お》とされても州内にとどまったが、ついに呂布に殺されそうになったため、曹操に依倚《いい》したのである。

曹操は劉備を厚遇した。

が、程昱はこれまでの劉備の生きかたを観《み》て、

――人からうけた恩を返す型の人間ではけっしてない。

と、洞察した。どれほど曹操が劉備を厚くもてなしても、劉備に滲《し》みてゆくものはなにもない。檻《おり》にはいった虎に愛情をかけても、檻からでた虎は飼い主をいきなり襲うであろう。ゆえに劉備を配下に置くことは無益どころか有害である。そう考えた程昱は、曹操に進言した。

「劉備を殺すべきです」

曹操の左右や下にいる者のなかで、これほどはっきりと劉備抹殺を献言《けんげん》した者は、程昱を措《お》いてほかにいない。が、曹操は能力優先主義者にみえるが、情の深さがあり、

「わが懐《ふところ》にはいった窮鳥《きゅうちょう》をどうして殺せようか」

と、いい、この非情な献言をしりぞけた。曹操には詩人あるいは文学者がもつ歓諧《かんかい》と同質

の性情があり、その性情が画く爽《さわ》やか《か》な人間風景のなかに自身と劉備を置いてみたくなったのであろう。むろんそれが曹操の美質であることを程昱は承知している。その美質が政治的効力を産むことがあることもわかっている。しかしながら劉備は質のまったくちがう人間なのである。そういう認識で程昱は劉備をみた。

二年半後に、袁術が動いた。

九江郡《きゅうこう》をでた袁術が徐州を通過して袁紹のもとへゆこうとしているらしい。

袁紹との対決が近い曹操は北から目をそらすわけにはいかないので、劉備を遣《や》って、袁術を迎え撃たせることにした。

それをきいた程昱は、謀臣の郭嘉《かくか》とともに、

「なりません」

と、曹操の決断の危うさを説《と》いた。郭嘉は袁紹のもとにいたがその器量をみかぎって曹操に属《つ》いた天才兵略家である。程昱と郭嘉は、檻からだされた虎がみずから檻のなかにもどることはない、と意見を一致させ、

「兵を与えられた劉備は、かならず異心をいだくでしょう」

と、曹操にむかって述べ、劉備の出発を止めようとした。が、劉備を監視するために朱霊《しゅれい》を付けた曹操は、この判断に過誤《かご》はないと考え、劉備を徐州へ遣った。すでに徐州には呂布はいない。曹操に討滅された。徐州を通過するであろう袁術も病死してしまった。

――徐州に危難はない。

そうみた朱霊は帰途についた。かれが曹操からどのような命令をうけていたのか、いまひとつわかりにくいが、劉備を残留させた。

朱霊が去ったとみた劉備は牙《きば》をむいた。徐州刺史《しし》の車冑《しゃちゅう》を襲って殺害すると、下邳《かひ》に関羽《かんう》をすえ、自身は小沛《しょうはい》にもどって独立したのである。それを知った曹操は、

——われが甘かったか。

と、悔やんだが、怒るというよりも、そこに画かれた人間の風景にさびしさを感じた。劉備を動かしている情熱の正体が曹操にはわからなかった。


程昱《ていいく》は振威《しんい》将軍に昇進し、鄄《けん》城を守った。

献《けん》帝のいる許《きょ》の攻略をめざす袁紹《えんしょう》は、軍の南下を図《はか》り、黎陽《れいよう》から河水《かすい》を渡ろうとしていた。黎陽は冀《き》州の最南端にある津《みなと》で、そこから河水の対岸に到ると、兗《えん》州の東《とう》郡にはいったことになる。東郡の郡境近くには鄄城があるので、

「渡河した袁紹軍が鄄城を襲うかもしれない。増援の兵を二千送る」

と、曹操は程昱に伝えた。鄄城の守備兵が七百しかいないことを曹操は知っている。

ところが程昱はその配慮に感謝するどころか、

「むだな増援です」

と、ことわった。むろんこれには理がある。袁紹は十万の兵を擁し、むかうところ敵なし

という勢いを示している。その自信に満ちた目で鄄城をみれば、あまりに兵が寡《すく》ないので、攻めるまでもないと軽視するにちがいない。もしも増援の兵が城に籠《こ》もれば、軍の通過にさしつかえると袁紹は考え、かならず鄄城を攻める。そうなれば、増援の兵までいのちを落とすことになる。

「どうか、公よ、疑いなさいますな」

曹操にそう伝えた程昱は寡兵《かへい》だけで鄄城を守った。はたして袁紹軍が鄄城を攻めなかったので、曹操は程昱の肝《きも》の太さを賛嘆し、

「程昱のずぶとさは、孟賁《もうほん》、夏育《かいく》にまさる」

と、左右にいた賈詡《かく》に謂《い》った。孟賁と夏育は戦国時代の勇士である。

程昱のしたたかさはそれで終わりではない。

鄄城が攻められることはないと慎重に確認した程昱は、山沢《さんたく》に避難していた人々を呼び集め、精兵数千人を得ると隊を編制し、曹操軍に合流して反撃に成功した。

この働きが曹操に認められ、程昱は奮武《ふんぶ》将軍を拝受し、安国亭侯《あんこくていこう》に封《ほう》じられた。

官職が昇進してもさほどうれしそうな顔をしない程昱が、このときはめずらしくにこやかなので、程武《ていぶ》が問うた。

「父上は奮武将軍に憧憬《しょうけい》をおもちでしたか」

「ふむ、将軍の号はいろいろあるが、奮武というのは、董卓《とうたく》打倒のために起《た》ちあがった山東《さんとう》の諸侯のなかにあって、公が最初に任じた将軍だ。勇気の象徴といってよい。その将軍職を

われにお授けくださった公のお心遣《こころづか》いがうれしいのよ」

程昱は人の心を読む達人といってよい。その読心術の延長上に兵略家としての面目があると想《おも》うべきであろう。

予言も的確であった。

曹操が袁紹軍を破り、袁紹の死後の河北を平定したのち、軍頭を南へむけて荊州《けい》を攻略した。そのとき荊州にいた劉備《りゅうび》はさらに南へ奔《はし》って、呉《ご》の孫権《そんけん》にすがった。曹操に意見を述べた者たちの多くは、

「孫権はかならず劉備を殺す」

と、予測した。が、程昱は異論をとなえた。孫権が呉を治めるようになってさほど歳月が経《た》っておらず、海内《かいだい》ではばかられる存在になっていない。劉備には英名《えいめい》があり、その左右の関羽《かんう》と張飛《ちょうひ》はそれぞれひとりで一万の敵に立ち向かえる人物である。そこで孫権はかれらを使って公の軍を防ごうとするであろう。孫権と劉備が、手をとりあって苦難をしのいだとすれば、そのあとに両者は袂《たもと》を分《わ》かつ。劉備はそれをきっかけに成功して、かれを殺すことはできなくなるだろう。

この程昱の予言は、曹操軍が大敗する赤壁《せきへき》の戦いよりだいぶまえに述べられた。その正確さにおどろくべきであろう。

曹操は賢臣と勇将を多く従えながらも、南征に失敗した。策戦に過誤があったわけではないのに、不運がかさなって撤退せざるをえなくなった。こういうときに人の経験が活《い》きるも

ので、曹操が常勝将軍でなかったことがかれを立ち直らせたといってよい。昔、董卓を討とうとして果敢に兵を西進させた曹操は、いきなり惨敗した。この敗戦が曹操に与えた教訓は大きかったといえるであろう。

曹操軍は大敗しても、支配圏にある州郡は動揺しなかった。

天下の三分の二の主《あるじ》となった曹操は、近くにいた程昱の背中をたたき、

「兗州を失いかけたとき、君の言を用いなかったら、われはここに至っていないであろうよ」

と、いった。程昱がいなかったらいまの曹操はない。

「それほど公に感謝された臣がほかにいようか」

程昱の族人たちは喜び噪《さわ》ぎ、牛と酒を捧げて、大宴会を催した。が、程昱はしぶい顔で、

「足《た》るを知れば、辱《はずか》しめをうけない。われは引退すべきだ」

と、いい、兵を返上して、門を閉ざし、外にでなくなった。

程昱は信念の人であるがゆえに、人と折りあわず、自説をまげないので、人と衝突することがしばしばあった。それを上への不満であるとみた者が、

「程昱は謀叛《むほん》します」

と、讒言《ざんげん》したが、曹操は、

「程昱にかぎってそのようなことはない」

と、とりあわなかった。程昱を隠遁《いんとん》させるわけにはいかない曹操は、魏《ぎ》王になると、かれ

を召しだして衛尉《えいい》に任じた。衛尉は九卿《けい》のひとつで、宮門の警備をおこなう。ところが儀礼について中尉《ちゆうい》の邢貞《けいてい》といい争いになり、程昱は罷免《ひめん》された。中央の官職に未練はなかったであろう。

——これで余生を静かに過ごせる。

程昱の心境とはそういうものであったろう。

ところが、曹操が逝去し、太子の曹丕《そうひ》が魏王の位を継いだあと、ほどなく皇帝となると、

「程昱はわれをみごとに輔佐《ほさ》してくれたことがあった」

と、いい、すぐに召しだし、衛尉に任命した。曹丕は臣下への好悪《こうお》をはっきりと表す人で、程昱は曹丕に好かれていた。

「やれ、やれ」

と、いいながらも、程昱はいやがらずに腰をあげた。曹丕の好意はそれだけではなく、程昱を安郷侯《あんきよう》に昇進させて、三百戸を加増し、以前の五百戸とあわせて八百戸とした。功臣である賈詡も魏寿郷侯《ぎじゆきよう》となって、八百戸を与えられたので、そのあたりの数字が優遇のあかしであろう。

が、程昱の享年《きようねん》は尽きた。八十歳であった。三公の位に昇る直前であったという。涙をながしてその死を哀しんだ曹丕は、車騎《しやき》将軍を追贈し、諡号《しごう》を、

「粛侯《しゆく》」

と、した。あとを継いだ程武は、喪《も》に服しているあいだに、あれこれ父を偲《しの》んでいた。そ

のうち、

——なぜ父はあれほど劉備を恐れ、殺したがっていたのだろうか。

と、考えるようになった。この問いに、たれも答えてくれるはずはないので、自分で答えるしかない。やがて程武はこうつぶやいた。

「父上は劉備に似ていた。人は自分にそっくりな者を、嫌い、憎み、恐れ、不要とする。そういうことではありませんか」

張遼

ちょうりょう

む、
恐ろしい男だな、
董卓は。

高祖《こうそ》とよばれる劉邦《りゅうほう》によって創設された漢《かん》帝国にとって、当初からの脅威は、匈奴《きょうど》という異民族の存在であった。

劉邦の曾孫《そうそん》にあたる武《ぶ》帝が皇帝であったときも、その北方騎馬民族に辺境が寇攘《こうじょう》されつづけた。

ところが、あるとき匈奴の使者がきて、しおらしく和親《わしん》を請うた。

——本気であろうか。

半信半疑の武帝は、この和親をうけいれるべきかどうかを重臣に諮《はか》った。

まっさきに口をひらいたのは大行《だいこう》の王恢《おうかい》である。大行は帰順した異民族を掌管《しょうかん》する官職で、当然、王恢は匈奴の事情に精通していた。

「漢と匈奴の約定《やくじょう》が長く保たれたことなどありません。和親をおゆるしにならず、軍旅を派遣なさって、匈奴をお討ちになるべきです」

それをきいて渋面《じゅうめん》をつくったのが、御史《ぎょし》大夫《たいふ》の韓安国《かんあんこく》である。この時代の御史大夫は権能が大きく、百官をとりしまる副丞相《じょうしょう》であったと想《おも》えばよい。

——匈奴を討てとは、軽々しくいってくれたことよ。

そうおもった韓安国はすぐに反対意見を吐いた。

「匈奴を討つということは、漢軍は千里のかなたまで征《い》って戦うことなのです。不利にきまっているではありませんか。たとえ勝ったところで、不毛の地を得ても版図《はんと》を広げたことにならず、その民を得たところで国力を強めたことにはなりません。和親なさるのがよろしいのです」

説得力があったのはこの意見であり、賛同する者が多かったので、武帝は、

「和親するとしよう」

と、宣《の》べた。

——おもしろくない。

王恢は不満をもった。匈奴がこの和親を何年まもるというのか。実《じつ》のない約束は、まったく無益であるばかりか、有害である。和親によって生ずる辺境の防備のゆるみを、匈奴は待ち、一方的に約定を破って、大規模な寇掠《こうりゃく》をおこなおうとするたくらみが、みえみえではないか。大損害をこうむってから討伐軍を発《た》たせても、手おくれであることはいうまでもない。

——主上の御心を、討伐へむかわせる策はないものか。

翌年、王恢はひとりの男をみつけて首都までつれてきた。その男とは雁門《がんもん》郡馬邑《ばゆう》の豪族で、

「聶壱《じょういつ》」

と、いう。塞外《さいがい》の族と交易《こうえき》をおこなって財を築いた富人《ふじん》である。かれは王恢にともなわれ

て武帝に謁見《えっけん》すると、こう述べた。

「匈奴は、和親がなされたばかりのころは、さほど警戒せずに辺境に近づいてきます。利をもって誘えば、塞内にはいってきます。それを伏兵をもって襲撃するのが、必勝の道です」

この説述は武帝の心を撼《うご》かした。すぐに高位の臣である三公九卿だけを集めて、

「辺境の民の苦難を想えば、匈奴を討つのがよいとおもうが、どうか」

と、問うた。

またしても王恢と韓安国の論争となった。だが、武帝の意向は最初から決まっていたといえる。匈奴を討つことになった。

――御英断である。

王恢は心の張りをとりもどした。匈奴の主力軍を潰滅《かいめつ》させることができれば、向後十年間は、辺境は安寧《あんねい》でいられる。

「たのんだぞ」

王恢の内意を承《う》けた聶壱は、さっそく塞外にでて、匈奴の族に接し、王のなかの王というべき単于《ぜんう》に謁見した。謁見できるほどかれは匈奴に信用されていた。すでに富豪となっていたかれがつぎに欲したのは、身分を高めるための名誉であったにちがいない。

「わたしが馬邑県の令《れい》と丞《じょう》（副県令）を斬って、城を降《くだ》します。そのあとあなたさまが馬邑県におこしになれば、財物《ざいぶつ》を残らず得られましょう」

と、聶壱は説《と》いた。

「それは愉快だ」

単于も聶壱を信じた。

すばやく馬邑県にもどった聶壱は、それがしは天子の密使です、と県令にいって密計の一部を語り、死刑囚のひとりを獄からだしてもらって、斬った。その屍体《したい》を城下に懸けた。ようすをみにきた単于の使者には、

「馬邑の長吏《ちょうり》はすでに死にました。単于には、いそいできてもらいたい」

と、せかした。

急報に接した単于は、手を拍《う》ち、

「さようか」

と、喜び、すぐさま十万騎を率いて南下し、塞内にはいり、武州県《ぶしゅう》に達した。武州は雁門郡の中央にあり、その南に馬邑がある。

すでに漢軍の三十余万の兵が、馬邑に近い谷間に伏せていた。王恢はそこにはおらず、材《ざい》官将軍《かん》の李息《りそく》とともに北の代郡《だい》にいて、匈奴軍の後方をすすむ輜重《しちょう》を撃つべくそなえていた。すべては単于が馬邑にはいったところで攻撃を開始するというとりきめである。

だが単于は馬邑の県内にはいらなかった。

馬邑まで百余里の地点まできたとき、単于は不審《ふしん》をおぼえた。家畜が野にちらばっているのに、牧人がまったくいないではないか。この閑散たる光景は、いかにも怪しい。

亭《てい》がみえた。亭は旅行する官吏《かんり》の休息所であると同時に警察所のようなものである。

「亭を攻めてみよ」

　この単于の命令に従って匈奴の騎兵は亭を幾重にもとりかこんだ。

　ふつうであれば亭のなかには亭長や亭卒《ていそつ》などがいるが、このときなかにいたのは雁門郡の尉史《いし》（武官）と従者であった。かれは郡内の巡察をおこなっていたが、匈奴の大軍をみて、この亭に避難していた。が、難を避けることはできず、殺されそうになった。

　――運が悪い。

　尉史は漢軍の計画を知っていたが、まさかこの日に、匈奴軍がここに達しようとは、予想だにしていなかった。二階にのぼっていた尉史は、このままではかならず殺されると恐れ、

「単于にお報《しら》せしたいことがある」

と、大声を放ち、おもむろに階下へおりた。単于のまえまですすんだ尉史は、いのち乞いを兼ねて、漢軍がしかけた罠《わな》の全容をつぶさに告げた。

　単于は大いに驚き、

「われは怪しいと疑っていたところだ」

と、うなずき、すぐさま兵を引くことにした。帰路も戦闘をおこなうことなく塞外にでた単于は、

「われが尉史を得たのは、天祐《てんゆう》であった」

と、いった。

　これによって漢側の大じかけは潰《つい》えてしまった。報告をうけた武帝は怒り、

「恢はなにをやっていたのか」

と、その身柄を廷尉《ていい》に下して問罪《もんざい》した。

王恢にはいいぶんがある。単于が馬邑にはいってからでなければ攻撃しない、というとりきめがあった。かれはそれを守ったのである。また、匈奴軍が北へ引き返したことはわかっていたものの、麾下《きか》の兵力が三万では、十万の敵に挑めるはずもない。自軍の兵をむだ死にさせたくなかった。以上のことを上申したが、武帝の怒りはとけず、ついに王恢は自殺した。

さきの計画の原案作りをおこなった聶壱は、王恢が逮捕された時点で、

――われも連座する。

と、震慄《しんりつ》し、すべてを放りだして、遁逃《とんとう》した。うまくいくはずだったその一事で、かえって武帝の怒りにさらされ、単于にも怨みをむけられる。隠れることは至難であったが、かれは氏を、

「張《ちょう》」

に変えて、逃げつづけた。かれの子孫が馬邑にもどってきたのは、むろん武帝が崩御《ほうぎょ》してからであり、その後もめだたぬように暮らしつづけた。この張氏は、前漢の時代が終わり、後漢の時代になっても、往年の富力をとりもどすことができなかった。

そういう家に生まれたのが張遼《ちょうりょう》である。

張遼《ちょうりょう》はあざなを文遠《ぶんえん》という。

なみはずれた体軀《たいく》をもち、武技にもすぐれていたため、雁門《がんもん》郡の郡吏《ぐんり》に採用された。

黄巾《こうきん》の乱以後、天下は慢性的に動揺しているといってよく、西方では異民族である羌《きょう》族の叛乱があいついだ。北方も静かではない。

塞外《さいがい》の勢力図がすっかりぬりかえられた。前漢《ぜんかん》王朝に脅威を与えつづけてきた匈奴《きょうど》は、後《ご》漢《かん》王朝になると南北に分裂し、その北匈奴を鮮卑《せんぴ》が駆逐《くちく》して大勢力を伸張《しんちょう》した。後漢の桓《かん》帝のころに出現した鮮卑の檀石槐《だんせきかい》という不世出の英雄は、むかうところ敵なしという強さを示し、かれが作った勢力図は、東西が一万四千余里、南北が七千余里という広大さであった。むろん鮮卑にとって南下がたやすければ、東西とおなじ長さの勢力図を南北において実現できたであろう。が、かれらの侵略をはばんだのが、後漢帝国の長城をふくめた防備である。鮮卑の兵はたびたび塞内に侵入して掠奪《りゃくだつ》をおこなったものの、この帝国の深部に達することはできなかった。檀石槐は霊《れい》帝の時代に死去したが、あとを継いだ子の和連《かれん》も、兵を南へむけて塞内をくりかえし寇掠《こうりゃく》した。

それゆえ鮮卑の勢力圏に接している幽《ゆう》州と幷《へい》州の諸郡は、つねに緊張を強《し》いられていたといえる。雁門郡をふくむ幷州の兵が勁強《けいきょう》であるわけは、それであった。

張遼の勇名は州府にとどき、幷州刺史《しし》である丁原《ていげん》は、張遼を辟《まね》いて従事《じゅうじ》とした。ちなみに従事は従事史《じゅうじし》が正式の官名であるが、刺史の属官である。なお、この府のなかに五原《ごげん》郡出身の呂布《りょふ》がいた。むろん出身郡がちがうので、張遼はすぐに呂布と親密になったわけではない。

さて、王朝の事情に目をむけると、黄巾の乱が勃発した直後に、大将軍という高位にのぼった何進《かしん》が、有能な諸将をつかっていちおうその乱を鎮圧した。何進にとってその後の課題は、横暴《おうぼう》をきわめた宦官《かんがん》を撲滅《ぼくめつ》することである。宦官がもっているぶきみな底力を恐れた何進は、諸州に使いをだして、強力な兵を首都の洛陽《らくよう》に糾合《きゅうごう》させ、宦官を包囲殲滅《せんめつ》するという計画を立てた。その計画にそって、何進は并州にも使者を遣《や》った。

「うけたまわった」

丁原はそう答えたが、使者がかえったあと、首をかしげた。不得要領《ふとくようりょう》なのである。なぜ何進が遠い并州の兵を必要としているのか、よくわからない。じつは何進の佐将や属官のなかには、宦官誅殺《ちゅうさつ》を大きな武力によって敢行《かんこう》すべし、と声高に主張する者もいれば、宦官ごときを排除するのに諸州から豪傑や強兵を呼び集める必要はない、と冷静に進言する者もいて、何進自身も逡巡《しゅんじゅん》していた。その迷いがあいまいな要請となった。

——われがみずから上京するまでもない。

そう感じた丁原は、張遼を呼んで、

「大将軍が兵を京師《けいし》にのぼらせよ、と仰《おお》せになっているが、いまひとつ、ご真意がみえぬ。なんじは兵を率いて京師へ往き、大将軍にお目にかかって、そのあたりをうかがってみよ」

と、いいつけ、数日後に張遼に隊を属《つ》けて出発させた。隊といっても、その兵数は百にすぎない。

洛陽に近づいた張遼は、休息した亭《てい》において、亭長から、

「たとえ大将軍のお招きでも、兵を率いて洛陽城内には、はいれませんよ」

と、おしえられた。

「もっともだ」

張遼は郊外に配下の兵を残し、数人の従者とともに洛陽城内にはいり、大将軍府に直行して、何進への謁見を求めた。ながながと待たされた。が、張遼は腹を立てなかった。もともと性質に険《けん》がある男ではない。それに、おのれの官等《かんとう》をわきまえており、

――刺史の代理であるとはいえ、従事が多忙な大将軍に会えるのだろうか。

と、半信半疑になっていた。面会できるのなら、いつまでも待つつもりでいた。

日が落ちて、夕《よる》になったところで、何進は面謁をゆるしてくれた。それだけでも張遼は感激した。

何進は張遼をひと目みるや、その雄大な体軀が気にいったようで、ねぎらいをこめた口調で、

「よく幷州からきてくれた。なんじが引率してきた兵の数は、どれほどか」

と、いった。

「百です」

張遼は誇張せずに答えた。

――たった百か。

何進でなければ、すぐにあきれ顔を露骨にみせたであろう。が、何進という男は、他人《ひと》を

不快にさせる表情をみせたことがない。その点でも、評判がよかった。かれは宦官を抑圧《よくあつ》するために多数の兵が必要であるとはいわず、

「天子を守護し、京師の防衛を厚くするために、あらたな常備軍の設置を考えている。なんじは配下の兵とともに并州に帰るのではなく、河北へゆき、兵を集めて、ここにもどってくるように。并州刺史には再度使いを送るであろう」

と、いった。

「うけたまわりました。では、ただちに河北へむかいます」

そういって張遼がひきさがろうとしたので、何進は苦笑して、

「すでに夜だ。すべての門は閉じられている。三公九卿でさえも、城外にでるわけにはいかぬ」

と、おしえた。

「存じております。明朝、門がひらくまで、そのほとりで露宿します」

何進はそれをきいて哄笑《こうしょう》した。

「おう、おう、よくぞ申した。が、われはなんじを夜露に濡れさせたくない。わが邸《いえ》にくるべし」

何進は張遼のけなげさを称《ほ》め、帰宅時に張遼とその従者をひきつれた。さらに自邸では、かれらに食膳を供して宿泊させたのであるから、めったにない殊遇といってよい。おそらく何進はあとで張遼を大将軍府に遷《うつ》すつもりであったろう。むろんものごとを素直にうけとる

張遼が、何進の特別な厚意を感じないはずがなく、翌朝、星の光が消えないうちに起き、朝食を摂《と》らずに何進邸をでると、城門のまえに待機し、鶏鳴《けいめい》とともに城外にでた。かれは郊外に残留させていた兵をうながして、まっすぐ河北へむかったのである。

ちなみに起床した何進は、すでに張遼と従者が去ったことを知り、

「その奔命《ほんめい》は、たぐいまれな忠良というべきか。かれは愚直のようにみえるが、そのひたむきさは貴《たっと》く、武事《ぶじ》は非凡の域に達することがあるかもしれない」

と、張遼の未来を予言するようなことをいった。

この日、何進は幷州府にむけて再度使者を立てた。強い要請である。それを承《う》けた丁原は、

「どうやら大将軍には、深微《しんび》なお考えがあるらしい。幷州兵をそれほど買ってくださるなら、すぐさま発《た》たねばならぬ」

と、即決し、属吏《ぞくり》と兵を率いて京師へ急行した。

黄巾の乱以後、大小の叛乱をかかえる州にはそれぞれ難件があり、刺史はそれをかたづけないで州を空《あ》けることはしにくい。が、丁原は大胆にもそれをやった。ひとつに、鮮卑の脅威が軽減していたため、辺境の防備に気をつかわなくてよいという状態があったのだろう。

丁原の反応のよさを喜んだ何進は、さっそくこの遠来の刺史を騎都尉《きとい》に任命し、洛陽の北側の防衛に重要となる河内《かだい》の地に、駐留させた。さらに何進は丁原を中央に招き、宦官を誅《ちゅう》滅《めつ》するための謀議に加わらせた。信用がおけるとみるや、かれを執金吾《しっきんご》に抜擢した。

――われが執金吾か。

丁原は喜躍《きやく》したであろう。執金吾は首都を警備する長官であり、そのはなやかな官職は、若いころの光武帝《こうぶ》があこがれたほどである。丁原の異数の昇進に関していえば、実際のところ、丁原が率いてきた并州兵の多さがものをいったとみるべきであろう。ぜったいに宦官側につかない兵力を何進はつかんだというひそかな喜びを、すばやい叙任によって表現したのであろう。

河北へむかった張遼は、そういう王朝人事についてはまったく知らない。かれは忠実に兵を集めようとしていた。が、河北では無名の張遼が、

「天子と京師を守護するための義勇兵を、大将軍がお求めになっている」

と、呼びかけても、応える者は多くない。諸県をめぐって、ようやく集めた兵の数は千余にすぎなかった。温情にみちた何進を喜ばせたい張遼は、

――せめて五千の兵は欲しい。

と、おもい、さらに北へ行った。休憩のためにはいった亭で、

「大将軍のご下命を承けた者である」

と、告げると、血相をかえて亭長が趨《はし》ってきた。

「あなたは、なにもご存じないのか」

「なにも、とは、どういうことか」

「大将軍は宦官に暗殺されたのですよ」

この悲報は天空を飛ぶほどの速さで河北にひろまっている。

「ひゃっ」

張遼は奇妙な声を発して、うずくまった。

――大将軍が、この世から消えた。

突然、明るい昼がまっ暗な夜に変わったようなものである。同時に、張遼は自身の未来を見失った。路頭に迷うとは、このことであろう。張遼に幷州から随従《ずいじゅう》してきた兵も、何進の横死を知って、立ち噪《さわ》いだ。が、そのなかにあって動揺せず、沈毅《ちんき》な者がいて、立ちあがらない張遼の横にしゃがんで、

「一夜の膳にも、ご恩情がありました。ご恩に報《むく》いればよいではありませんか。宦官を討つ算段をなさいませ」

と、はげました。張遼にとって、このことばが闇を裂く光となった。

「おう、おう、よくいってくれた。たとえ寡兵《かへい》でも、宦官の巨大な毒牙をくだけないはずがない」

ようやく張遼は気力をよみがえらせて起立した。かれには隊長としての徳があるのだろう、河北で集まった兵もこの異常事態を知ってなお、張遼から離れなかった。千余の兵が張遼の私兵となった。

張遼は洛陽へ急行した。

ただし河北から洛陽までは、どれほどいそいでも半月はかかる。途中で、

――いそぐばかりが能ではない。

と、気づいた張遼は、その後の宦官の横暴ぶりを知るために、兵たちの休息を多くした。大将軍という最大の政敵を倒した宦官が、大将軍府の配下とその与党をみのがすはずがない。かならず、むごいほどの弾圧をするというのが過去の例である。大将軍じきじきの下命を承けた張遼も、宦官の憎悪のまとにされるであろう。

ところが河内郡にはいるまえに、兵のひとりが、まさか、と疑いたくなるような伝聞をひろってきた。

「京師にいるすべての宦官が、消えたそうです」

「嘘だろう」

張遼はそういって笑ったが、それは虚伝ではなかった。

消えたといっても、すべての宦官が洛陽から逃げだしたわけではない。宦官誅殺の謀議の中心人物であった袁紹《えんしょう》と袁術《えんじゅつ》という兄弟が、何進が暗殺されたことを知って怒りの兵を挙《あ》げ、宦官をのこらず斬殺したという。すなわち、うわさ通り、すべての宦官がこの世から消えたのである。

「わっ」

と、頭をかかえた張遼は、またしてもうずくまった。

せめて宦官に一矢《いっし》報いてやろうと意気込んでいたのに、急に梟《まと》が消滅したおもいである。王朝の勢力図から何進ばかりか宦官もいなくなったとなれば、これから王朝運営を主導してゆくのが袁氏一門であることは、火をみるよりもあきらかである。張遼のような地方の属吏が、権門というべき袁氏一門とつながりをもったことはなく、これからももてぬであろう。

――大将軍に生きてもらいたかった。

張遼がどれほど悔やんでも、何進のいない現実は変えようがない。

――幷州へ帰るしかない。

自分はそれでよいが、呆然《ぼうぜん》と立っている兵たちの進路を定めなければならないとおもった張遼は、おもむろに腰をあげ、兵たちに語りかけた。

「宦官が全滅したとなれば、われらは目的を見失った。洛陽へゆく意義はない。河北から属き従ってくれた者たちとは、ここで別れよう」

そう説《と》き終えたとき、遅れてもどってきた兵が、張遼に耳うちをした。

「それは、まことか――」

張遼の目がにわかに明るくなった。

「吉報がある。幷州におけるわれの上司が、いまや京師にあって執金吾になっておられる。このまま上洛すれば、みなは宮城を守護する官兵になれる。どうだ、ゆくか」

「おう――」

兵たちは喚呼《かんこ》で応えた。執金吾ときいただけで、張遼にかぎらず、兵たちもそのはなやかさに目がくらむようである。天子のすまいをふくむ宮城の警備兵は、ほかの兵とは格がちがう。

「いざ、洛陽へ――」

ここが張遼の運命のわかれ道であったといえる。もしもかれが并州に帰ってしまえば、歴史の片隅にもかれの名は浮上しなかったであろう。

洛陽城《らくよう》の門を衛《まも》っていたのは、并《へい》州兵である。

しかも門衛の長は、張遼《ちょうりょう》の同僚であった。

「やあ、文遠《ぶんえん》ではないか」

馬上の張遼は自分のあざなを呼ばれると、両手を挙《あ》げて、笑った。

「河北の兵を率いてきた。刺史《しし》いや執金吾《しつきんご》さまに報告したい。どこへゆけば、お会いできるのか」

この声をきいて門衛の長はさっと顔色を変えた。かれは趨《はし》り、下馬した張遼に近づくと、

「執金吾は亡《な》くなった。とにかく、なんじは騎都尉《きとい》どのにお会いしろ。兵に案内させるから、なんじは黙って付いてゆけ」

と、低いが強い声でいった。

――よくわからぬことをいう。

丁原《ていげん》が宦官《かんがん》との戦いで死んだのであれば、并州兵が洛陽城に残る理由がなくなる。それとも袁《えん》氏一門が并州兵の残留をのぞんだのか。また、これから会う騎都尉とは、たれであるのか。ふたたび馬に乗った張遼は、首をひねりながら、先導の兵のうしろをゆっくりとすすん

だ。

城内のあちこちが荒廃している。

馬をおりたのは、太尉府《たいい ふ》のまえである。

「しばらく、お待ちください」

なかにはいった兵がもどってくると同時にあらわれたのは、呂布《りよふ》である。

「やあ、奉先《ほうせん》ではないか」

張遼は気やすく呂布のあざなを呼んだ。呂布は親友というわけではないが、ともに丁原に仕えていたので、かれも同僚のひとりといってよい。が、兵は張遼の軽佻《けいちよう》さをたしなめるように、

「騎都尉さまです。敬礼なさいませ」

と、強くいった。

「えっ、奉先が騎都尉――」

騎都尉といえば、天子を衛る近衛の騎兵を督率《とくそつ》する高位の武官である。たしかに呂布は丁原に目をかけられていたとはいえ、もとは幷州の賤族《せんぞく》にすぎず、そういう出自《しゆつじ》の男が、一躍、騎都尉まで昇ったという事実を、張遼はうけいれがたかった。なにしろ張遼は何進《かしん》の死を知らずに河北をめぐって兵を集めることに専心していたのであるから、情報収集におろそかな面があり、当然、宦官殄滅《てんめつ》後に生じた主権争いにかかわる事件を知らなかった。

呂布は騎都尉になったとはいえ、張遼にたいして尊大ぶらずに、

「きいたぞ、河北の兵を率いてきたそうだな。兵数は――」

と、問うた。

「千余だが……」

誇れる数ではない、と張遼はおもっていたが、呂布の反応はちがった。

「それは、大きい。太尉がお喜びになるであろう。いま太尉は府内におられる。なんじを引見してくださるだろう」

四半時後、張遼は呂布にみちびかれて太尉のまえに坐った。

太尉とは、董卓《とうたく》であった。

そう呂布におしえられた張遼は、その脂《あぶら》ぎった面貌を視《み》て、

――悪相だな。

と、嫌悪感をもった。董卓とは西方の勇将であるときいていたが、その容姿にはすがすがしさのかけらもない。中央にいなかったはずの将軍が、なにをどうすれば、群臣のなかの最高位というべき三公のひとりになれるのか。張遼にとってわからないことが多すぎた。この不可解な事態をまえにして、張遼は呆然《ぼうぜん》としていたわけではなく、危険なにおいをかいだ。この勘は、悪い男ではない。へたに動かないほうがよいと直感したため、気張らず、感情の色をださず、あえて寡黙《かもく》をつらぬいた。

だが、張遼の骨太の体軀《たいく》が、精悍さをにじみだしていたので、

――つかえそうな男だ。

と、董卓は気にいった。そこで張遼が引率してきた千余の兵を自分の支配下に置き、張遼には太尉府から遠くない門を守衛させることにした。

河北の兵は董卓にとりあげられて、張遼に与えられたのは、もとの并州兵の百人だけである。

だが、張遼は不満の声を揚げなかった。かれはぞんがい用心深く、董卓に信用されるのを待つように、ひと月間は、めだつことをいっさいしなかった。その後、并州兵のなかで才覚があり、しかも口の堅そうな雁門《がんもん》郡出身の兵をえらんで、さりげなく近寄らせ、

「いまの三公の席に、宦官誅殺に勲功のあった袁氏がひとりも坐っていないのは奇妙である。ほかにも陰謀があったにちがいないので、それをさぐってもらいたい。太尉だけではなく騎都尉にも知られぬようにしらべて、われに告げよ」

と、いいつけた。

人を疑うことの嫌いな張遼が、はじめておこなった諜知《ちょうち》である。おのれの保身のためだけでなく、あずかった百人を危険にさらさぬように配慮するのが隊長のつとめであると自覚したためである。直面している現実は、腕力と度胸だけで乗り切ってゆけるほど甘くはない。

二十日後に、その雁門兵が張遼の宿舎にしのんできて、報告をおこなった。この報告の内容は、張遼を驚愕させつづけた。

かつての上司であった丁原が、上京後に何進に信頼されて、洛陽城の警備をまかされ、執金吾に任命されたことは事実であった。何進が宦官に暗殺されたあと、まず袁術《えんじゅつ》が挙兵し、

ついで袁紹《えんしょう》が挙兵したようであり、丁原はそのふたりに協力するかたちで宦官の討滅にくわわった。ただし丁原はその戦いで死んだわけではなかった。ほぼ争乱が鎮《しず》まった直後に、三千の兵を率いて城内にはいってきた董卓の存在が、袁術、袁紹、丁原らにとって脅威となった。

董卓は大軍を率いてきたわけではないので、麾下《きか》の兵力を大きくみせるために、巧妙な手を用いた。すなわち配下の兵を夜中に城外にだして、翌日になると、にぎにぎしく入城させた。それをくりかえすと、官民は、連日、西方の兵が洛陽に到着していると信じた。が、そのあたりの詐術《さじゅつ》を袁氏のふたりがみやぶってすばやく丁原と戮力《りくりょく》すれば、董卓を追い払うことができたはずだ、と雁門兵は私見を述べた。

「なるほど、そうにちがいない」

張遼はうなずいてみせた。

「しかし袁氏のふたりは、城内に充満したようにみえた西方の兵を畏《おそ》れ、別れて、北へ南へと逃亡し、丁原さまは殺されることになったのです」

「殺された……、たれに――」

張遼の眼光がするどくなった。

「呂奉先さまに、です」

「なんだと――」

呂布が丁原を殺すなどということが、あってよいものか。張遼はめまいをおぼえた。

「いまの太尉は、洛陽に乗り込んできたときには、前将軍《ぜん》にすぎず、群臣を威嚇《いかく》するために、丁原さまの兵を奪う必要があり、呂奉先さまをそそのかしたのです。おそらく……」

これも、この兵の私見である。だが、呂布が丁原を怨むはずがないとみれば、この推理はあたっているであろう。

袁紹と袁術がいなくなった朝廷は、董卓の独擅場《どくせんじょう》となり、またたくまに自身が司空《しくう》となったあと、何進と妹の何太后《かたいこう》が立てた皇帝をひきずりおろして、あらたに幼い皇帝（献帝《けん》）を立てた。さらに、じゃまな何太后を毒殺して、みずから太尉となった。うわさでは、董卓はまもなく相国《しょうこく》になるという。相国は三公の上の位で、これ以上の位を欲するのであれば、自身が皇帝になるしかない。

――恐ろしい男だな、董卓は。

純朴《じゅんぼく》さをもつ張遼は、旧主を裏切った呂布を非難したい気持ちであるが、それをやれば、すぐにでも董卓に殺されるであろう。不快な気分がつづいたが、それをあらためた張遼は、密旨《みっし》をそつなくはたしてくれたこの兵に、

「よくしらべてくれた。これからも、気がついたことを忌憚《きたん》なくわれに告げてくれ」

と、いい、以後もこの兵を珍重することにした。

――董卓から離れて、幷州へ帰る途《みち》はないものか。

まだ二十代の張遼は呂布から弟のように目をかけられ、しかも董卓からは、

「なんじはみどころがある、励め」

と、声をかけられてしまっては、逃亡するための方途が閉ざされてしまった。

この年の十一月に、ついに董卓は相国となった。群臣の頂点に立った董卓は、朝廷の人事をおもいのままおこない、新年を迎えると、かねてめざわりな先の皇帝を殺した。さらに二月になると、

「長安《ちょうあん》へ遷都《せんと》する」

と、宣言した。

——わけがわからぬ。

たしかに洛陽城は、さきの内乱によって、門と宮殿がすくなからず焼失した。が、無傷の宮殿もあり、天子が住めないわけではない。首をかしげた張遼は、また雁門兵を呼んだ。

「遷都をせざるをえないわけを、おしえてくれ」

「東方の諸侯が、相国を憎み、連合して挙兵したのです。その連合軍が西進してくると想定すれば、洛陽の地形は防禦するに適しているとはいえず、難攻不落の地形をもった長安を、相国がえらんだのです」

「おい、おい」

張遼は顔のまえで手を振った。

「東方の諸侯は傲慢《ごうまん》な者ばかりか。挙兵すれば、黄巾《こうきん》の賊の蜂起《ほうき》とおなじではないか。天子は相国とともにおられる。官軍はこちらで、むこうは賊軍となる」

「いちおう、そうなります」

張遼は眉《まゆ》を揚げた。

「いちおう、ということは、ちがうみかたもできるということか」

「ちがうみかた、というより、ちがう手があるということです」

「ほう――」

張遼はすこし膝《ひざ》をゆすった。なにかにおもしろさを感じたときの癖《くせ》である。

「その手とは、どんなものか」

「いま天下でもっとも輿望《よぼう》があるのは、袁本初《えんほんしょ》です」

本初は袁紹のあざなである。

「ふむ、そうなるか」

「袁本初が宦官誅滅を主導し、実行したとみられているからです。たれもなしえなかったことをなした袁本初の人気は絶大なはずで、おそらく東方の諸侯連合では、かれが盟主でしょう。各地の豪傑や英俊が、かれのもとへ趨っているにちがいありません。もしもかれの氏が、劉《りゅう》、であれば、その人気にささえられて天子になっても、世間は非難しません。が、氏がちがうので、劉という氏をもつ賢人を帝位にのぼらせ、自身が宰相《さいしょう》となって、天下の半分を経営する手があります」

劉は、漢《かん》王朝を創立した高祖《こうそ》（劉邦《りゅうほう》）の氏で、この氏をもたない者が天子になってはならないといわれている。

「や、や、や」

張遼はほんとうにおどろいた。あらたな帝国が東方に生まれることなど、想像しようもない。

「なんじの頭は策謀にむいている。袁本初に仕えれば厚遇されよう。いまからでも遅くない。せいぜい隊をあずかるだけのわれの下におらず、袁本初のもとへ奔《はし》ったらどうか」

雁門兵は苦笑した。

「やめておきます。袁本初は洛陽から逃げだした者です。まことの勇気があったのか、疑問です」

こんどは張遼が苦笑した。

「なんじは人のみかたが辛《から》いな。われのような隊長に仕えていては、つまらぬであろう」

「そのようなことは、ありません」

「ほう、われにみどころがあるのか」

張遼は自嘲《じちょう》ぎみにいった。

「以前、大将軍は隊長を瞥見《べっけん》しただけで、厚遇なさいました。将軍の器である、とみぬいたからです。わたしも、隊長はかならず垂名《すいめい》の将となる、と想《おも》っています」

「はは、われを称《ほ》めてくれるのは、なんじだけだ」

このときの張遼は、どうすれば董卓から遠ざかることができるか、と考えていた。自分だけではなく、配下の百人を率いて脱走する好機をうかがっていた。が、そういう好機は皆無《かいむ》であった。

遷都が強行された。天子の車駕《しゃが》が洛陽を発《た》った。だが、洛陽の住民は家を棄《す》てることをいやがった。そこで、

「立ち退《の》かぬ都民を、追いたてよ。ひとりも洛陽の地に残してはならぬ」

と、張遼も董卓に命じられた。西方の兵が城内の門と家屋を壊しはじめた。都内は悲嘆の声に満ちた。張遼は老人と子どもをも鞭《むち》で打つような実情を嫌悪し、ひそかに雁門兵を呼び、

「こんなひどいことができようか。この大混乱に乗じて、幷州へ遁《のが》れるのは、どうか」

と、諮《はか》った。眉をひそめたその兵は、

「都内だけではなく都外でも、多くの人が斃《たお》れ、死者の数は算《かぞ》えきれなくなるでしょう。隊長はむしろ最後まで残って、弱い者をかばい、できるかぎり無難《ぶなん》に送りだすべきです。衰弊《すいへい》する者たちをみすてて生きのびたところで、その先、なにをなしえましょうか」

と、強い口調でいった。

張遼はこの兵に頭をさげた。

「なんじには、また、教えられた。できるかぎり多くの人民を救うのが、われの務めだ」

このあと、張遼の隊だけが、うろたえる都民に柔軟に接した。董卓に睨《にら》まれないように、さりげなく人民をかばったといってよい。

洛陽城内が無人になるや、董卓はすべての宮殿に放火させて廃墟とし、そのあと累代の皇帝の陵墓《りょうぼ》をのこらずあばいて、内部の宝物を奪った。これほど大規模な盗掘はかつてなかったであろう。平然とそれをやってのけた董卓は、進撃してくる諸侯の軍を撃退すべく、城外

の畢圭苑《ひつけいえん》にとどまり、そこを本営として、北、東、南の三方に迎撃《げいげき》の将士を遣《や》った。

張遼は洛陽城の西北に位置する平陰《へいいん》に配置された。董卓の主力軍を先導するかたちで先駆した。河内郡《かだい》の太守である王匡《おうきょう》が、河水《かすい》の北岸の河陽津《かようしん》に軍を駐屯させて、董卓を襲うべく、南へ渡渉《としょう》してきそうであった。平陰は大きな津《みなと》をもち、そこから対岸へ渡ることができるし、南下してきた敵軍を西から撃つこともできる位置にある。

河水のほとりに立った張遼は複雑な気分になった。

董卓とその配下の兵は、天子をかかえているがゆえに官軍であるが、やってきたことは大盗賊団とかわりがない。むやみに官民を殺し、かれらの財産を強奪した。自分がその手先になっていることに、張遼はいたたまれぬおもいがしている。

――王匡軍との戦いがはじまったら、戦場を離脱しよう。

この決意を秘めたまま、董卓の主力軍の到着を待った。ところが、その軍はこなかった。董卓は兵術において狡猾《こうかつ》であり、平陰の陣はみせかけであって、主力軍はひそかに東へまわって小平津《しょうへいしん》（洛陽城の東北）から北へ渡河した。この軍は上陸後に東から王匡軍を急襲して、潰滅《かいめつ》させた。

待《ま》ち惚《ぼう》けを食わされた張遼は、董卓から、

「長安の警備に就《つ》け」

と、命じられ、離脱の機会を失って西へ移動した。

東西南北に堅固な要塞をもつ長安《ちょうあん》は、前漢《ぜんかん》王朝の首都であった。

ただしその帝位が摂政《せっせい》の王莽《おうもう》によって簒奪《さんだつ》されたため、新《しん》、という王朝の首都ともなった。が、その新王朝はながつづきせず、王莽の死後、長安は東方から西進してきた赤眉《せきび》という賊の大集団によって焼き打ちされた。ゆえに長安は荒廃した。それでも焼け残った未央宮《びおうきゅう》という宮殿があり、天子である献《けん》帝はそこにはいった。が、随従《ずいじゅう》してきた百官は、長年の風雨にさらされて衰耗《すいもう》しきった都市に立ち、狐狸《こり》さえみあたらぬ荒寥《こうりょう》の光景を観《み》て絶望しかけた。宮仕えよりも、おのれの住まいと食べ物を捜すのに必死にならざるをえなかった。まして移住の民の惨状は、目もあてられない。

長安にはいるまえに、路傍の死者を多くみてきた張遼《ちょうりょう》は、城内にはいると、

――こりゃ、もっとひどい。

と、さすがに目をそむけた。一隊が官民を救助できる状態ではない。とにかく隊の到着を報《しら》せるべく執金吾《しっきんご》を捜したが、よくわからない。そのうち、半壊した建物からでてきた大臣から声をかけられた。

「そなたは西方の兵にはみえぬが、出身はどこか」

「并《へい》州の雁門《がんもん》郡です。張文遠《ちょうぶんえん》と申します」

「おう、雁門か。では、文遠よ、なんじに天子の宮殿の警備を命ずる。われは司徒《しと》の王子師《おうしし》である。出身は太原《たいげん》郡だ」

司徒は首相といいかえてもよい。子師は王允《おういん》のあざなで、かれの出身郡の太原は雁門郡に接していてその南隣にあたる。かれはひとかたならぬ気骨をもっているが、董卓《とうたく》を刺戟《しげき》するような圭角《けいかく》をみせなかったため、董卓から絶大に信用されている。

「はっ――」

王允に敬礼した張遼はひさしぶりに心に張りをおぼえた。

董卓が長安に入城したのは、翌年の四月である。このとき董卓はすでに相国《しょうこく》の上に太師《たいし》という位を設けてそれに就《つ》いていた。欲望の限りを知らぬ董卓が帝位をうかがっているのは、張遼でもわかる。董卓がその気になれば、幼帝を殺すことなど、たやすいであろう。宮殿の警備をつづけている張遼は、幼帝を護《まも》りたい気分になった。

ほどなく董卓は長安城の東に塁《るい》を築いて、そこを住居とし、朝廷を遠隔《えんかく》操作し、皇帝を長安城外から監視するかたちをとった。

――それなら、幼帝は直接に太師の毒牙にかからない。

と、張遼はひとまず胸を撫《な》でおろした。が、董卓の息のかかった者が皇帝に近侍しているはずだと想《おも》えば、薄氷《はくひょう》を踏むような危うさを感じつづけた。

たまに呂布《りょふ》から声をかけられたが、冬になると、その回数が増え、年があらたまると、呂布のもとから禾穀《かこく》だけではなく牛肉と酒もとどけられた。

――どうしたことか。

と、張遼はあやしみつつも、それらをすぐに配下の兵に分け与えた。もはや張遼の謀臣と

いってよい雁門兵は、

「呂奉先《りよほうせん》さまには、隊長に恩を売っておきたい事情が生じたということです」

と、推量したが、その事情の内実まではつかめなかった。呂布に変化があったとすれば、朝廷を訪ねる回数が増えて、司徒の王允とよく話すようになったくらいのことで、呂布が董卓の意向を王允に伝えていることに、なんのふしぎもない。王允は董卓に篤《あつ》く信頼されており、呂布は董卓と父子のちぎりを結んでいる。

突然、献帝が罹病《りびよう》した。

――まさか……。

王允と呂布が共謀して、献帝の飲食物に毒薬をいれたのではないか、と張遼は疑った。これまで王允は、おなじ州の出身という誼《よしみ》からか、張遼の隊員を飢《う》えさせないために、饋給《ききゆう》してくれていた。張遼はその好意を充分に感じながらも、王允が董卓を忠実に輔《たす》けているという事実をみつめれば、王允に心をゆるせないでいる。

さいわいなことに、四月に、献帝は回復した。

――よかった。

張遼は王允と呂布を疑った自分を靦《は》じた。

献帝の快気を祝うために、群臣が未央宮に集合し、董卓も塁をでてその会にくるという。

急に呂布が屯所《とんしよ》にきて、人払いをさせ、張遼の耳もとで、

「明日、騒ぎが未央宮に迫るようであったら、司徒どのを守りぬけ。あの人を失ったら、王

朝も潰《つぶ》れてしまう」

と、いうや、すばやく去った。

——騒ぎとは、どういうことなのか。

その謎めいたことばについて考えていた張遼は、半時後に、王允に呼ばれた。ふたりだけの房室で、

「明日、太師が未央宮にのぼるようであったら、斬れ」

と、張遼は王允に命じられた。すぐに張遼は不審《ふしん》をあらわにした。

「さきほど呂奉先さまから、明日は、あなたさまを守りぬけ、と内々でいいつけられましたが……」

王允は苦《にが》く笑った。

「われのことなどどうでもよい。天子をお守りせよ。もしも太師が未央宮にのぼれば、天子を蹴落として、群臣のまえで、皇帝の席に即《つ》くであろう。そうさせてはならぬのだ。明日は、この王朝も生死の境にさしかかる。なんじに死んでくれとたのんでいるわけではない。むしろ生きて、天子と王朝を死の淵《ふち》に墜《お》とさないでくれ、とたのんでいる。わかってくれるか」

切々と衷情《ちゆうじよう》が吐露《とろ》されているといってよい。

——司徒さまは、こういう人であったのか。

張遼は身ぶるいし、感動した。王允はこの日のために董卓に唯々《いい》諾々《だくだく》と従ってきたのだ。

呂布も董卓から心を離し、その心を王允に寄せている。おそらく呂布は、董卓にそそのかさ

れて旧主である丁原《ていげん》を伐《う》った自分を愧《は》じて、旧悪を雪《そそ》ぐつもりであろう。ここでようやく張遼は、呂布がいった騒ぎの実体がどういうものか、見当をつけた。

はたして翌日、王允の内奏によって献帝から下された詔《しょう》（天子の命令）をもとに、呂布が董卓を撃殺した。塁からでて長安城へむかった董卓は、奸雄《かんゆう》とよばれているだけに、用心に用心をかさね、自身は甲《よろい》をつけ、前後左右に護衛の兵をならべていた。それにもかかわらず、その護衛の長というべき呂布に討たれた。呂布の矛《ほこ》に刺殺される直前に、董卓は呂布をののしり、

――庸狗《ようく》、敢《あえ》て是《かく》の如《ごと》くするか。

と、叫んだ。庸狗とは、やとい犬、をいう。庸には、平凡とか愚か、という意味があるので、庸狗を、愚かな犬、といいかえることもできるが、この場合、

「われにやとわれた犬であればよいものを、いままた他の者にやとわれた犬になるのか、愚かな男よ」

と、董卓がいったと解したほうが、表現に深みと広がりが大きくなるとおもわれるが、どうであろう。

献帝を守護しぬく気構えで、隊にできるかぎりの重装備をほどこした張遼の耳に、万歳《ばんざい》の声がきこえた。やがて董卓の死を知った都民が、喜悦《きえつ》のあまり、どっと路上にでて歌舞をはじめた。献帝に吉報をとどけるために未央宮にきた王允にむかって敬礼した張遼も、隊員とともに万歳を三唱した。

董卓の三族が誅殺されたあと、呂布は奮武《ふんぶ》将軍に任命された。直後に、張遼のもとにきた呂布は、

「宮殿の警備はもうよい。われの偏《へん》将軍となれ」

と、いった。偏将軍は裨《ひ》将軍ともよばれ、いわば部隊長である。これだけでも誇らしい気分になった張遼であるが、すぐに王允に呼ばれて正式に騎都《きと》尉《い》に任命された。張遼は喜びを全身で表現した。

不幸なことに、朝廷と長安城の平穏《へいおん》は二か月もつづかなかった。

董卓配下の諸将は、東方諸侯の西進にそなえて長安城の東に駐屯していたが、かれらのあつかいについて、呂布は、

「罪に問わず、宥赦《ゆうしゃ》なさるべきです」

と、王允に進言した。が、棄却《ききゃく》された。この王允の頑強《がんきょう》な決定が、ほどなく大惨事をまねいたことを想えば、呂布のほうに政治的な柔軟性があったとみるべきだが、王允の潔癖《けっぺき》さがそういうなまぬるい処置をゆるさなかった。

朝敵にされた李傕《りかく》、郭汜《かくし》といった諸将は、西方へ逃げ帰るにしても、途中にある長安城をいちど攻めてからでも遅くはない、と共謀した。かれらは兵を翕《あ》わせて、西進し、新豊《しんぽう》県において迎撃《げいげき》の官軍を大破し、長安城を囲んだ。迎撃の官軍を督率《とくそつ》していた将のひとりが徐栄《じょえい》であり、かれは以前に、汴水《べんすい》のほとりで曹操《そうそう》軍を破り、汝水《じょすい》南岸の梁《りょう》県で孫堅《そんけん》軍を敗走させたほどの名将であるが、董卓の属将たちの猛攻によって、陣はむざんなほど摧折《さいせつ》され、徐栄

自身は戦死した。

　長安における籠城戦は、わずか八日である。

　呂布の下にいた蜀《しょく》兵が、西方の兵を城内に引き入れたため、官兵の懸命な防戦は内から切り崩された。張遼の奮闘も、むなしくなった。敵兵になだれこまれた城内では、殺戮《さつりく》がくりかえされ、三公九卿の大半が死に、兵だけではなく都民も戦渦《せんか》にまきこまれたため、死者の数は一万余にのぼった。

「文遠、逃げるぞ」

　この呂布の声をきいた張遼は、帝室専用の青瑣《せいさ》門へむかった。そこに呂布だけでなく王允もいた。

　このころ王允と呂布にはなにかにつけて齟齬《そご》があったものの、生死にかかわるこのきわどさに立てば、感情のしこりもとけて、呂布は王允にむかって、

「公よ、去られますか」

と、いざなうようにいった。が、王允はうなずかず、幼い天子をみすてて逃げるわけにはいかない、と説《と》き、さいごに、

「そなたは生きのびて、関東の諸侯にこの窮状を訴え、国家を忘れぬように、と伝えてくれ」

　と、いい、きびすをかえした。

「やむなし」

呂布と張遼は、寡兵を従えて城外に撃ってでると、包囲陣を突破して南へ驅《はし》った。

呂布《りょふ》はどこへ行っても信用されなかった。

長安《ちょうあん》からみて東南に武関《ぶかん》という要塞がある。そこをでて荊州《けい》北部の南陽《なんよう》郡にはいった呂布は、南陽郡の支配者となっていた袁術《えんじゅつ》のもとへ行った。このときすでに袁術は、もっとも勇敢な属将である孫堅《そんけん》を劉表《りゅうひょう》軍との戦いで失い、荊州南部から北部をも併呑《へいどん》しようとする劉表の威勢に押されぎみであった。こういうときに呂布が袁術の膝《ひざ》もとにきた。

南陽郡がそなえている豊饒《ほうじょう》さのなかで、王のごとく奢放《しゃほう》をかさねて軍事をかえりみない袁術は、呂布を迎えるや、

――こやつを孫堅のかわりに使ってやろう。

と、考え、ひとまず厚遇した。

が、自己規律が欠如している呂布は、公私混同もはなはだしく、袁術の兵をかってにおのれの兵とし、

「董卓《とうたく》を討ったわれを知らぬのか」

と、いわんばかりの厚顔《こうがん》で恣放《しほう》をくりかえした。これには、さすがの袁術もあきれ、露骨にいやな顔をみせた。それをみた呂布はおもしろくなく、張遼《ちょうりょう》に、

「ここをでて、河内《かだい》にゆこう。太守《たいしゅ》は張楊《ちょうよう》だ」

と、いい、袁術にことわることなく南陽郡をでると、荒廃した洛陽《らくよう》の近くを通って、河水《かすい》を渡った。

王匡《おうきよう》のあとに河内郡の太守となった張楊の出身地は、幷《へい》州の最北に位置する雲中《うんちゆう》郡である。かれのあざなは雅叔《がしゆく》という。幷州府では丁原《ていげん》の下で武猛従事《ぶもうじゆうじ》として勤務していたが、霊帝《れい》が崩御《ほうぎよ》する前年に西園八校尉《せいえんはちこうい》という皇帝直属軍を設置した際、張楊は丁原の命令で上洛《じよう》し、上軍校尉《ぐんこうい》の臨時の司馬《しば》に任命された。その上軍校尉とは、宦官《かんがん》の蹇碩《けんせき》のことで、かれは大将軍の何進《かしん》にとって最大の政敵であった。霊帝の死後、はたして両者のあいだに政争が生じたが、何進が勝ち、蹇碩は敗れて死んだ。直後に蹇碩の軍は消滅した、というより、何進に隷属《れいぞく》するようになったと想《おも》えばよいであろう。何進の命令を承《う》けることになった張楊が、幷州へ帰って兵を集めるようにいわれたのは、何進に信用されたのではなく、体《てい》よくしりぞけられたのであろう。

幷州にもどって兵を千人ほど集めた張楊が、何進のもとに駆けつけなかったのは、何進への不快感があったにちがいない。その後、かれは山賊を討伐したり、洛陽からのがれでた袁《えん》紹《しよう》に協力したり、匈奴《きようど》と戦って捕獲されたりするという波瀾に富んだ体験を経て、董卓によって河内太守に任命された。だからといって、董卓に恩をおぼえたわけではない張楊は、董卓を誅殺《ちゆうさつ》した呂布を喜んで迎えた。

そういう太守が治めている河内郡は呂布にとって居心地のよい場所になるはずであった。ところが、ほどなく呂布は張遼に、

「冀州《き》の袁本初《えんほんしよ》のもとへゆく」

と、いい、逃げるように河内郡を去って、袁紹に帰付《きふ》した。呂布は勘《かん》がよい。長安を制圧した董卓の旧《もと》の属将らが、呂布の首に賞金を懸《か》けたため、張楊の属将らが呂布の殺害をもくろんだ。呂布はそれを察知して北へ走ったのである。

呂布は袁紹の佐将としてしばらく冀州にいた。たしかに袁紹軍の一翼《よく》をになって強悍《きようかん》さを発揮したが、もちまえの高慢さをあらわにしたことで、袁紹に嫌われた。呂布は戦いに勝てば克《か》つほど始末におえない存在になりそうであった。そこで袁紹は武技《ぶぎ》にすぐれた臣下を集め、

「呂布は洛陽に帰りたがっている。そこで、われは呂布を司隷校尉《しれいこうい》に任命されるようにした。なんじらは呂布に同行し、見送るふりをして、途中で、殺せ」

と、命じた。

呂布は自分にむけられる袁紹の烈しい嫌悪から遠ざかるために冀州をでることにしたが、見送りにきた者たちがすべて暗殺者であることを察し、またしても張遼に、

「逃げるぞ」

と、ささやいた。呂布は少々智慧《ちえ》をつかった。別れの宴を催すようにみせかけ、帳中《ちようちゆう》で箏《こと》を演奏させているあいだに、脱走した。それを知った袁紹は舌打ちをし、兵を遣《や》って、執拗《しつよう》にかれらを追わせた。が、呂布と張遼は逃げ切った。

——やりきれない。

張遼は近侍の雁門兵《がんもん》に嘆いた。呂布に随従《ずいじゅう》し、頤《あご》でつかわれるかぎり、呂布の質《たち》の悪い個性のなかに埋没しつづける。呂布は天子の命令によって董卓を誅《ころ》し、帝室に忠誠を奉げたつもりであり、勤皇の英雄を気どっているが、世間の目には、二度も旧主を裏切った男と映り、悖徳《はいとく》の将とされている。呂布にもっとも近い張遼はそういう陰翳《いんえい》のなかにいる。

「あなたさまは、呂奉先《りよほうせん》さまの首を馘《き》って、長安へお送りになりますか。それとも、ここから幷州へお逃げになりますか」

と、雁門兵はいった。

「幷州へ帰りたい」

張遼の真情であった。

「いま、あなたさまの主は、呂奉先さまです。幷州へお帰りになっても、主を裏切ることになります。あなたさまを慕《した》って属《つ》き従っている幷州兵はまだ八十人もいるのです。かれらの敬慕の心が天にとどかないことがありましょうか。呂奉先さまに従うのも天意、呂奉先さまと別れるのも天意、そうお思いになって、ご自身を無になさいませ」

なにが正義であるかわからないいま、よけいな智慧をはたらかせないほうがよい、ということである。東方では董卓は大悪人とみなされているのに、その首を獲《と》った呂布を称《ほ》めたたえる者はすくない。が、このさき、呂布の評価は二転、三転するかもしれない。

「わかった」

張遼は地をみつめ、うなだれたまま、そういった。

ほどなく呂布に開運の機会がめぐってきた。

袁紹の兵に追われた呂布がふたたび河内の張楊を頼ろうとして、いったん南下して兗《えん》州の陳留《ちんりゅう》郡を通った。

「やっ、呂布がわが郡にいるのか」

陳留郡の太守である張邈《ちょうばく》は手を拍《う》って喜び、急遽《きゅうきょ》、使者を遣って呂布を迎えさせ、じかに会うと大いに厚遇し、それから別れた。

むろん張邈には下心《したごころ》がある。

かれは東方の諸侯連合が形成された際、盟主となった袁紹に驕色《きょうしょく》があることが不快で、それをなじった。そのため袁紹に怨まれ、

「張邈を殺害する」

という計画が立てられたことを仄聞《そくぶん》した。どうやらその計画を中止させたのは、袁紹の盟友となった曹操《そうそう》であるらしい。だが、いつなんどきその計画が実行されるかわからない。孤立している張邈はつねにそれを懼《おそ》れ、強力な助力者を欲していた。

――呂布なら袁紹と曹操に抗敵《こうてき》できる。

そう想った張邈は、ふたたび呂布を招くための工夫をはじめた。

ちょうどそのとき、陳留郡と境を接している東《とう》郡から、陳宮《ちんきゅう》の密使がきた。

「陳宮といえば――」

いうまでもなく曹操の謀臣であり、篤く信用されているので、徐《じょ》州の陶謙《とうけん》を攻伐するため

に外征した曹操によって、本拠というべき東郡の留守《りゅうしゅ》をまかされている。だが、陳宮には叛《はん》渙《かん》の心があり、密使をつかって張邈に、

「いま、曹操の支配地は空《から》同然ですので、あなたが呂布とともに兗州を手に入れる絶好の機です」

と、いい、挙兵をうながした。

曹操に冷遇されたわけでもない陳宮の翻身《ほんしん》は不可解といってよいが、張邈はこの誘いにすぐさま乗り、

「よし」

と、膝《ひざ》を打って起《た》ち、河内郡へ急使を馳《は》せらせて呂布を迎えると、兗州制圧にとりかかった。

呂布と張遼は曹操との戦いに突入したということである。


四年後、張遼《ちょうりょう》は魯《ろ》国の首都である魯県にいた。

呂布《りょふ》は、陳留《ちんりゅう》郡守の張邈《ちょうばく》とともに兗《えん》州奪取にとりかかったが、その後、戦う相手を変え、助けあう相手を換《か》えながらも、けっきょく曹操《そうそう》と戦い、曹操に敗《やぶ》れた。端的《たんてき》にいえば、そうなる。

空家《あきや》同然の兗州に踏み込んだものの、帰還した曹操と戦って敗走した呂布は、隣家という

べき徐州《じょ》の持ち主である劉備《りゅうび》を頼った。直後に、揚《よう》州北部に本拠を移していた袁術《えんじゅつ》に援兵を乞いに行った張邈が配下の兵に殺された。劉備を援助するかっこうの呂布は、徐州を得るために、まんまと劉備を逐《お》いだしたものの、袁術との関係がしっくりいかず、また、敗走した劉備が曹操に助けを求めたため、孤立して曹操軍の攻撃をうけることになった。ちなみに呂布の親友というべき河内《かだい》郡守の張楊《ちょうよう》もすでに亡《な》い。かれも属将によって殺された。

呂布が本拠とした下邳《かひ》城は水攻めによって陥落しそうになったため、属将は陳宮《ちんきゅう》を捕らえ、兵を率いて降伏した。戦意が湮没《いんぼつ》した城内に寡兵《かへい》しかいなくなった呂布は、天空へ逃げ道を求めるしかなくなったが、その不可能をさとり、登っていた楼《ろう》からおりて、曹操のまえで膝《ひざ》を屈した。

それから数日後、呂布と陳宮が曹操によって斬られたことを知った張遼は、暗然とした。このとき張遼は魯相《しょう》である。魯が郡ではなく王国であるため、この国には太守《たいしゅ》のかわりに相が置かれる。ちなみに魯国は兗州にむかって突き出た半島のような形をしている。つまり、徐州の西北部の防衛を、張遼はまかされていた。

「われも、斬殺されるときが、きたようだ」

逃亡する気のない張遼は、近侍の雁門《がんもん》兵に、さびしい笑いをむけた。だが、雁門兵は深刻にならず、表情も変えず、

「曹操は、遅れて降伏した者を赦《ゆる》さず、かならず処刑します」

と、さらりといった。

「であろうな。われなど、その最《さい》たる者だ」

「あなたさまは、天意によって、呂奉先《りよほうせん》さまとお別れになるときがきたのです」

そういわれた張遼の脳裡《のうり》に、なぜか呂布の貌《かお》ではなく、長安《ちようあん》を脱出する直前にみた王允《おういん》の揺々《ようよう》たる容姿が浮かんできた。

――あの人も天意に従って死んだ。

そう想《おも》った張遼は、

「天意によって死別させられるということか。いや、われがほどなく死ねば、冥府《めいふ》で呂奉先さまにすぐに再会する。死んでからもいっしょということになる」

と、いい、天を仰いだ。

しかしながら、この雁門兵の予見《よけん》する目は、張遼の将来をそういう冥《くら》さのなかで視《み》なかった。

「そうは、なりますまい。遅れて降伏する者が斬首されるのであれば、遅れすぎた降伏者はどうでしょうか。すなわち、降伏をおやめになって、魯県の城を守りつづけるのが、よろしいでしょう」

「ほう……」

意表を衝《つ》かれたおもいの張遼は瞠目《どうもく》した。やがて、なるほどとおもった。いまごろ、のこのこ曹操のもとへゆけば、即座に斬られる。それなら城とともに討ち死にしたほうがよい。ただし城兵をまきぞえにしたくない。そう考えた張遼はすぐさま城兵を集めると、下邳の敗

亡を告げ、

「敵兵に殺されたくないと想い、いますぐ城をでて故郷に帰りたい者を、止めはせぬ。しかし敗兵のままでは、帰路が危険であるし、今日までわれに従ってきた意気が虚しくなる。そこで、曹操軍が寄せてきたら、ながながと防戦するまでもない。われの首を斬って、敵将にさしだせ。そうすれば、安全に投降できるし、その後も、敵兵に狙われずにすむ」

と、さとした。おどろいた城兵のひとりが、

「それこそ、魯相に従ってきた意気が虚しくなるではありませんか」

と、声高《こわだか》にいった。

「そうはならぬ。戦いにおいては、負けるときも、敵に背をむけぬものだ」

訓告を終えた張遼は、雁門兵に、これで城外へ逃げる兵はいまい、と小声でいった。うなずいた雁門兵は、

「さきほどの訓戒は、名言です。あなたさまのおもいやりによって、すべての城兵が救われるでしょう。それによって、あなたさまも救われることになるでしょう」

と、しみじみといった。

呂布の属将のなかで、張遼だけが、いまだに魯県の城を守り、しかもひとりの城兵も逃げださないというふしぎな報告をうけた曹操は、

「けなげなやつ」

と、うれしげにいった。曹操は人の能力を優先し、旧悪には目をつぶって、人材を集めて

きた。が、自身は人からうけた恩をけっして忘れない性質をもっている。張遼のように、頽《たい》勢《せい》のなかにあっても忠誠をつらぬこうとする将を、本質的には好んでいる。

そこで曹操は、魯へむかう将に、

「城を攻めてはならぬ。張遼をねんごろに説《と》け。いや、それでも降《くだ》るまい。あの者は、かつて、天子の宮殿を警護していたときく。張遼の降伏を天子がお望みである、とはっきり伝え、わが書翰《しょかん》をかれに読ませよ」

と、いいふくめた。すでに曹操は、長安からもどった献《けん》帝を庇護《ひご》し、自身は三公のひとつである司空《しくう》の位にある。

十日後、魯城は曹操軍に迫られた。が、その軍は城を包囲しなかった。曹操の書翰をたずさえた使者が、城内にはいり、張遼に面会した。

「わが主である司空の書翰です。ご披見《ひけん》を――」

と、使者はいった。一読した張遼は感動した。曹操はじつによく張遼の経歴を知っていた。

「いまや幷《へい》州兵を率いるのは貴殿しかおらず、その勇猛さを、天下のためにつかっていただきたい」

このことばのなかに、われは幷州兵の苦難を知っているという曹操のおもいやりがかくされている、と張遼は感じた。張遼が幷州をでる際に属《つ》き従った兵のなかで今日まで離れずにいる八十人にむくいることができる、という悦《よろこ》びだけではない。幷州刺史《しし》であった丁原《ていげん》に率いられて上洛した幷州兵は、その後、董卓《とうたく》の配下に置かれ、さらに属将に付属させられた。

呂布が董卓を斬ったことで、怒った属将は軍中にいる幷州兵をのこらず虐殺《ぎゃくさつ》したのである。その悼《いた》みさえ、曹操が察していてくれるのであれば、もはやその心遣《こころづか》いに感謝するしかない。

張遼は使者にむかって頭をさげ、両手をうしろにまわした。

「われを縛って、司空さまのまえに、ひきすえられよ」

が、使者は表情をやわらげ、

「貴殿は罪人ではない。むしろ賓客のごとくお迎えせよ、と命じられています」

と、なごやかにいった。

すみやかに張遼は曹操に降った。

「おう、きたか」

破顔した曹操は、その誠実な勇をたたえ、すぐさま張遼を、中郎将《ちゅうろうしょう》に任じた。中郎将は帝都にある宮城の警備が職掌である。張遼が歴史の表舞台にのぼるきっかけがこれであった。

やがて張遼は曹操軍の将として外征し、戦うたびに勲功を樹《た》てた。幷州全体を背負っているかのような責任感を秘めていたのかもしれず、また、肩身《かたみ》の狭かった先祖を喜ばすために戦場で大いに働いたのかもしれない。曹操の最大の敵となった袁紹《えんしょう》が亡くなったあと、後継争いをしていた袁譚《えんたん》と袁尚《えんしょう》という兄弟をそれぞれ破ったこともある。

その兄弟が滅び、荊州《けいしゅう》の劉表《りゅうひょう》が死去したあとに、残った英雄は、曹操、孫権《そんけん》、劉備という三人となり、魏《ぎ》・呉《ご》・蜀《しょく》の三国時代の原型が形成された。

張遼の驍名《ぎょうめい》が天下に知られただけではなく、歴史に残ったのは、曹操軍が孫権軍に大敗した赤壁《せきへき》の戦いの年からかぞえて七年後の、合肥《ごうひ》（魏の揚州）における攻防戦のなかで発揮された敢勇《かんゆう》による。

合肥は、呉との国境から遠くなく、魏にとっては南方防衛の最重要拠点である。そのため、この城には張遼のほかに楽進《がくしん》、李典《りてん》といった良将が配置された。城兵の数は七千である。

この年、曹操は張魯《ちょうろ》の討伐のために西方へ征《い》った。

張魯は初期の道教《どうきょう》というべき五斗米道《ごとべいどう》をもって、益州《えき》最北部の漢中郡《かんちゅう》に宗教国家を建設し、その教祖として郡民を支配していた。五斗米道は黄巾《こうきん》とちがって革命的色彩をもっていないが、中央政府の威令にしたがわない点ではおなじなので、張魯の支配を排払《はいふつ》しておく必要があった。

征途《せいと》につくまえに、曹操は、軍の主力が西方へ移動すれば、呉の孫権が江水《こうすい》を越えて北進し、国境を侵すであろうと予想した。そこで、張遼らにひとつの函《はこ》を与えておいた。念のため、函のふちに、

「賊がきたら開け」

と、署《しる》しておいた。賊とは、この場合、呉軍を指す。曹操が皇帝を擁《よう》しているかぎり、曹操軍だけが官軍であり、孫権軍と劉備軍は賊軍となるはずである。が、歴史における正義と正統さは、革命期と戦乱期では、大いにゆらぎ、定理をもたないといってよい。

それはさておき、はたして、孫権に率いられた呉軍が合肥に寄せてきた。その兵力は、なんと十万である。城を包囲しはじめた呉軍を瞰《み》た三将は、目語《もくご》しあい、函をひらくことにし

た。なかには、命令書があった。こういう文である。

「もしも孫権が至れば、張遼と李典は軍を率いて出撃せよ。楽進は護軍《ごぐん》を守ればよく、ともに戦ってはならぬ」

文中にあった護軍というのは、官職名で、遠征中の諸将を監視する任務を負っている。この場合、護軍とは、曹操からさずけられた函を合肥にとどけた薛悌《せってい》をいう。

三将は顔を見合わせた。

――どういうことか、解《げ》せぬ。

と、いいたげな顔である。

張遼は血のめぐりのよい男である。交易商人《こうえき》であった遠祖の血がまさしくかれにまでつながっていた。

「曹公は遠征中で、国外におられる。救援の軍がここに至るころには、呉軍がこの城を落としていよう。それゆえ公は、敵陣が完成しないうちに出撃して、その勢いを殺《そ》げ、と命じられたのだ。成敗《せいはい》の機は、この一戦にある。ためらっている場合ではない」

張遼はほかの二将の困惑を截《た》ち切るほど強い声でいった。ちなみに張遼がつかった成敗という語は、成功と失敗のことである。

李典も戦いの呼吸がわかっている将であり、すぐさま、

「半日ためらえば、それだけ早く、われらは死の淵に足をいれることになろう」

と、いい、張遼の意見に賛成した。

「よし、きまった」

この夜、張遼は出撃する自分に従う勇気のある兵を募り、八百人を得た。それをみた李典は、

「この八百人で、十万の兵を撃つ。後世の語り草になろう」

と、苦笑をまじえていった。この苦笑が、張遼にまさるともおとらない豪胆《ごうたん》さを表していた。

「明日は、早朝から昼すぎまで、飲食するひまはないぞ」

張遼は牛をつぶして、その肉を八百人にふるまった。

夜明けとともに張遼と李典は八百の兵を率いて撃ってでた。この決死隊は規模の小ささがさいわいして縦横無尽《じゅうおうむじん》に兵間《へいかん》を動きまわることができ、敵の兵鋒《へいほう》の梟《まと》にされにくかった。つねに張遼は先頭に立ち、敵陣に斬り込んだ。やがて数十人の敵兵を殺し、二将を斬った。さらに塁《るい》を衝き破って、孫権がいる牙旗《がき》に近づいた。

大軍であることは、反応が鈍《にぶ》いものである。張遼らの隊の動きが速すぎたせいもあるが、その出撃の意図を、呉の将士はつかみきれず、孫権への報告がおくれた。それゆえ孫権は魏の決死隊に肉薄されるまで、いのちにかかわる危険を感じなかった。張遼の大声をきき、はじめて魏の将士が自分にむかって突進してくることを知った孫権は、大いに愕《おどろ》き、うろたえた。

とにかく孫権は逃げた。

小高い丘があり、そこに走り登った。どこでつかんだのか、自分の手には長い戟《げき》があり、ふりむいた孫権はそれを構えた。

張遼の声だけが追ってきた。

「おりてきて、戦え」

そうどなった張遼が丘を駆けあがらなかったのは、頂上までの間に、呉兵がすくなからずいたせいであろう。

孫権は動かなかった。おびえて、動けなかったのかもしれない。やがてかれは張遼に従属している兵の数がすくないことに気づき、ようやく落ち着きをとりもどすと、

「敵は寡兵であるぞ。とり囲んで、殄滅《てんめつ》せよ」

と、命じた。

半時後には、張遼とその配下の兵は、幾重《いくえ》にも包囲された。むしろ、ここからの張遼の闘《とう》撃《げき》のほうが壮絶であった。右に左に動いて、寄せてくる敵兵を払いのけ、直進して、ついに包囲を突破した。張遼のあとにつづく数十人の兵も活路をひらいた。が、走り去ろうとした張遼の耳に、

「将軍はわれらを見棄《みす》てるのですか」

という声がとどいた。

——あの声は……。

左官の声、というより、もとの雁門兵の声である。あの者を見棄てると、われは天に見棄

てられると感じた張遼は、迷うことなく引き返して、またしても囲みを破り、残りの兵のすべてを救いだした。

この超人的な武勇をまのあたりにした呉兵は、呆然《ぼうぜん》とし、もはや張遼に迫る者はいなかった。戦場には、たまにこういうふしぎな時間と空間が生ずる。

張遼は帰城した。この瞬間が、伝説の源《みなもと》となった。

隊の先頭に立ちつづけた張遼の働きは、たれがみても神功《しんこう》といってよい。諸将は深い感動につつまれて、張遼を迎えた。

合肥の攻防戦において、この一撃は利《き》いた。気勢を殺がれた呉軍は、十日余り城を包囲したが、意気があがらず、撤退した。それをみた張遼はすかさず城をでて孫権を急撃したが、あと一歩で、捕獲しそこなった。

孫権にそこまで迫った魏将は、張遼を措《お》いてほかにいない。

将として累進《るいしん》していた張遼は、この功烈によって、征東《せいとう》将軍にひきあげられた。

曹操の死後、曹丕《そうひ》（文《ぶん》帝）の時代になると、晋陽《しんよう》侯に封《ほう》ぜられた。ついに侯国の主《あるじ》になったのである。ちなみに晋陽は并州の太原《たいげん》郡にある。故郷に錦《にしき》を飾ったというべきであろう。

死去したのは、黄初《こうしょ》三年（二二二年）である。享年《きょうねん》は五十四であった。

鍾繇

しょうよう

地神に
むかって
む.

降《ふ》って湧《わ》いたような災難である。

鍾繇《しょうよう》の父の鍾迪《しょうてき》は、党人《とうじん》につらなる者として、官職を失った。

ちなみに鍾迪は鍾繇の祖父であるという説もあるが、やはり父であろう。かれは潁川《えいせん》郡の郡府にあって主簿《しゅぼ》（文書管理官）をつとめていたが、それを罷《や》めざるをえなくなり、長社《ちょうしゃ》県の家にもどって謹慎した。

「党人とは、なんぞや」

鍾迪はおのれの胸をたたいてくやしがった。

むりもない。党人とは、皇帝に近侍する宦官《かんがん》が妄想によってでっちあげた反政府集団のことで、そのようなものは、どこにも存在しない。

宦官はおのれの威権を侵害しそうな有名人、知識人などをあらかじめ排除し、二度と起きあがれないようにするために、奸譎《かんけつ》な策を弄《ろう》し、しかもその策を皇帝の命令にすりかえることすらやってのけた。

党人の首領と目《もく》されたのが輿望《よぼう》のある李膺《りよう》であり、かれの姑《おば》が鍾迪の伯父の妻であったことから、李膺から遠いところにいる鍾迪にまで、禍《わざわ》いがおよんだ。

「これでわれの官途は永久に閉ざされた」

そう嘆いて肩を落とした鍾迪は、復職をあきらめた。収入の道もふさがれたため、家のなかは暗くなる一方であった。

こういうときに、族父《ぞくふ》というべき鍾瑜《しょうゆ》が、ようすをみにきた。かれは落胆している鍾迪に、

「党人として逮捕され、拷問《ごうもん》されている者がすくなくないときいた。そなたが蟄居《ちっきょ》だけですんだのは、不幸中の幸いというべきであろう」

と、なぐさめの声をかけた。その後、しんみりと雑談をするうちに、鍾瑜が洛陽《らくよう》に上ると知った鍾迪は、

「お願いがあります。繇をおつれくださいませんか。洛陽をみせてやりたいのです。わたしはこのさき、洛陽に上ることはないでしょうから」

と、いい、深々と頭をさげた。このとき鍾繇は十七歳である。ちなみに鍾繇には鍾演《しょうえん》という弟がいるが、さすがにその弟には宿泊をかさねてゆく旅行はむりであるし、ここでその名もだせば、あつかましすぎた。

「繇とは、あの子か……」

鍾瑜はいやな顔をしなかった。すでに鍾瑜は鍾繇をみたことがあり、体格が貧弱ではなく、容姿も悪くなかったので、好感をもっていた。

二日後に、鍾繇は馬の背にまたがった。むろん口取りの人がいるので、自身で馬を御《ぎょ》する

必要がなかった。

他の郡県からみれば、潁川郡は洛陽のある河南尹《かなんいん》に隣接しているので、長社から洛陽へゆくことは、隣家へゆくようなものだとみえるであろうが、潁川郡からでたことのない鍾繇にとってはわくわくするような大旅行であった。

長社県は潁川郡の北部にある。北へすすむとすぐに河南尹にはいる。ちなみにその郡は前《ぜん》漢《かん》の時代には、河南郡、と呼ばれたが、後《ご》漢《かん》王朝を創立した光武《こうぶ》帝が在位のあいだに、河南尹と改称された。なおその郡を治める太守《たいしゅ》も河南尹と呼ばれたので、多少のわかりにくさが生じている。

河南尹の管城《かんじょう》に到ると、道を西へとり、成皋《せいこう》を経《へ》て洛陽へむかうことになるが、途中には川が多い。

庶民の旅行では、官吏《かんり》がつかう駅舎《えきしゃ》、伝舎《でんしゃ》を利用できないので、民泊をさせてもらう。管城をすぎて泊まることになった民家の主人は、鍾瑜と顔なじみであるらしく、あれこれ親切に気をつかってくれた。旅行者は食料を持参するのは当然のことであり、蒸烹《じょうほう》の用具や食器も自前である。が、ここの主人は食材を用意し、蒸烹も手伝ってくれた。

「旅行中に旨い物を食べられるのは、ここだけだ」

と、鍾瑜は鍾繇に笑顔をむけた。

食事が終わるころに、室内にはいってきた主人は、鍾瑜の横に坐って、

「珍客が泊まっていますよ」

と、耳うちをした。

その珍客とは、人相を観《み》てその人の未来を予言する相者《そうじゃ》であるという。観相《かんそう》は春秋時代からはじまったと想《おも》えばよく、その時代の末に姑布子卿《こふしけい》という達人がいた。さらに戦国時代の末に許負《きょふ》という名人がでた。宿の主人がいった相者は、きいたことのない名であるが、

「よくあたると評判ですよ」

ということであった。

鍾瑜は苦笑した。この歳になって、未来の吉凶を知りたいとはおもわない。だが、まなざしを鍾繇にむけた鍾瑜は、急に苦笑を斂《おさ》めて、

「あの子を観てもらおうか……」

と、いい、鍾繇にむかって手招きをした。

ほどなく鍾繇は相者のまえに坐った。

相者は長髪の男である。許負もそうであったように、占いをおこなう者は総じて頭髪が長い。許負に関しては、その異常な長さから、女ではないか、と疑われた。古代から、細く長いものに神がおりてくると信じられている。馬のたてがみや箸《はし》などもそれに準じている。

相者の顔は、なかば髪でかくされていた。

眼前の鍾繇をみつめていた相者は、ぞんがいさわやかな声で、

「この童子《どうし》には貴相があります。しかし、まもなく水難に遭《あ》いますから、くれぐれも注意をおこたらぬように」

と、いった。

見料《けんりょう》を支払った鍾瑜は、たったそれだけの占いか、とものたりなさをおぼえた。

翌日、宿をでて十里もすすまぬうちに、橋があり、それを渡りはじめると、鍾繇を乗せている馬が、突然、なにかにおどろいたらしく、あばれた。ふり落とされた鍾繇のからだが、宙に飛んだ。なんとそのまま川に墜落していったではないか。あっ、と息をのんだ鍾瑜は、いちど水中に沈んだ鍾繇が浮きあがってきたのを瞰《み》るや、ひきつった口で、

「早く、助けよ――」

と、従者に指示した。

強い水勢《すいせい》によってながされた鍾繇は、もがき、溺死《できし》しそうになった。が、危険を冒《おか》して川のなかにはいった鍾瑜の家人の手で圻《きし》にあげられた鍾繇は、水を吐き、息をふきかえした。

その一部始終をはらはらしながら観ていた鍾瑜は、ふとわれにかえり、

――これが、相者のいった水難か。

と、戦慄《せんりつ》するように想った。すると、相者の予言にあった、

「貴相」

も、実現することになるのではないか。いつの日か鍾繇が王朝における貴要《きよう》の地位にのぼれば、鍾氏の族の全体が栄えることになる。そう予想した鍾瑜は、このときから鍾繇を観る目を変えた。

洛陽にはいった鍾瑜は、鍾繇を馬からおろして、

「よく、土を踏んでおくように」

と、いった。地の神は、地表を踏んだ者を憶《おぼ》えていてくれて、いつかかならずその者を招いてくれる。鍾繇に洛陽の地を踏ませてやりたいと意《おも》った父の深心《しんしん》には、それがあったことを、鍾瑜はおしえた。

すると鍾繇は地に膝《ひざ》をつき、手で地面をたたいて禱《いの》った。なぜ足をつかわず手をつかったのかと問われた鍾繇は、

「足で地神に訴えるのは、失礼だとおもいましたので」

と、おずおずと答えた。

「そうか……」

鍾瑜は微笑した。じつは、地上で足を踏み鳴らすのは、地神にたいして失礼ではない。地中にあって生気を失っているものをよみがえらせるときに、足踏みをする。地中に沈んだ死者の霊に呼びかける際にも、地を踏む。その行為は、舞踏《ぶとう》の踏にあたる。それを無踊《ぶよう》の踊という文字にかえてしまうと、地への働きかけがうすらいでしまう。踊は、はねる、という行為であり、踏むとはちがう。とにかく、足をつかっては地神に失礼になると感じた鍾繇の感性を、鍾瑜は否定するどころか、

——この子は、礼儀に厳格になろう。

と、好意の目でみた。

都内で用事をすませた鍾瑜は、長社県に帰ると、鍾迪に大いに感謝された。が、むしろこ

の旅でひとつの宝をみつけたおもいの鍾瑜は、居ずまいのよい鍾繇をゆびさして、

「良い旅をさせてもらったのは、われのほうだ。あの子は、たいそうみこみがある。学問に専念させてやってくれ。学資はわれがだそう」

と、いって、鍾迪をおどろかせた。


なにくれとなく鍾瑜《しょうゆ》に援助された鍾繇《しょうよう》は、その恩に報《むく》いるべく、ひたすら学徳を積んだ。学力だけではなく礼儀正しさも評判になったこともあって、ついに孝廉《こうれん》に推挙された。孝廉は、王朝が人材登用のために設けた選挙科目のひとつで、年に、二十万人にたいしてひとりしか推挙されない。こういう難関を突破すれば、高級官僚への道が拓《ひら》ける。この朗報をもっとも喜んだのは、いうまでもなく、鍾瑜である。鍾繇はすぐに鍾瑜に会って、

「どうすれば、ご恩返しができるでしょうか」

と、問うた。鍾瑜はおだやかに笑い、

「そなたが謹直《きんちょく》に氏名を高めることだ。それがわれらの族の名を広く知らしめ、われの誇りともなる。ほかになにが要《い》ろうか」

と、いい、みかえりを求めなかった。

昔から族は互助《ごじょ》集団という性格をもっている。後漢《ごかん》王朝を創立した光武《こうぶ》帝も、そういう血縁集団のなかにあって、親戚に助けられ、あるいはかれらを助けるという過程を経《へ》て、天下

統一をなしとげた。

洛陽《らくよう》にのぼった鍾繇は、以前、手で地をたたいた場所を憶《おぼ》えていて、そこで馬をおりると、膝《ひざ》をついて、

「ふたたびこの地を踏ませてもらいます」

と、地神に感謝の辞をささげた。

官途についた鍾繇は尚書郎《しょうしょろう》となった。郎は属官ではあるが、官僚の候補であり、叙任《じょにん》を承《う》けて、地方の県令《けんれい》（あるいは県長《けんちょう》）に転出するのが定則《ていそく》である。

鍾繇はその定則通り、陽陵県《ようりょう》の令に任命された。が、罹病《りびょう》したため、赴任したあとすぐに罷《や》めた。陽陵とは前漢《ぜんかん》の景帝《けい》（劉邦《りゅうほう》の孫）の陵墓で、その陵墓を守る意図もあって、政府はその地へ移住する者を募《つの》り、住民を優遇する施政《しせい》のもとに、あらたな県をつくる。そのようにできた陽陵の位置は、長安《ちょうあん》の北で、長安からさほどはなれていない。長安は前漢王朝の首都であったとはいえ、廃墟同然で、とても人が住める状態ではなかった。

長社県《ちょうしゃ》の自宅へもどった鍾繇は、療養生活をおくったあと、霊帝《れい》の崩御《ほうぎょ》を知った。

すっかり恢復《かいふく》した鍾繇は弟の鍾演《しょうえん》に、

「天子の死を喜ぶわけではないが、あらたに践祚《せんそ》なさるのは何《か》皇后の御子《みこ》であり、その幼帝を輔弼《ほひつ》するのは皇后の兄の何進《かしん》大将軍だ。何進は、昔の梁冀《りょうき》とちがって、悪辣《あくらつ》な外戚ではなく、宦官《かんがん》に妥協《だきょう》しない。ひさしぶりに善政を期待できる」

と、明るい未来をみるようにいった。

そう予想したのは、鍾繇ひとりではあるまい。累代《るいだい》の皇帝をあやつってきた宦官の恣欲《しよく》に苦しめられた家の子弟のすべてが、賢臣の意見に耳をかたむけるといわれる何進の公平な政治に期待した。

だが、宦官が駆逐《くちく》された官界が好転したのは、わずかな間で、無力になったとおもわれていた宦官に何進が暗殺されたあとの闘争は烈しく、またためまぐるしく、

「なにが、どうなっているのか、よくわからぬ」

と、鍾繇は弟をつかって情報を蒐《あつ》めた。

何進が暗殺されてから五か月後の初平《しょへい》元年（一九〇年）の正月には、各地で、

「打倒董卓《とうたく》」

という旗を掲げた義兵が決起した。

西方の梟雄《きょうゆう》といってよい董卓が、大混乱の洛陽に乗り込み、またたくまに朝廷をおさえ、王朝の運営を擅断《せんだん》するようになった。その横暴さに反発するように、山東《さんとう》の郡守が挙兵した。なお、山東という地区名は、すでに春秋・戦国時代からあり、山の東の広域をいうが、その山とは、古くは太行《たいこう》山を指していたであろう。のちに、華《か》山あるいは崤《こう》山より東を山東というようになった。むろん、長社県がある潁川《えいせん》郡も山東のなかにある一郡であり、潁川郡を監督する豫《よ》州刺史《しし》の孔伷《こうちゅう》は、董卓の悪政を指弾《しだん》して兵を挙《あ》げた。

「ここは洛陽から遠くないので、まっさきに戦場になりますよ。避難先を考えたほうがよいです」

と、いった鍾演は落ち着かない。

「そうだな……」

すでに父母のいないこの家の長は鍾繇であり、家族の安全の確保はかれの裁量にゆだねられている。それだけに慎重になった。

父祖の地を棄《す》てたあと、避難先の選択をあやまれば、すべてを失い、いのちさえ失いかねない。山東の諸将はこれから董卓軍と戦うつもりなので、戦いがない地といえば、

――南方しかない。

と、鍾繇は想《おも》った。潁川郡を西南にでて、荊《けい》州にはいり、その州内の諸郡をさぐりながら、安住の地を求めて南へさがってゆくしかない。が、そういう流寓漂泊《りゅうぐうひょうはく》の末に明るい未来があるとは、とても想像できない。目的地をもたずにさまよっていると、盗賊に襲われる危険が大きく、食料が尽きて、のたれ死にするかもしれない。南方へゆくほうがよさそうだと想っても、そちらに知人も友人もいないのがつらい。

――そうだ。

知人は、まえに赴任した地である陽陵県にいるではないか。長い間ではないが、県令の任にあったとき、気心の通じた属吏《ぞくり》がいた。また、いちど踏んだ地を守っている神は、その者を憶えていて加護してくれる。

「どうだ。陽陵県へゆかないか」

鍾繇が弟にいうと、あきれられ、猛反対された。長安に近い県は、弟にいわせると、治安

の悪い西方にあってきわめて危険である。

「そうかな……」

天下大乱のきざしを感じている鍾繇は、どこへ避難しても、安全なところはなく、むしろみなが危険だと想っているところのほうが、じつは平穏である、という奇想をもたないと生きのびられないのではないか、と意《おも》いはじめた。

避難先を決められないまま半月が過ぎたとき、おもいがけなく中央政府から辟召《へきしよう》をうけた。三公の府から辟《まね》かれたのである。ちなみに三公とは、太尉《たいい》、司徒《しと》、司空《しくう》をいい、この三者が王朝運営の主幹《しゆかん》である。

この瞬間、鍾繇は、

――洛陽の地神に招かれた。

と、直感した。鍾繇を呼んでいるのは、人ではなく、地の神である。そう信じた鍾繇は、

「洛陽へゆく。天子をお助けするのだ」

と、厳乎《げんこ》といい、弟と妻子を驚愕させた。

「いま洛陽へゆけば、董卓の悪業を手助けすることになります。山東の諸将が連合して兵を西進させれば、かならず董卓は滅びます。それでも、洛陽へゆかれるのですか」

弟は兄に食ってかかった。が、鍾繇は平然と、

「よいか、よく考えてみよ。いま天子は董卓のもとにおられる。その限りにおいては、山東の諸将は、たとえ正義を標榜《ひようぼう》しても、天子にむかって叛旗をひるがえした賊になるのだぞ。

かれらのほうが正しいという天命がくだるのは、いつであろうか。それまでわれは賊に頼ることはせぬ」

と、胆気《たんき》のある声でいった。

かれの脳裡には、およそ四百年まえの秦《しん》王朝末期の大乱の図がある。二世皇帝の悪政にいきどおった各地の有力者がそれぞれ挙兵したが、かれらはうまく連合できず、いくつかの興亡を経て、項羽《こうう》と劉邦というふたりの英雄だけが残った。項羽のほうが圧倒的に優勢で、天下を支配する威権をつかんだのに、天命は劉邦にくだった。まもなくはじまるであろう大乱も、それに似たような構図になるのではないか。

歴史から学んだことを活《い》かしてこそ、ほんとうの学問といえる。

鍾繇の強い眼光から目をそらした鍾演は、

「わかりました」

と、みじかくいい、しぶしぶ同意した。南でなく西へゆくという決断が、一家の命運を左右したことはいうまでもない。が、のちのことを想えば、地神を信じた鍾繇の心の純真さが、かれと家族を護《まも》り、活かしたといえるであろう。

しかしながら、洛陽へゆくことによって、苦難からまぬかれたわけではない。むしろ苦難に飛び込むことになったといったほうがよい。

鍾繇が家族を率いて洛陽に到着したのは、二月である。

董卓の独断によって王朝人事がめまぐるしく変わるので、三公も交替があった。

太尉の黄琬《こうえん》は罷免《ひめん》されてその地位に趙謙《ちょうけん》が昇り、司徒の楊彪《ようひょう》は王允《おういん》に替えられた。荀爽《じゅんそう》だけが司空のままである。荀爽が潁川郡の出身であることを想えば、おそらく鍾繇を辟いたのは荀爽であろう。ちなみに、この初平元年に荀爽は六十三歳であり、鍾繇は四十歳である。

鍾繇は洛陽城内にはいるまえに、弟と顔をみあわせて、

「これは、どうしたことか」

と、不可解な光景をいぶかる声を揚げた。なんと続々と城外にでてくる大小の集団があるではないか。門のほとりはそういう人たちで騒然としている。眉《まゆ》をひそめた鍾演は、

「みな、洛陽から逃げだしているのでしょうか」

と、いった。

「そうかな……」

白昼、都民の逃亡を官憲がみのがすはずがない。

城内には門が多く、家族をともなったまま府中にはいることができないので、門外で待っているように指示した鍾繇は、司空府をみつけて報告をおこなった。辟召をうけて洛陽に到着したことを告げたのである。

府中の光景も奇妙である。多くの官人たちが、かたづけのために右往左往している。ほどなく事務室にはいって待つことになった鍾繇は、室内になにもないことにおどろいた。自身が容易ならぬ事態のただなかにいることはまちがいない。

やがてあらわれたのが荀爽であった。かれはせわしい足どりで鍾繇に近づき、

「そなたが鍾繇か。まにあってよかった。明日、天子は長安にむかってお発ちになる。とにかく今日は官舎にはいり、明朝、掾史《えんし》としてわれに従って洛陽をでるように」

と、おしえた。

「あっ、遷都《せんと》ですか」

「そうだ」

この荀爽の声は、もう遠かった。多忙そのものの荀爽の姿はまたたくまに消えた。

家族とともに官舎にはいった鍾繇は、

「そういうことか……」

と、つぶやき、なんども自分の拳《こぶし》で腿《もも》を打った。

「どういうことですか」

この鍾演の問いに、鍾繇は苦笑しつつ、

「われは、陽陵の県令として在任中に、荒廃した長安を観《み》に行った。長安の地を踏んだということだ。地神はそれを憶えていて、われを招いている」

と、答えた。

「まさか」

鍾演は軽く嘲《あざけ》った。

「ふっ」

と、鼻で嗤《わら》った鍾繇は、

「人を頼るよりも地神を頼る者は、天下のなかでわれしかいないだろう。地神がなにをしてくれるのか、となんじはわれをあきれているかもしれぬ。だがな、演よ、信ずるということは、理屈の外にあり、それゆえにふしぎな力をもっている。われは礼を尊び、理を好むが、礼も理も棄捐《きえん》される世を生きのびてゆくためには、人界の外にあるものを信じなければならぬ。秦末の乱世を生きた漢の高祖がほんとうに信じたのは、地神だ。われはそうおもっている」

と、いった。これは、弟におしえたというより、おのれの信念にゆるぎがないか、たしかめたのであろう。

鍾演は父が亡《な》くなったあと兄に養われた。父よりも兄のほうが厳格であった。それでも兄の能力は父を超《こ》え、一族のなかでひときわ秀でていることを認めざるをえなかった。兄にたいする妬心《としん》がないとはいえないが、嫌悪したことはいちどもない。心のどこかで、

――兄は正しい道を歩きつづけるだろう。

と、おもっていて、ついてゆくしかない自分を感じている。

翌朝、鍾繇は洛陽をはなれた。かれは門外にでるまえに、手で地面をたたいて、

「かならず、もどってきます」

と、心のなかで地神に呼びかけた。だが、まさかこのあとに、洛陽城が董卓によって放火され、宮殿ばかりか民家もことごとく破壊されて、人の住めぬ地になろうとは想わなかった。それでもここの地神は、鍾繇の誓いをきき、かれを帰還させるべく、加護しつづけたといえ

るのではあるまいか。


むごい仕打《しう》ちである。

官人と庶民を西へ追いたてた董卓《とうたく》は、かれらへ食料の供給をおこなわなかった。

――もしかすると……。

董卓は天子をも飢え死にさせようとしているのではないか、と鍾繇《しょうよう》は想像して戦慄《せんりつ》した。

三月に長安《ちょうあん》に到着したが、庶民はもとより官人もすぐに飢えはじめた。

城内には王朝としての機能をはたせるような建物はほとんどなく、官人と庶民は、竪穴《たてあな》式の住居を建てるのがやっとであった。

荀爽《じゅんそう》から、

「禾穀《かこく》を集めてもらいたい」

と、いわれた鍾繇は、食料調達のために長安をでて近隣の県を走りまわった。集めても集めても食料が充足しない現状をみた鍾繇は、

――これでは家族を養えない。

と、飢餓《きが》を恐れ、家族を連れて、陽陵《ようりょう》へ往った。往時、自分の下にいた吏人《りじん》を訪ね、頭をさげて家族をあずかってもらった。ただし弟の鍾演《しょうえん》だけは長安に残した。

肩の荷をおろしたおもいの鍾繇が長安にもどると、荀爽が病死していた。五月である。鍾

繇は呆然自失《ぼうぜんじしつ》して涙をながしつづけた。

司空《しくう》府の長官の席はしばらく空《あ》いていたが、六月になって、光禄大夫《こうろくたいふ》であった种払《ちゅうふつ》が昇格してその席についた。

王朝の人事を擅断《せんだん》している董卓が長安に到着しておらず、焼き払った洛陽《らくよう》城から遠くない地に軍を率いて駐屯し、幕府を設けているため、連絡にてまどり、決定が遅れるという実情がある。

种払は洛陽の出身である。父の种暠《ちゅうこう》は順《じゅん》帝と桓《かん》帝の時代の名臣といってよく、富家に生まれながら自分が家主《かしゅ》になると家財を散じて清廉《せいれん》に徹した。官途についてからは、侍御史《じぎょし》に昇り、硬骨《こうこつ》ぶりを発揮した。地方に転出して刺史《しし》を歴任したが、住民に敬慕された。その後、紆余曲折《うよきょくせつ》があって、ついに司徒《しと》まで昇った。かれにはふたりの子があり、上を种岱《ちゅうたい》といい、下が种払である。ちなみに种岱は公府から辟召《へきしょう》されたが出仕せず、病に罹《か》かって死去した。弟である种払は、履歴についていえば、司隷従事《しれいじゅうじ》からはじまった。そのあと南陽《なんよう》郡の宛《えん》県の令《れい》となった。これはかなりの優遇であろう。宛県ほど豊かな県は全土に多くない。

「政務に能あり」

と、种払は称《ほ》められた。行政に長《た》けていたということである。行政の巧拙《こうせつ》は、知識力や事務能力ではかれるものではない。その基礎には正しい倫理があり、その上に官民を納得させる平衡感覚がある。官と民のつりあいをとってゆかないと行政は円滑にすすまない。

そういう目くばりと気くばりをそなえた能力を認められて中央政府に呼びもどされた种払

は、累進《るいしん》して司空まで昇ってきたのである。

かれは府中にはいってくると、属官を集めて、貌《かお》と氏名を確認した。鍾繇の氏名をきくと、足をとめて、

「そなたは鍾季明《しょうきめい》の孫か」

と、いった。

鍾季明は、鍾繇の祖父で、季明はあざなである。本名は皓《こう》といった。詩と法律にくわしい学者で、門下生の数は千をこえていた。郡の功曹《こうそう》になったあと、司徒に辟召されて、その属官になった。が、官界での栄達を望まなかった人である。

「そうです」

鍾繇は声を張って答えた。

「季明は賢人を推薦し、また、有罪になりそうな同僚を救ったときく。そなたにはそういう祖父の善行の余慶《よけい》があろう。ただし、それにあまえず、励め」

そうことばをかけられただけで、鍾繇は种払を敬愛した。前任者の荀爽は人をやわらかくつつむような高雅さがあったが、种払はよけいな雅味《がみ》をもたず、率先《そっせん》して難事にぶつかってゆく型なのであろう。

どちらかといえば、鍾繇は种払に近いが、じつは学者の血もうけついでいた。もっといえば、芸術家しかもちえない感性をもちあわせていたが、それについては、この時点では、自覚していなかった。

さて、天子の威光を翳《かげ》らせる存在である董卓を誅殺《ちゅうさつ》するという計画が、荀爽と王允《おういん》のあいだでひそかに立てられていた。が、荀爽が病死したことによって、王允がひそかな推進者となった。そういう計画を董卓は察知しないものの、用心深いかれは、翌年の四月に長安に到着すると、城内には住まず、城外に自身のための小城を築いて、長安とはすこし距離をおいた。

六月に地震があった。

古代から、天変地異は天子の政治が悪いことを咎《とが》めるものとされている。天譴《てんけん》といいかえてもよい。しかしながら、天子に反省させたり、引責させたりすることはできないので、天子を輔佐《ほさ》する大臣がかわって責任をとることになった。

この地震で、种払が罷免《ひめん》された。かれはほどなく太常《たいじょう》（儀礼と祭祀の統括者）に任命されたが、上司が替わったことで、鍾繇は気落ちした。

新任の司空は淳于嘉《じゅんうか》である。青州済南《せいせいなん》国出身のこの人物は、

――えたいが知れぬ。

と、鍾繇は用心した。淳于嘉は官界の遊泳術に長けているようであり、ひそかに董卓に通じているかもしれない。

が、鍾繇はまぎれもなく能吏《のうり》であり、上司からみると安心して仕事をまかせられる属官なので、淳于嘉に遠ざけられることはなかった。

董卓は属将をおもに東に配置して長安への道を封じた。そのせいであろうか、長安城内に

は交鋒《こうほう》の音がきこえず、まがりなりにも平穏のまま、あらたな年を迎えた。

「東方の諸将は、なにをやっているのだろう」

と、鍾演はふしぎがった。かれらは董卓打倒を標榜《ひょうぼう》したにもかかわらず、たれも長安にむかって進撃してこない。

「東方の諸将が心をそろえ、力を結集して、西進することなど、できはしない。かれらは欲望をむきだしにして争いつづける。強弱がはっきりするまで、時がかかる。その間、董卓はなにもせず、その争いを遠くからながめているだけだろうよ。まさに漁父《ぎょふ》の利だ」

と、鍾繇はいった。

山東《さんとう》における闘争についての風説は、多少長安までながれてくる。

山東は群雄割拠《ぐんゆうかっきょ》という現状である。それなのに諸将が輯睦《しゅうぼく》して軍事的な志向と手段を一致させるなどという奇蹟を想像することが、すでに妄想なのである。鍾繇が歴史から学んだことは、名門意識の強い将は、組織を堅牢《けんろう》にしようとするあまり、無名にちかい賢人や勇者を大胆に活用できない。それにあてはまるのが、袁紹《えんしょう》と袁術《えんじゅつ》である。ふたりはいま天下の輿望《よぼう》をになっているらしいが、やがて項羽《こうう》のごとく滅ぶであろう。ではたれが第二の劉邦《りゅうほう》となってこの大乱を鎮《しず》めるのか、この時点では、鍾繇も見当がつかなかった。

狡猾《こうかつ》さにおいて、董卓にまさる者はどこにもいない。

となれば、当分、董卓が王朝を牛耳《ぎゅうじ》ることになろう。鍾繇のような下官《かかん》は、その是非《ぜひ》を論ずる立場にいないし、たとえ高官であっても、董卓をわずかに非難しただけで、たちどころに首を刎《は》ねられるとあっては、口をつぐんでいるしかない。

が、この王朝には、董卓のぬけめのなさをうわまわる深謀遠慮《しんぼうえんりょ》の人がいたのである。

司徒の王允が、その人である。

かれは洛陽にいるときから董卓を斃《たお》すことを意《おも》いつづけ、董卓にもっとも篤《あつ》く信頼される地歩《ちほ》を築いたあと、董卓に子のごとく愛幸されている呂布《りょふ》に勤皇《きんのう》の心の尊さを説《と》いて自分の側に引き込んだ。

このふたりの密計はあざやかに実現した。

四月、小城をでて長安城にはいった董卓は、呂布に殺害された。

「まことかや」

この日、天子である献《けん》帝の快気《かいき》祝いがおこなわれるため、三公九卿がすべて集まった。属官である鍾繇は宮殿にはゆかず、司空府にいたが、董卓が誅殺されたときいて、おのれの耳を疑った。すぐに、

――董卓は人に殺されたというより、地神に誅《ころ》されたのだ。

と、感じた。長安という地が董卓を嫌った。もしも董卓が長安の地をいたわっていれば、むざむざ暗殺されるようなことはなかったであろう。鍾繇の目のつけどころは独特である。

やがて都内はお祭り騒ぎになった。すべての都民が圧政者の死を知り、祝賀の気分に酔《よ》い痴《し》れた。が、鍾繇はそういう喧騒《けんそう》に背をむけ、

――地神に感謝すべきだ。

と、独《ひと》り地に坐って地面をたたき、酒をたらして禱《いの》りをささげた。

六月、長安《ちょうあん》城は董卓《とうたく》の属将に率いられた軍によって包囲された。そのさなか、弟の鍾演《しょうえん》が罹病《りびょう》した。

なかなか回復しないどころか、病が篤《あつ》くなるばかりなので、ついに鍾繇《しょうよう》は上司にことわり、欠勤して看病にあたった。

三昼夜、一睡もしないで看病し、疲れのために意識が朦朧《もうろう》となりながら、

「どうか、弟をお救いください」

と、心のなかで地神に嘆願した。すると、ふしぎなことに、黒衣の人物が家のなかに無言ではいってきて、薬を調合するような手つきをし、匙《さじ》を弟の口にふくませた。

「あの……、どなたでしょうか」

と、鍾繇が問うと、その人物は消えた。

直後に、鍾繇は完全に意識を失った。弟の掌をにぎったままねむりに落ちた。やがて、

「兄さん——」

という弟の声をきき、揺《ゆ》り起こされた。なんと鍾演が上半身を起こしているではないか。

「おう、おう」

鍾繇は感動して涙ぐんだ。死の淵へ隕《お》ちてゆきそうであった弟の蒼白な顔に血の気がよみ

がえっている。

「臥《ね》ていよ。臥ていよ。起きてはならぬ」

この兄の手をふりはらうような手つきで、鍾演はふたたび、

「兄さん――」

と、強くいった。外のようすがおかしい、と鍾演の目がいっている。

「む……」

ようやく意識がはっきりしてきた鍾繇は、屋外にでて、通りのようすをうかがった。通りには人影がまったくなく、ただ黒い煙がながれている。ほどなく武装集団が猛烈な勢いで近づいてきた。

――あれは官軍ではない。

と、気づいた鍾繇はすばやく建物の陰にかくれた。その五百人ほどの集団は都内の大路をまっすぐ南へむかった。かれらの旗にみおぼえがある。董卓の配下がつかっていた旗である。

――まさか……。

激しい動悸をおぼえながら、家にもどり、弟の枕頭《ちんとう》に坐った鍾繇は、

「董卓の属将に復讎《ふくしゅう》された。長安はかれらに制圧されつつある」

と、告げた。長安城は十余万の兵に包囲されても、たやすく陥落しないはずなのに、八日で敵兵の侵入をゆるしてしまった。おどろいた鍾演はまた上体を起こそうとした。それを掣《せい》した鍾繇は、

「あわててもしかたがない。司空《しくう》府にもどるのは、なんじがすっかり回復してからだ」

と、肚《はら》をすえなおしたようないいかたをした。城内になだれこんだ西方出身の兵は、むやみに放火しているわけではないとみた。焼かれたのは城門と政府の建物の一部であろう。司空府にかぎっていえば、淳于嘉《じゅんうか》が長官であるかぎり、建物も人も被害に遭《あ》わなかったのではないか。

——あの人には長く仕えたくない。

そうおもっている鍾繇に、

「兄さんが飲ませてくれた薬で、わたしは死なずにすんだのですね」

と、鍾演がしみじみといったので、鍾繇はそうけだった。なんじのいのちを救ってくれたのは、地神だ、と教えそうになって、口をつぐんだ。もしかすると、長安陥落の戦禍《せんか》を避けさせるために、弟の看病にあたらせたのも、地神の配慮なのかもしれない。

三日後に家をでて司空府へむかった鍾繇は、長安城での攻防戦がおもっていたよりはるかに激烈で、吏民《りみん》の死体が一万余もあったことを知った。太常《たいじょう》の种払《ちゅうふつ》が敵兵と果敢《かかん》に戦って死んだときいて、

——あの人らしい。

と、内心讃《たた》えつつも、その死を痛惜《つうせき》した。多くの高官が戦死し、司隷校尉《しれいこうい》の黄琬《こうえん》も殺害された。しかるに、淳于嘉はなにごともなかったかのように、平然と政務室にいた。

——まるで妖怪だな。

淳于嘉をそうみた鍾繇は少々寒気をおぼえた。

董卓を撃殺したため、董卓配下に仇視《きゅうし》された呂布《りょふ》は長安を脱出したらしいが、呂布とともに逃去《とうきょ》する道をえらばず献《けん》帝を護《まも》りぬこうとした司徒《しと》の王允《おういん》は捕らえられ、しばらくして処刑された。

王朝を武力でおさえたのは、董卓の下にいた数人の有力者で、すなわち李傕《りかく》、郭汜《かくし》、樊稠《はんちゅう》、李蒙《りもう》、張済《ちょうせい》などである。礼儀作法などをもちあわせていないかれらではあるが、さすがに献帝には手をかけなかったものの、献帝の意向をうかがうまでもなく、李傕、郭汜、樊稠がかってに城内を三分して支配区とし、あらたに三府をつくった。それゆえすでにある三公の府にそれらがくわわって、六府となった。王朝運営のために並列した六府が権限を分担したわけではない。実権は新設の三府に移り、旧《もと》の三府は形骸《けいがい》化した。

九月になると人事異動があり、淳于嘉は司空をでて司徒に昇りつめた。

——そういうしかけか。

鍾繇にとって淳于嘉の昇進は意外ではない。想定の内にあることであった。かわって司空府にはいってきて長官の席についたのは楊彪《ようひょう》である。袁術《えんじゅつ》と姻戚関係をもつ人物であるが、そのあたりには李傕らは目をつむったのか。

袁紹《えんしょう》と袁術という兄弟の未来に関しては、暗い図しか画《か》いていない鍾繇は、楊彪を仰ぐ目にも冷ややかさがあった。

李傕、郭汜らが王朝の主導権をにぎった年からかぞえて二年後に、元号が初平《しょへい》から興平《こうへい》に変わった。

　この年か、次年のはじめに、鍾繇は抜擢されて廷尉正《ていいせい》、黄門侍郎《こうもんじろう》となった。廷尉は獄の管理もおこなうが検察を想《おも》えばよいであろう。正は長官をいう。黄門侍郎は天子の侍従である。

「不正を憎む兄さんに、廷尉はぴったりだ。王朝は死にかけているようにみえて、まだ人をみぬく目は生きている」

　と、鍾演は大いに喜んだ。

「はは、死にかけているか……、たしかにそうだ。王朝の実権をにぎっている者が抗争をくりかえしていては、ほどなく磨耗する」

　いまの天子とこの王朝にほんとうに忠勇をささげた者は、大半が死んでいる。天命はこの王朝から去ろうとしている。かつて董卓は山東《さんとう》の諸将が闘争しあって消耗することを、高みで見物しようとしたが、いまや、皇帝を威圧している李傕、郭汜らが勢力争いをくりかえしているため、この王朝の消滅を望んでいる袁紹と袁術のおもう壺《つぼ》である。

　ちなみに樊稠とともに長安にはいった李蒙は、すでに李傕に殺され、樊稠はその驍名《ぎょうめい》を李傕に嫉《そね》まれて、興平二年の春に殺害された。李傕と郭汜の盟友といってよい張済は一軍を率いて長安をでて弘農《こうのう》郡に駐屯しつづけた。かれには権力闘争を避ける賢さがあったといえる。それゆえ長安城内での争いは、李傕と郭汜というふたりの争いにほかならなくなった。

　――天子をこのふたりから離したい。

　献帝は元服したとはいえ、まだ十代のなかばである。いつなんどき、李傕と郭汜が放つ矢がその幼い玉体《ぎょくたい》に中《あた》るかもしれない。献帝の近くに侍《はべ》るようになった鍾繇は、それを恐れ、献帝を長安から脱出させる方法を考えるようになった。だが、たとえ献帝が山東へのがれても、擁護してくれる雄将がいなければ、各地をさまよったあげく斃死《へいし》するしかない。献帝の死を望まず、迎えいれた者は、かならず袁紹か袁術の攻撃にさらされる。その大難をしのぎきる力をもっていなければならない。

——そんな英傑が山東にいるのか。

交通が杜絶《とぜつ》しているので、山東の現状についてはまったくわからない。

こういうときに、はるばると難路をこえて、東方からやってきた王必《おうひつ》という者が、天子への謁見《えっけん》を願いでた。

うさんくさげに王必を視《み》た李傕と郭汜は、相談して、

「あの者は、曹操《そうそう》の使者であるという。ふん、山東ではかってに天子を立てようとしているのに、曹操だけがこちらの帝室に忠誠を捧げたいとは、まやかしとしかいいようがない。長安のようすをさぐりにきただけだ。追い返そう」

と、決めた。

このとき、王必にねんごろに接したのが鍾繇である。山東の現状を知っている人物を、むざむざ帰すのはもったいない。それに曹操についてもよく知りたい。

むろん鍾繇は曹操という名を知らなかったわけではない。曹家は祖父が宦官《かんがん》の大物で、父は銭を積んで三公の位を買ったという、かんばしくない評判がはりついている家である。そ

ういう負《ふ》の遺産を継いだ曹操が、どれほどの実力者になっているのか。

王必と対座した鍾繇は、開口一番、

「曹操どのは、袁紹の盟下にあって、ともにあらたな天子を立てる計画をもたれている。それについては、いかが」

と、遁辞《とんじ》をゆるさぬ気魄《きはく》で問うた。

だが、王必は曹操にみこまれただけのことがあり、いささかもひるまず、

「新天子の擁立は、袁紹どのの独創であり、わが主《しゅ》にはかかわりがありません。また、その無理な構想はすでに潰《つい》えました。さらに、貴殿はわが主が袁紹どのの盟下にあると中されたが、いまやわが主は兗《えん》州を占有し、早晩、徐《じょ》州を兼有《けんゆう》する勢いにあって、袁紹どのの盟下にいるわけではありません」

と、胆気《たんき》のある声で答えた。

「さようですか。しかしながら、山東の諸将は、董卓が擁立した天子を認めず、董卓の配下が運営する王朝を無視しているでしょう。そのなかで曹操どのだけがこちらに通じたとなれば、袋だたきにあいましょう。その覚悟の底にあるのは、なみなみならぬ勤皇の志と俠気《きょうき》であると拝察しました」

「やっ、おわかりいただけたか」

王必は自分の膝《ひざ》を平手で打った。

すかさず鍾繇は上体をかたむけて、

「そこで、正直にお答え願いたい。あなたを長安へ送りだした人は、どなたですか」

と、問うた。

王必は胸をそらして失笑した。

「わが主は曹操さまです。ほかにたれがわたしを送りだせるのですか」

「ですから、正直にお答えを、と申したはずです。使者となったあなたは、比類ない宏図《こうと》の端緒《たんしょ》となったのです。それほど大規模な未来図を画いた人が、曹操どのの近くにいたにちがいない。その人は、どなたか、と問うているのです」

「ほう――」

王必のおどろきがにわかに大きくなった。

長安の王朝と交通する道を拓《ひら》け、という曹操の命令をうけてから、ねんごろに声をかけてくれたのは、曹操の謀臣のひとりである荀彧《じゅんいく》である。

「都内のありさまなどは、どうでもよいのです。よくよく人を観察してきてください」

「承知した」

王必はそう答えたものの、その忠告をさほど心にとめなかった。要するに、今後曹操の使者が王朝の実力者にすげなくされないような関係をつくればよい、それが使命だ、とおもいこんでいた。

だが、眼前にいる鍾繇という男は、もっと広く深く、この一事を観《み》ている。

――そういうことか。

ようやく王必は悟得《ごとく》した。主である曹操は天子を迎えて天下王朝を樹《た》てようとしている。その最初のさぐりがこの使いである。そういう壮大な計画を曹操に献じたのが荀彧を措《お》いてほかにいないことに、いまごろになって気づいた。

王必は胸がふるえた。声もふるえそうになった。

「荀彧という者がいます。ご存じか」

「もしや、その人は、荀爽《じゅんそう》さまの――」

「さよう、甥《おい》にあたる」

「吁々《ああ》……」

鍾繇は嘆息した。自分を中央政府に辟《まね》いてくれた荀爽が、死後も、橋渡しをしてくれているように感じた。潁川《えいせん》郡に生まれ育った者は、おなじ郡の潁陰《えいいん》県の荀氏一族について仄聞《そくぶん》しない者はいない。族全体が芳秀《ほうしゅう》しているといってよい。荀彧が曹操を輔佐《ほさ》しているということは、群雄のなかから曹操が傑出すると、その族が予見したにちがいない。

――張良《ちょうりょう》が劉邦《りゅうほう》に属《つ》いたようなものだ。

そう想った鍾繇は、

「われらは玉《ぎょく》を東へ飛ばす用意があります。その玉はおそらく洛陽《らくよう》のあたりに落ちるでしょうが、あなたのご主人はその玉を受けとめられようか」

と、なぞをかけた。玉とは天子のことだ、とすぐにさとった王必は、

「わが主がなんで受けそこないましょうや」

と、笑って答えた。

このあと鍾繇は放《はな》れわざに比《ちか》いことをやった。群臣が畏《おそ》れて近づかない李傕と郭汜に、忌《き》憚《たん》なく面会して、曹操の使者を厚遇したほうが有利であることを説《と》いて得心《とくしん》させた。それによって王必の使いは成功した。

曹操に復命した王必は、この往復が上首尾であったことを告げ、そのあと荀彧に会って、

「ひとり偉材をみつけましたぞ。その者は、千里のかなたにありながら、主と貴殿の壮図《そうと》をみぬいておりました」

と、鍾繇の氏名を添《そ》えて詳細を語った。

おどろきを表にださずにうなずいてみせた荀彧は、

――むこうには天子を洛陽に帰還させる秘計があるのだな。

と、察し、その秘計に主である曹操をつないでよいのか、このあと独《ひと》りになって熟考した。

鍾繇という賢臣は、長安を脱出した天子を曹操が洛陽で迎え、天子を擁護しつつ天下王朝を運営するのがよいと暗《あん》にいっている。が、そのやりかたは董卓の方策とおなじであり、しかも天子は董卓によって立てられた献帝である。山東の諸将は献帝を崇敬《すうけい》しないであろう。敵を増やすばかりにならないか。また曹操の実権が天子の威光を冒《おか》すようになれば、天子の近臣は曹操の暗殺をたくらみ、第二の王允と呂布が現れるかもしれない。それよりもなによりも、曹操の心の深奥《しんおう》には、皇帝になりたいという欲望がひそんでいて、もしも曹操がみずから献帝を迎立《げいりつ》すれば、自身が皇帝になる道を閉ざすことになる。ほんとうにそれでよいの

か。

――だが……。

時勢は生き物である。献帝が長安を脱出して東行するという気運がひそかに高まっているとすれば、それにいちはやく応じた山東の将が有利となることはまちがいない。最大勢力の中心人物である袁紹は、叔父の袁隗《えんかい》が董卓に殺されたことで、董卓にかかわりのある献帝さえも憎んでいるようにみえるが、政治的配慮を優先させて、そういう悪感情をおさえ、曹操よりさきに献帝を迎え、冀《き》州に天下王朝を樹立したら、天下の情勢はどうなるであろうか。

――まずい。主にとって致命的にまずい。

そう痛感した荀彧は、ついに曹操に献帝迎立を進言し、ついでに鍾繇を擢用《てきよう》なさるべしと説いた。

当の鍾繇は、尚書郎《しょうしょろう》の韓斌《かんひん》と、献帝脱出計画を練《ね》った。


興平《こうへい》二年の七月に、献《けん》帝は長安《ちょうあん》をでた。

それからさまざまな苦難に遭《あ》いながらも、献帝が洛陽《らくよう》の地に到ったのは、ちょうど一年後である。往くときはひと月しかかからなかった道程であるが、復《かえ》るときは一年もかかった。

ちなみに献帝が洛陽に帰還した年は、建安《けんあん》元年と改元された。

献帝に従って危道《きどう》を綱わたりのようにわたって帰ってきたといえる鍾繇《しょうよう》は、荒れはてた洛

陽に到着するや、地に坐り、ぬかずいた。かれは地神にむかって、

「あなたさまのご加護がなければ、多くの高官とともに、われも殞命《いんめい》していたでありましょう」

と、謝意をこめていった。李傕《りかく》、郭汜《かくし》、張済《ちょうせい》の軍に追撃されて、亡《な》くなった者はかずしれない。

焼け落ちた建物しかなく、道は茨《いばら》でおおわれているといった洛陽城内の荒廃ぶりを哀しんだ鍾繇は、地神の恩に報《むく》いるため、かならず洛陽を復興させる、と誓った。

鍾繇の指図に従って、長安をでたあと陽陵《ようりょう》へゆき、家族とともに息をひそめていた鍾演《しょうえん》が、ひと月後に安全を確認して家族を引率してきた。

「助かった」

すっかりやつれた鍾繇は弟の手をとって喜んだ。じつは洛陽城にはいった天子の従者の大半が飢餓《きが》状態となり、死んだ者もすくなくなかった。すでに曹操《そうそう》は入朝したが、この惨状をみかねて、翌月、献帝を潁川《えいせん》郡の許《きょ》県に移すことにした。許県は長社《ちょうしゃ》の東南に位置し、長社から遠くない。すなわち鍾繇の生まれ故郷の近くに後漢《ごかん》王朝の首都が設立されることになったのである。

——遷都《せんと》を進言したのは、荀彧《じゅんいく》どのであろう。

と、すぐに鍾繇にはわかった。許県は荀氏一門の本拠である潁陰《えいいん》県からも遠くない。潁川郡の地を踏めば、ふしぎな安心感がある。この感覚は荀彧もおなじであろう。

曹操は遷都の前後に王朝の人事的清掃をおこなった。敵対勢力につながっていそうな高官を貶斥《へんせき》し、王朝制度の旧態に安住したがる官吏を排除した。

——なるほど曹操という人は、能力優先主義者か。

そうみていた鍾繇は、御史中丞《ぎよしちゆうじよう》に任命された。

官職名とその職掌《しよくしよう》の内容をすべておぼえるのは至難ではないとはいえ、むずかしいことにはちがいない。御史中丞は、御史台（台は役所）の長官である。不正を弾劾《だんがい》する役目である。廷尉《ていい》が検察官であるとすれば、御史中丞は監察官である。

この任命は、自分の能力を曹操に認められたわけではなく、ためされようとしている、と鍾繇は冷静に理解した。

その後、侍中《じちゆう》・尚書僕射《しようしよぼくや》に昇進したということは、曹操にその能力を高く評価されたということである。尚書令が王朝の事務の中枢にいるとすれば、僕射は次長といってよい。それからほどなく司隷校尉《しれいこうい》に任命されたので、これにはすくなからず鍾繇はおどろいた。

——司隷校尉といえば……。

かつては広大な首都圏の行政と監察をおこなう要職であった。が、首都が許県へ遷《うつ》ったいま、司隷校尉はなにをすればよいのか。

とまどう鍾繇に、曹操はつぎのような訓辞を与えた。

「われは山東《さんとう》の軍事で多忙である。しかるに西方が騒がしい。なんじは長安へゆき、鎮静につとめよ。なお、なんじは関中《かんちゆう》の諸軍を統率し、法令にこだわらず、ぞんぶんにやるがよい」

西方が騒がしい、というのは、馬騰《ばとう》と韓遂《かんすい》を棟梁《とうりょう》とする二大勢力の抗争が熄《や》まないということである。

——あっ、長安へ往くのか。

鍾繇にとって、これはおどろきではない。むしろ自分はそういう定めにあり、その定めに素直に従うことによって、おのれの実力以上の能力が発揮されるように地神が援助してくれると信じた。

長安に赴任した鍾繇は、長安をかこむ三郡（三輔《さんぽ》）すなわち左馮翊《さひょうよく》、右扶風《ゆうふふう》、京兆尹《けいちょういん》の人口がかなり減ったことを知った。報告をおこなった補佐官は、

「馬騰と韓遂の争いを恐れて、数万の家族が子午谷《しごこく》を通り、漢中《かんちゅう》の張魯《ちょうろ》のもとへ逃げたのです」

と、説明した。

「そうか……。人々は五斗米道《ごとべいどう》にあこがれているのか」

長安から益州《えき》の漢中郡にはいる最短の道を子午道《しごどう》という。

五斗米道は道教《どうきょう》の初期の形態といってよい。道教は現世利益を秘術をもって実現させるものであるといってよいが、五斗米道に関しては、そういう術を張魯の祖父の張陵《ちょうりょう》が創始した。かれに師事する者は五斗の米をさしだしたため、五斗米道とよばれる。張魯の代になると信者は増大し、その宗教団体は国家の規模にまで拡大した。しかも張魯は兵術にも長《た》け、外敵

を撃破したため、その国家は堅固なものとなった。張魯の評判が良くなればなるほど、より多くの人々が張魯の国というべき漢中郡へながれていってしまう。

――それを食い止めるには……。


三輔の平穏を永続させ、西方での抗争をやめさせるしかない。

鍾繇は最初から軍事力をつかうつもりはなかった。西方に兵馬をむければ、争っていたふたりはにわかに結託《けったく》して政府軍に対抗するであろう。そういう愚行を避けるために、鍾繇は馬騰と韓遂を説《と》くことからはじめた。この穏便《おんびん》な策は功を奏して、馬騰と韓遂は自分の子を人質として曹操のもとに送り、のちに馬騰自身が入朝して、衛尉《えいい》に任ぜられた。これは、関中と西方の鎮静化としては理想形であり、軍資と兵を浪費しないこの成功は曹操を満足させた。


――これなら、関中と西方は鍾繇に任せられる。


と、曹操は鍾繇の胆力のある怜悧《れいり》さを絶大に信用した。

ほどなく天下の形勢が急変した。

兗《えん》州から徐《じょ》州へ支配圏を移していた呂布《りょふ》が曹操に討たれ、北方の雄である公孫瓚《こうそんさん》が冀《き》州の袁紹《えんしょう》に敗れて自殺した。さらに荊《けい》州から揚《よう》州へ本拠を遷していた袁術《えんじゅつ》が病死した。

群雄割拠の時代が終わろうとしているといってよい。

「早晩、袁紹が曹公を潰しにくる」

鍾繇は弟にそういったが、はたして覇権争奪戦というべき、官渡《かんと》の戦いがはじまった。主戦場となった官渡は、首都の許県のま北に位置し、その防衛拠点が破壊されれば、首都の陥落は必至である。その戦いでは袁紹軍の優勢が長安まで伝えられたので、鍾演は不安そのものとなり、

「曹公が敗れたら、兄さんはどうするのですか」

と、問うた。

「曹公の左右には、智者と勇者がそろっているので、負けることはあるまいと想《おも》うが、万一、負けたときは、許県の天子をここ長安にお移しすればよい」

曹操が献帝を手放さないかぎり、再起の道はある。曹操もそれはわかっており、大敗しても戦死することはなく、最悪の場合を想定して、ひそかに手を打ったにちがいない、と鍾繇はみている。

「さあ、馬を集めるぞ」

と、高らかにいった鍾繇は諸将と属吏に、できるかぎり多くの馬を集めて、曹公のもとへ送れ、と命じた。この命令によって集められた馬は二千余頭あり、それらすべては曹操の陣にとどけられ、曹操を感激させた。

苦戦のすえに袁紹軍を敗走させた曹操は、鍾繇の配慮について、

「蕭何《しょうか》の功にひとしい」

と、称揚《しょうよう》した。蕭何は前漢《ぜんかん》の創業期の名臣であり、劉邦《りゅうほう》が天下平定をつづけるあいだ、後方から軍需の食料などをたえず送り、のちに、

「すべての功のなかで第一である」

と、劉邦に認定された。それをふまえての曹操の褒詞《ほうし》は、鍾繇を喜ばせた。長安だけではなく関中全体を豊かにするまでは、在職をつづけたいという願いがかないそうだと明確に予想できたからである。

だが、すべてが順調というわけではなかった。

平陽《へいよう》を本拠とする匈奴《きょうど》の単于《ぜんう》が叛乱を起こした。それにたいして、鍾繇は一転して武力をつかった。最初から単于を説得するのはむりだとみきわめたからであろう。平陽があるのは、長安の東北に位置する河東《かとう》郡であり、まずいことに、この郡に袁尚《えんしょう》（袁紹の子）の指図を承《う》けた猛将の郭援《かくえん》が乗り込んできた。敵が倍加したと知った鍾繇の属将たちの腰がひけた。それをみた鍾繇は、叱呵《しつか》した。

「ここで退却したら、関中の諸豪族も郭援になびき、われらに帰還する先があろうか」

むろん鍾繇は曹操に泣きついて応援を乞うような醜態をみせない。賢臣の張既《ちょうき》を馬騰のもとへ遣《や》り、馬騰の子の馬超《ばちょう》とその軍に協力させるという奇手を打った。

馬超の参戦は大きかった。

「汾水《ふんすい》の戦い」

において、川を渡渉《としょう》中の敵軍を大破し、郭援を斬るという大勝を鍾繇は得た。この勢いをもって匈奴の単于を降伏させた。

古代から文武兼備という能力のありかたが名臣の条件とされてきた。鍾繇はその条件を満たす、と世間からもみなされるようになった。

関中の平穏を確保した鍾繇は、一隊を従えて洛陽へ行った。

荒れはてた旧都にはいった鍾繇は、おもむろに馬をおりて地に坐った。蕭々《しょうしょう》と風が吹いている。涙ぐんだ鍾繇は、地神にむかって、

「還ってくるのが遅くなりました。かならず往時の豊かさをとりもどしてみせます。それまでご辛抱ください」

と、心中で語りかけた。

引率してきた三千余の兵に、洛陽の整備を命じた。それをかわきりに、長安から洛陽に人を遣《や》って整備をつづけさせた。区画整理のめどがついたところで、関中の住人、流人《りゅうじん》、逃亡者などに呼びかけて、洛陽に居住することを勧《すす》めた。

のちに洛陽が首都に返り咲くための基礎を、鍾繇が築いたのである。


曹操《そうそう》は魏《ぎ》公となり、ついで魏王となった。

前漢《ぜんかん》と後漢《ごかん》の王朝を通覧《つうらん》して、帝室の枝葉《しよう》という血胤をもたずに、臣下でありながら王位に昇ったのは、曹操だけである。もっとも、前漢の末には帝位を簒奪《さんだつ》した王莽《おうもう》という奸物《かんぶつ》がでたが、王莽のような詐術《さじゅつ》を用いずに、曹操は王国を建てた。もしも董卓《とうたく》が献《けん》帝を殺していれば、まちがいなく曹操が皇帝になっただろう、と鍾繇はその祝事を別の感慨《かんがい》をもってなが

めた。

鍾繇も昇進した。

冀《き》州の鄴《ぎょう》を首都とする魏が建国されると、大理《だいり》となった。

古くは法官のことを理といったが、秦《しん》の時代に司法長官を廷尉《ていい》というようになった。前漢時代に廷尉を大理とし、また廷尉にもどすということがくりかえされた。後漢時代は廷尉という官職名がつかわれつづけ、献帝のときに大理に改められた。

そのあと鍾繇は相国《しょうこく》にまで昇った。

枉《ま》がったことが嫌いで公平をこころがける鍾繇は多くの人に尊敬された。

しかしながら、災難はおもいがけないかたちで突然やってきた。

鍾繇が推輓《すいばん》した魏諷《ぎふう》という能吏《のうり》が、遠征軍がでたあとの曹操不在の鄴で、謀叛《むほん》を決行するまえに逮捕された。かれが処刑されたことによって、鍾繇も連座した。ただし厳罰とはならず、相国を罷免《ひめん》されただけである。

「これですんだのは、太子のご温情、あってのことだ」

無冠となって自邸に帰った鍾繇はしみじみと弟に語った。たしかにこの事件で連座した者の多くは死刑に処せられた。魏諷の謀叛をあばいたのは魏都を留守《りゅうしゅ》していた太子の曹丕《そうひ》であり、さいわいなことに、鍾繇は以前から曹丕に尊敬されていた。人に助けられたものの、地に護《まも》られたという感じがしなかったので、寂静《じゃくせい》のなかに独《ひと》り坐った鍾繇は、

——われは鄴の地へのいたわりと、地神への尊崇《そんすう》を忘れていたかもしれぬ。

と、反省した。

鍾繇は理路《りろ》をはずさない人なので理知的にみえるが、じつは感性も豊かで、能書家でもあった。

下野《げや》させられて得た閑暇《かんか》を利用して、書道について考え、初心者にも筆づかいを平明にわからせるために、

「千字文《せんじもん》」

の原形を作った。のちにそれは梁《りよう》の周興嗣《しゆうこうし》によって、おぼえやすい韻文《いんぶん》のかたちに整理された。

――天地玄黄《てんちげんこう》。

という四文字ではじまる「千字文」は、天は玄《くろ》く、地は黄色い、といっている。玄は北を指し、黄は中央を指す、という思想があり、また黄は皇帝の色でもある。後漢の霊《れい》帝のときに黄巾《こうきん》の乱が勃《お》こり、その乱の首謀者である張角《ちようかく》は、

「黄天《こうてん》」

という語を掲《かか》げた。むしろそのほうが理にかなっており、地が黄、というのは奇想に類する。が、そこに鍾繇の思想の痕跡《こんせき》がある、というみかたもできるのではないか。

さて、曹操が薨去《こうきょ》して、曹丕が魏王に即位すると、鍾繇はすぐに召されて大理に任命された。

それから九か月後に、禅譲《ぜんじよう》がおこなわれて、曹丕は皇帝となった。

「洛陽《らくよう》を首都とする」

と、曹丕が宣明したのは、洛陽の地につくした鍾繇の労を暗にねぎらったともいえる。ちなみにそれからひと月後に、大理は廷尉に改められた。

さらに太尉《たいい》に昇進した鍾繇は、司徒《しと》の華歆《かきん》、司空《しくう》の王朗《おうろう》とともに、

「この三公こそ、一代の偉人である」

と、曹丕に絶賛された。みかたをかえれば、その三人を群臣の最高位に置いて王朝を円滑に運営している曹丕が、自身の治法《ちほう》を自画自賛しているともとれなくない。とにかく、芸術に関心のある曹丕は、鍾繇にとって仕えやすい皇帝であったことはまちがいない。

しかしながら、曹丕の在位期間は長くない。

三十四歳で帝位に即《つ》いてから、六年後に崩《ほう》じた。

曹丕の太子である曹叡《そうえい》が践祚《せんそ》したとき、鍾繇は七十六歳であり、膝《ひざ》に疾患《しっかん》があったため、起居がままならなかった。そのため車に乗ったままでの参内《さんだい》がゆるされた。下車するのも時間がかかるので、侍衛がかれのからだをかかえて殿上にのぼり、席につかせた。

鍾繇はついに太傅《たいふ》にまで昇った。太傅は三公の上の上公というべき位である。

――洛陽の地が、ここまでしてくれたのだ。

鍾繇の意識とは、そういうものであったろう。昔、族父の鍾瑜《しょうゆ》が洛陽への旅に誘ってくれたあの一事が、鍾繇の人生を決めた、ということもできる。

鍾繇は八十歳で死去した。

かれの功績は、なんといっても、正しい司法をおこなったことであり、それによって民に怨まれたことがない。

特記すべきことである。

賈逵《かき》

河北《かほく》の覇王というべき袁紹《えんしょう》が病死した。

袁氏の本拠は冀《き》州の最南端に位置する魏《ぎ》郡である。

その郡の西隣に并《へい》州の上党《じょうとう》郡があり、さらに、その郡の西隣にあるのが、賈逵《かき》のいる河東《かとう》郡である。

河東郡は文字通り河水《かすい》（黄河《こうが》）の東にあるが、河水がL《エル》字に曲がっているため、河水の北にあるといってもよい。この郡は、後漢《ごかん》王朝の司隷校尉《しれいこうい》部（近畿圏）を構成する七郡のひとつでもある。

この河東郡襄陵《じょうりょう》県に生まれた賈逵は、幼いころから兵法が好きであった。兵法は剣術とちがって個人技ではなく、武装集団の動静《どうせい》を定めて勝利にみちびく理法のことである。なお兵は、一兵卒を指す場合もあるが、おもに戦いをいい、兵法は戦法あるいは戦争理論といいかえることができる。

賈逵は子どもを集団に分けて戦わせることを遊びとした。それを視《み》た祖父の賈習《かしゅう》は、

――この孫は、みどころがある。

と、おもい、

「なんじは大きくなれば、将率《しょうすい》となるにちがいない」

と、いった。将率は将帥《しょうすい》といいかえてよい。大将のことである。ただしいまの賈逵は兵法を勘《かん》でおこなっている。そこで賈習は、

「よく、きくのだ。漢《かん》王朝が建てられるまえに、項羽《こうう》と劉邦《りゅうほう》というふたりの英雄が天下を争った。項羽の祖父は楚《そ》の国の将軍であったから、項羽は幼いころに書道と剣術を教えられても関心をもたず、万人を敵にまわして戦うことを学びたいといった。そこで項羽は季父《おじ》の項梁《こうりょう》から兵法を学んだ。ところが項羽はだいたいのところがわかったと意《おも》ったのか、それ以上深く学ばなかった。そこが項羽のだめなところだな。あとになって、ろくに兵法を知らない劉邦に負けて、天下を失った。兵法は、学ぶのなら、深奥《しんおう》に達しなければならぬ。中途でやめれば、かえって害になる。それなら劉邦のように知らぬほうがよい。どうだ、なんじはとことん学ぶ気はあるか」

と、賈逵に気構えを問うた。気が強い賈逵は、

「中途では、やめません」

と、はっきりいった。この顔つきと目つきをみた祖父は、うなずいて、

「よし、では、教えてやろう」

と、兵法書をとりだして読みきかせた。賈習独自の理論もまじえて、数万字におよぶ兵法を伝授した。

賈逵が生まれたのは霊帝《れい》の熹平《きへい》三年（一七四年）であり、十一歳のときに、天下が騒然となった黄巾《こうきん》の乱が勃発したので、おちついて儒教関連の書物を読んでいる場合ではない、という風潮があったのかもしれない。それから十年余が過ぎて二十二歳の晩冬に、河東郡全体に緊張がはしった。長安《ちょうあん》にいた献帝《けん》が、董卓《とうたく》の属将であった李傕《りかく》と郭汜《かくし》の魔手からのがれ、東へ奔《はし》って、ついに河東郡の安邑《あんゆう》に到った。献帝は翌年夏まで安邑から動かなかったので、わずかな間とはいえ安邑が後漢王朝の首都となった。

「建安《けんあん》」

と、改元されたのも、安邑においてである。

賈逵の出身地である襄陵は、安邑の北に位置して、その距離はおよそ二百四十里である。徒歩でもいそげば四、五日で安邑に着けるとおもえば、

――天子をお助けしたい。

と、賈逵は飛びだしそうであった。が、知人や友人にとめられた。いま河東郡は、郡全体が貧困にあえいでいる。郡内には盗賊も多い。

「安邑に着くまでに、殺されるか、のたれ死にする」

躬《み》ひとつで逃げてきた献帝を助ける者は、豊富な食料と軍資をもっていなければならない。富力《ふりょく》をもたない庶士が勤皇《きんのう》の心をささげるために安邑に駆けつけたところで、献帝の力になれるはずがない。かえって迷惑になるだけであろう。

――それも、そうか……。

賈逵はあきらめた。

ちなみに、このあと献帝を擁護すべく動いたのは、河内太守《かだいたいしゅ》の張楊《ちょうよう》であり、かれの援助によって、安邑をあとにした献帝は洛陽《らくよう》に帰着した。さらに献帝は、兗州牧《えんぼく》の曹操《そうそう》に迎えられて、潁川《えいせん》郡の許《きょ》県へ遷《うつ》り、そこで王朝を再開した。

やがて賈逵は郡の役人となった。この郡の太守として王邑《おうゆう》が赴任《ふにん》してくると、郡吏《ぐんり》としてめずらしく人気のある賈逵は、絳邑《こうゆう》という小さな県の長《ちょう》を代行させられた。県令《けんれい》あるいは県長を代行した者は、さほど歳月が経《た》たないうちに、令または長に正式に昇格するのがふつうである。賈逵が袁紹病死を知ったのは、そんなころである。

「袁紹の子は仲が悪いので、兄弟が抗争をつづけて、自滅することになろう」

賈逵が属吏《ぞくり》とそういう話をしているうちに、河北平定をめざす曹操は軍を北上させて、袁紹の子である袁譚《えんたん》、袁尚《えんしょう》の軍と対峙《たいじ》した。たしかに袁譚と袁尚は憎悪しあっていたが、曹操に負けたあとの惨状を想《おも》えば、さすがに協力して迎撃《げいげき》せざるをえなかった。

袁紹の後継者を自任する袁尚は、曹操の勢力圏にゆさぶりをかけた。従兄弟《じゅうけいてい》の高幹《こうかん》が并州刺史《しし》なので、かれと将軍の郭援《かくえん》を動かして、河東郡を蹂躙《じゅうりん》しようとした。

并州から河東郡に侵入した郭援軍は猛威をふるった。この軍は進路にあたる城と県をつぎつぎに降伏させて、ついに賈逵が守る絳邑に迫った。

――なるほど、これが袁尚の兵法か。

いま曹操は軍の主力を河北にむけているが、河東郡を失えば、それより西の郡との交通が遮断されるので被害は甚大《じんだい》である。そうさせないためには河北にいる軍を撤退させて西へ移動させなければならない。つまり袁尚は曹操軍に勝たなくても、曹操軍を退去させることができる。兵法に精通している賈逵は、この戦略が、

――孫子《そんし》の兵法の応用である。

と、わかる。しかしながら袁尚以上に孫子の兵法にくわしい曹操が、袁尚の策にふりまわされるであろうか。

――しばらく援軍は河東郡にはこない。

曹操の立場になって考えた賈逵は、県長の立場にもどってぞっとした。絳邑のような小規模な城が怒濤《どとう》のような郭援軍の攻撃を百日もしのげるはずがない。他の県令や県長のように戦うまえに降伏してしまう手があるが、それは賈逵の節義《せつぎ》からすれば死ぬほどはずかしいことである。

――こうなれば、死ぬまで戦うしかない。

賈逵はおのれの不運を嘆き、兵法を教えてくれた祖父が祝ってくれた将来が暗く閉ざされてしまう悲しみをおぼえながら、県の官民に防戦を指令した。

「ほう、抗戦する城があるのか」

郭援は絳邑を遠望して嗤《わら》った。小城が十日も攻撃にさらされれば、陥落しないはずがない。それを知らずに城を固守しようとする県長はまれにみる愚者というしかない。

「攻めよ――」

郭援は号令をくだした。麾下《きか》の兵士は包囲陣を形成するとすぐに猛攻を開始した。が、十日が過ぎても、ひとりの兵士も城壁を越えられなかった。郭援はその事実を怪しみ、はじめて城主に関心をいだき、

「県長はなんという氏名か」

と、左右に問うた。

「賈梁道《かりようどう》という者です」

梁道は賈逵のあざなである。

「おもしろい男だな」

城将に関心をもった郭援は、城攻めのむずかしさを実感すると、匈奴《きようど》の単于《ぜんう》に助力を求め、匈奴兵の到着を待って攻撃を再開した。ちなみに単于は、中華における天子にひとしい。

「こりゃ、城が潰《つぶ》れるわい」

城内の長老たちは、ここまで賈逵を扶助《ふじよ》して、県民に武器をもたせて戦ってきたが、落城を必至《ひつし》とみた。落城すれば、県長は斬られ、県民はみな殺しにされるかもしれない。そういう最悪の事態を避けるためには、県長に降伏をうながすしかないが、死んでも降伏しないといっている賈逵を説得するのは至難《しなん》といってよい。

「ひとつ手がある。われらが悪者になればよい」

ひとりの長老がちょっとした奇想をだした。それをきいたほかの長老たちは、それしかない、と手を拍《う》ち、膝《ひざ》を打って賛同した。

夜間、城から密使がでて敵陣へ走った。この密使が郭援に会うと、こう告げた。

「県長をあなたさまの手にお渡しし、開城します。ただし県長を殺さないことを守っていただきたい。もしも県長が殺されたなら、われら県民はすべてが戦死するまで戦いぬくでしょう」

「わかった。約束する」

賈逵に関心のある郭援は即答した。これ以上絳邑で滞陣していては、河東郡の平定が遅れてしまう。

復《かえ》ってきた使者の報告をきいた長老たちは、

——これで県長も死なずにすむ。

と、安心し、翌朝、兵をともなって政務室に踏み込んだ。かれらは賈逵にむかって、

「どうか、黙って捕縛《ほばく》されてもらいたい。これがあなたさまを生かす唯一の道なのです」

と、いった。どこまでも郭援と戦おうとしていた賈逵が、突然、県民に背《そむ》かれたとなれば、敵に降《くだ》ったことにならない。また県民は、たとえ県長を裏切っても、のちに処罰されることはない。長老たちの苦肉《くにく》の策《さく》がこれであった。

朝日が昇ってから、城外に突きだされた賈逵は、郭援のまえにひきすえられた。剣をぬいた郭援は、剣峰《けんぽう》を賈逵の胸もとにあてると、

「なかなかの働きであったな。どうだ、袁氏に仕えぬか。われが将軍に推挙するが、どうだ」

と、いった。賈逵は横をむいて答えない。

「この剣は、なんじを縛っている縄を切ることができるが、なんじの心臓を刺しつらぬくこともできるのだぞ。しかと返答せよ」

それでも賈逵は口をひらかない。それをみて腹を立てた郭援の側近が、賈逵の頭をおさえて叩頭《こうとう》させようとした。

「さわるな」

と、怒声を揚げた賈逵は、郭援を睨《にら》んで、

「国家の長吏《ちょうり》が賊に叩頭することなどあろうか」

と、あえて敵将をさげすんだ。賊と侮辱された郭援はさすがに怒り、この場で、賈逵を斬ろうとした。このありさまを城壁の上から見守っていた吏民は、

――県長が殺されそうだ。

と、察知するや、

「約束にそむいてわが賢君《けんくん》を殺せば、死ぬまで戦ってやるぞ」

と、大声を放って郭援を恫《おど》した。これだけでも賈逵がいかに吏民に敬慕《けいぼ》されているかがわかる。郭援の左右の兵も、ここはさっさと切り上げたいとおもったのであろう、

「上党の壺《こ》口関《こうかん》へ送ってしまいましょう」

と、いった。賈逵の処置は、上党にいる高幹にまかせたらどうですか、と進言したのである。

「よし、そうしよう」

絳邑を開城させたい郭援は、衆目のあるところで賈逵を檻車《かんしゃ》に乗せて、出発させた。約束を守ったことを絳邑の吏民にみせた郭援は、ようやく前進することができた。だが、ここでの遅延《ちえん》がかれの命運を翳《かげ》らせたといってよく、西へすすんで汾水《ふんすい》を渡る途中で、待ち構えていた馬超《ばちょう》の軍に痛撃された。郭援の軍は大敗し、郭援は、馬超配下の龐悳《ほうとく》に首を獲《と》られた。

こういう郭援の最期を知らない賈逵は、壺口関にある窖《あなぐら》のなかにつながれていた。車輪で蓋《ふた》をされたこの地中の牢の上に見張りがいた。かれは高幹から、

「ここを去るときは、賈梁道を殺せ」

と、命じられていた。

地中から声が昇ってくる。

「このあたりには健児がいないのか。義士をこのなかで死なせてよいのか」

日に日に賈逵の声は衰えているが、それでも見張りの者にとっては耳ざわりである。高幹にこの囚人を助命する意思がないのであれば、いつ殺してもおなじである。

すなわち賈逵のいのちは、風中《ふうちゅう》の燭《しょく》のごとし、といってよかった。

だが賈逵が地中から放った声はひとりの男を撼《うご》かした。祝公道《しゅくこうどう》という者がその声をきいて、正義を守って危難にさらされることをあわれんだ。いや、あわれんだだけではなく、夜中に窖におりて賈逵をつないでいる械《かせ》をたたきこわして逃がした。

賈逵は九死に一生を得た。

が、自分を救いだしてくれた恩人の氏名がわからない。郭援が敗死したあとの河東郡にもどった賈逵は属吏をつかって調べさせると、ようやく祝公道であるとわかった。しかしすでにゆくえがわからなくなっていた。のちに、おもいがけなく祝公道の氏名をみつけた。かれはある事件に連座して法に服さなければならぬ罪人になっていた。

——なんとか助けたい。

賈逵は尽力した。が、どうすることもできず、祝公道の死を知った。賈逵はひとり喪服に着替えた。

賈逵《かき》は澠池《べんち》県の令《れい》に栄転した。

が、かつて兵法を教えてくれた祖父が亡《な》くなったと知るや、官を去った。

服忌《ふくき》を終えると、司徒《しと》府から辟召《へきしょう》された。それに応じて上京すると、司徒の掾《えん》（属官）となり、ついで議郎《ぎろう》となった。議郎は光禄勲《こうろくくん》の属官ではあるが、昇進しやすい官であり、賈逵の才器が注目されるようになったあかしといってよい。

叛逆した馬超《ばちょう》を曹操《そうそう》がみずから征伐した際に、弘農《こうのう》郡を通過した。弘農郡は河水《かすい》をはさんで河東《かとう》郡の南にある。

「ここは西道《せいどう》の要《かなめ》である」

と、いった曹操は、急に、賈逵を呼んで弘農太守《たいしゅ》を代行させた。そのとき、賈逵を召し寄

せて意見を述べさせた。かれがすぐれた計画をもっていると知った曹操は、大いに悦《よろこ》び、あとで左右に、

「天下の二千石《せき》がことごとく賈逵のようであってくれたら、われはなにを憂慮しようか」

と、いった。二千石は郡の太守の秩禄《ちつろく》で、太守（あるいは郡守）というかわりに二千石という。

が、賈逵の正義感の強さは、ときに悶着《もんちゃく》を起こす。

賈逵の直属ではない屯田都尉《とんでんとい》が逃亡の民をかくまっているのではないかと疑い、かれを詰《きつ》問《もん》した。が、かれが不遜《ふそん》な態度でのらりくらりといいのがれようとしたので、怒った賈逵は、かれの足をたたき折った。そのために罷免《ひめん》された。

しかし曹操は、

――埋もれさせてはならぬ才能だ。

と、おもい、ほどなく丞相主簿《じょうしょうしゅぼ》にとりたてた。主簿は文書作成官であるが、丞相主簿ともなると、首相の側近であると想《おも》ったほうがよい。

ところで曹操が丞相になったのは建安《けんあん》十三年（二〇八年）の六月であり、その年の冬に赤《せき》壁《へき》の戦いがあって、曹操軍は呉《ご》軍に大敗した。引き揚げてきた曹操にとって南方の孫権《そんけん》は難敵であったが、再度、南征する計画を立てていた。が、長雨となり、その遠征を喜ばない者が多くなった。曹操は、雨をながめながら舌打ちをし、

――遠征を嫌《いや》がる者が、われを諫《いさ》めにくるにちがいない。

と、感じた。いちいちそのような諫言《かんげん》をききたくない、とおもった曹操は、先手を打つかたちで、

「いまわれは戦いの準備をすすめてはいるが、どこへ征《ゆ》くかは定めていない。それについて諫める者がいれば、死刑にするであろう」

と、命令をくだした。

それを承《う》けた賈逵は、側近の真の在りかたを考えた。側近は主《しゅ》に追従《ついしょう》していればよいというものではあるまい。主のまちがいを匡《ただ》すことは、戦場で敵を倒すことよりも勇気が要《い》る。それでも、それをなして、はじめて真の側近といえるであろう。

すぐさま賈逵は同僚の三主簿にむかって、

「この時期に出陣してはならないのに、ご命令はみての通りだ。われらは近侍の臣として、丞相をお諫めしなくてはなるまい」

と、強い口調でいった。三人は多少のおびえをみせた。それはそうであろう。曹操を諫めることは、刑死につながる。が、賈逵はあえて三人を視《み》ずに、諫言の主旨を書いた草稿をひろげた。それから目をあげて、

「署名してくれ」

と、いった。三人は気がすすまないものの、署名した。それをみとどけた賈逵は、

「では、これから丞相をお諫めする」

と、起《た》ち、三人を引き連れて、丞相府の政務室にはいった。

四人の諫言を聴いた曹操は、

「なんじらはわれの命令を知らぬはずはあるまい」

と、怒り、すぐさま四人を逮捕させた。もっとも罪の重い者を獄《ごく》に送ることにした曹操が、じきじきにとりしらべると、まっさきに賈逵が、

「わたしの発想です」

と、答え、曹操の指令を待たずに、趨《はし》って獄へ行った。獄吏《ごくり》は困惑した。突然、獄中にはいった者が丞相主簿であることと、丞相からなんの指図もとどいていないことで、手をくだしかねた。それをみた賈逵は獄吏の手を執《と》り、

「早くわれに械《かせ》をはめてくれ。われが丞相の近臣であるがゆえに、あなたに手ごころをくわえてもらっているのではないか、と丞相はお疑いになり、かならずここに人をおつかわしになる」

と、いい、械をつけた。はたして直後に、曹操の家人が獄中のようすをしらべにきた。その者の報告をきいた曹操は、

「賈逵は死義《しぎ》する者だ。われはばかりでなく、わが子の過誤《かご》をも匡すであろう」

と、つぶやき、ほどなく賈逵を釈放した。死義とは、正義のために死ぬ、ということである。たまたまだした命令が臣下の正直《せいちょく》さと忠誠度をはかることになった。

――賈逵はまぎれもない忠臣だ。

このときから曹操は賈逵への信頼を深めた。

曹操に信用されただけではなくその才幹を買われた賈逵は、諫議《かんぎ》大夫《たいふ》に昇進し、蜀《しょく》を討伐するために遠征した軍の参謀となった。

が、その討伐は成功せず、引き揚げてきた曹操は、洛陽《らくよう》において薨《こう》じた。すでに曹操は魏《ぎ》王となって冀《き》州魏郡の鄴《ぎょう》県において王朝をひらいていた。実質的にこの王朝が天下を運営する機関であり、許《きょ》県にある献《けん》帝の王朝は空洞化していた。天下の主《あるじ》といってよい曹操の死は、鄴の王朝だけではなく天下に深刻な翳《かげ》をなげかけるはずである。こういうむずかしい状況下で、葬儀をとりしきることになったのが賈逵である。

軍中は騒然となった。疫病《えきびょう》が蔓延《まんえん》しはじめたことも兵士の不安をあおった。

「まずい、まずい」

と、つぶやいた官僚は、賈逵のもとにきて、

「天下に動揺がひろがります。王の喪《も》を発するべきではありません」

と、献言《けんげん》した。

「いや、喪を秘すれば、動揺はさらに大きくなる」

過去に悪例がある。秦《しん》の始《し》皇帝が旅行中に崩じた際、その死が秘《ひ》匿《とく》されたために、陰謀が熟して、正しい帝位の継承がおこなわれず、王朝が顚覆《てんぷく》する原因となった。

賈逵は頑《がん》として自説を枉《ま》げず、喪の発表にこぎつけた。それよりすこしまえに洛陽に駆けつけたのが、曹彰《そうしょう》である。

曹彰は正室の卞《べん》夫人から生まれたので、王位継承権において、曹丕《そうひ》につぐ席にいたといっ

てよい。しかも曹操は危篤になるまえに、

「黄鬚《こうしゅ》を呼べ」

と、命じ、長安《ちょうあん》にいる曹彰に会いたがった。黄鬚は黄ばんだあごひげをいい、そういうひげをもつがゆえに曹彰の別称となっていた。曹彰は猛将である。猛獣と格闘できるほどの膂《りょ》力《りょく》をもち、射《しゃ》と御《ぎょ》も巧《うま》かった。読書をしない曹彰をみた曹操は、

「匹夫《ひっぷ》の勇は貴ぶに足らぬ。経書《けいしょ》を読め」

と、勧《すす》めた。が、曹彰は、

「男たるもの、十万の兵を率いて夷狄《いてき》を逐《お》い、功を樹《た》てるべきだ。読書などしていられようか」

と、いい、書物などにはみむきもしなかった。実際に曹彰は勇将となり、大功を樹てた。

王位継承には欲がなかったが、危篤の曹操が、太子である曹丕を呼ばず、自分だけを呼んだことに濃厚な示唆《しさ》があると感じた曹彰は、洛陽に到着するや、賈逵にむかって、

「先王の璽綬《じじゅ》は、どこにあるか」

と、問うた。古くは実印のことを璽といったが、秦の時代からは皇帝の印だけを璽というようになった。曹操はまだ皇帝ではなかったが、それに比《ちか》い人であったので、曹彰はそういったのであろう。

この曹彰の気迫に圧《お》されることなく、賈逵は色を正して、

「太子は鄴におられ、国には先王を継ぐかたがおられるのです。先王の璽綬については、あ

なたさまが問うべきことではありません」

と、答えた。この厳乎《げんこ》たる態度に、曹彰ははねかえされた感じになり、それ以上は問わなかった。もっとも曹彰は、王位を欲してそう問うたのではなく、

「われにだけ、特別な遺言があったのではないか」

と、いうかわりに、璽綬はどこにあるか、と問うたのかもしれない。賈逵の返答は、そのような遺言はありませんでした、という事実をふくんでいたと想うべきであろう。とにかくここでの賈逵の正容《せいよう》は、曹丕に好印象を与えたにちがいない。

はたして曹丕が王位に即《つ》くと、賈逵は鄴県の令となり、ひと月後には魏郡の太守に昇進した。さらに丞相主簿祭酒《さいしゅ》に遷《うつ》ってから、豫《よ》州刺史《しし》に転任となった。豫州は南の大きな州で、南部は呉の国と接している。行政だけではなく、防衛にも気をつかう州である。

赴任《ふにん》した賈逵《かき》はさっそく国境まで行った。

呉《ご》の国を遠望した。かならず戦うことになるのは、その呉の国とである。

――彼《かれ》を知りて己《おのれ》を知れば、勝すなわち殆《あや》うからず。

と、孫子《そんし》の兵法にはある。彼すなわち呉について知るのはむずかしいが、己すなわち豫《よ》州の地と人について知るのはむずかしくない。とにかく豫州には川が多い。河北《かほく》にも川はあったが、豫州をながれる川の多さはくらべものにならない。

――水をよく知らなければならない。

それを課題とした賈逵は、当面、できることは武器の整備であり、守備を厚くすることであるとおもい、すみやかに実行した。なまける、ということを嫌う賈逵は、以前、職務を荒《こう》怠《たい》した者をことごとく免職にするように上申したことがあり、また賈逵が曹丕《そうひ》に信用されていることを知っている太守《たいしゅ》と県令《けんれい》は、この豫州刺史《しし》の通達に素直に従った。

そのため豫州全体が緊張を保ち、惰容《だよう》をみせなかったので、呉としてはつけこむ隙《すき》がなかった。

呉と戦うことがなければ、民政に集中できる。賈逵は鄢水《えんすい》と汝水《じょすい》を遏《とど》めて陂《は》（つつみ）を造った。また山を断《た》って長い谿水《けいすい》を溜《た》め、小弋陽陂《しょうよくようは》を造った。ちなみに弋陽は豫州南部の郡名である。さらに二百里にわたる運河を通した。いわゆる、

「賈侯渠《かこうきょ》」

がこれである。

献《けん》帝の禅譲《ぜんじょう》をうけて帝位にのぼった曹丕は、劉備《りゅうび》が建国した蜀《しょく》をほとんど意識せず、戦略的主眼を南方へむけた。

――孫権《そんけん》を倒せば、天下平定はおのずから成る。

そういう思想である。

帝位に即《つ》いてから二年後に、呉を大がかりに討伐することにした。その年というのは黄初《こうしょ》三年（二二二年）であり、冬に、大軍をふたつに分けて呉国の東西にむかわせた。東にむか

った軍の元帥《げんすい》は曹休《そうきゅう》である。かれは曹氏一門の族子《ぞくし》であり、曹操《そうそう》の子とへだてなく育てられ、勇将とよばれるまでに成長した。似たような経緯で将軍となった曹真《そうしん》は西方担当で、曹休は南方担当になったと想《おも》えばよい。

——呉と戦わずにいられるはずがない。

命令をうけた賈逵は州兵を率いて南征軍に加わった。しかし、すぐに眉《まゆ》をひそめた。軍の規模が巨《おお》きすぎて、動きがにぶかった。

兵法の達人であった曹操は、草創《そうそう》期に、兵を手足のごとくつかうには五万が限度で、それ以上の兵力はかえって害になると考えた。むろん兵は多いほうがよい場合もあるが、なんとこのとき曹休の指麾《しき》下には諸州郡の二十余万軍がいた。

——軍資のむだづかいにもなる。

賈逵はそう感じた。南方にはそんな大軍を展開する大平原はない。極端なことをいえば、敵と実際に戦闘をおこなうのは一部の兵にすぎず、ほかの兵は朝夕《ちょうせき》食事をして休息しているだけである。

曹休軍は江水《こうすい》のほとりの洞浦《どうほ》に到った。その位置は、のちに呉の首都となる建業《けんぎょう》から遠くない。この時点では、建業は副都であると想えばよい。曹休が脳裡《のうり》に画《か》いていた攻略の道順は、洞浦から対岸の牛渚《ぎゅうしょ》へ渡り、江水ぞいの城を落としながら建業へむかうというものであったろうか。が、なにしろ軍の動きが緩慢であり、そこを呉の名将である呂範《りょはん》の水軍に衝《つ》かれた。呂範の水軍の規模は大きくなく、兵力を比較すれば、曹休軍の十分の一程度であった

であろう。が、呉軍は水戦《すいせん》に長じている。曹休軍はここで進撃を止められた。洞浦で呉軍と戦った賈逵は、

——まずい戦いかたよ。

と、くやしがった。曹休の戦略的構想が諸将につたわってこない。大軍には策がなくてよい、ともいわれるが、ゆきあたりばったりの戦いかたでは、大勝を得られない。この征伐は、曹丕が本気で呉を平定してしまおうという絶大な意気込みが籠《こ》められていたはずなのに、曹休の冴えない指麾でだいなしにしてしまった。

呂範の呉軍は暴風のために多数の船がくつがえり、数千の死者をだしたが、それを魏《ぎ》軍の勝ちとみた魏の査定《さてい》には甘さがある。

引き揚げた諸将は褒賞され、賈逵は陽里亭《ようりてい》侯に昇進して、建威《けんい》将軍の称号をさずけられた。

「勝ったということを国の内外に知らしめるためには、こうするしかあるまい」

遠征がうまくいかなかったと正確に官民につたえると、国が暗くなってしまう。それゆえ多少の妄《うそ》をまじえることも政治的配慮であろう。ただし、その大遠征がなんの成果ももたらさなかった事実をもっともくやしがっているのが曹丕である、と賈逵にはわかった。

——真の勝利を皇帝に献じたい。

そういう心が賈逵にはある。戦いかたのなかには、人だけを重視するのではなく、地の利、を考慮する必要があろう。

属吏《ぞくり》に江水沿岸の地図をもってこさせた賈逵は、それをひろげ、

「いま、孫権はどこにいる」

と、左右に問うた。

「東関《とうかん》にいる、ときこえてきます」

「ここか――」

賈逵は江水の北の一点に指を立てた。東関は濡須山《じゅしゅ》に築かれた要塞で、そこから西北にすすめば巣湖《そうこ》にはいることができる。また逆の方向にはふたつの川があり、その川をつかえば江水にでられる。つまり孫権は北からは攻められない要害にいて、水軍を東西に動かして防衛している。孫権は地の利を熟知しているといってよい。

「魏軍が東関をまっすぐに攻めれば、孫権はおのれを守るために、兵を動かせなくなる」

賈逵がそういうと、左右の者は、

「東関に直行できる路はございません」

と、いい、すこし笑った。

「路がなければ、そういう路を造ればよい」

賈逵は果断の男である。良策であるとおもえばためらわず曹丕に案を献じた。また南征をはかどらせるために、駐屯地の変更を上申した。

曹丕は賈逵の意見をよく聴いてくれた皇帝である。が、曹丕は長寿の皇帝ではなく、洞浦の戦いがあった年から四年後に病歿した。

即位したのは曹丕の子の曹叡《そうえい》である。

中央政府にいなかった賈逵は、その新しい皇帝についてまったくわからなかったので、

「こんどの天子について、なにか、きいたことがあるか」

と、近侍の属吏に問うた。すると、ひとりが、

「英明な天子のようです」

と、ぞんがいはっきりと答えた。地方にいる官吏が二十二歳という若い皇帝の全容を知るはずもなく、その者はうわさを耳にして、この王朝の未来を祝うつもりでそういったのであろう。ただし曹丕の臨終には、曹真、陳羣《ちんぐん》、曹休、司馬懿《しばい》という四人の将軍が召し寄せられていたようだから、その四人が暗愚な皇子を立てるはずがない。

――二年もすれば、どういう皇帝か、わかるだろう。

それから二年後の太和《たいわ》二年（二二八年）に、突然、蜀の丞相《じょうしょう》である諸葛亮《しょかつりょう》が魏の雍《よう》州に侵入して、魏の君臣を驚愕させた。が、曹叡はうろたえず、司馬懿と曹真に的確な命令をくだして、蜀軍を撃破させた。

――ほう、先帝よりもいまの皇帝のほうが、戦略を熟知しているかもしれぬ。

と、賈逵は感心した。しかしながら諸葛亮が賢相《けんしょう》であれば、蜀軍が単独で魏の西部を侵す愚をさとり、呉との連絡を密にして、蜀と呉が連動するという軍事をおこなうであろう。魏は、西方と南方を同時に監視しなければならず、それにともない兵略も難度を増すことになる。

とにかく、万一にそなえて長安《ちょうあん》に行幸していた曹叡は、西方の秩序が回復すると同時に洛《らく》

陽《よう》にもどった。それが四月である。それからひと月も経《た》たないうちに、突然、賈逵に命令がくだされた。

「賈逵《かき》に前《ぜん》将軍の満寵《まんちょう》、東莞太守《とうかんたいしゅ》の胡質《こしつ》らの将軍つまり四軍を督率《とくそつ》させる。西陽《せいよう》からまっすぐに東関《とうかん》へむかうべし」

そういう命令である。

——われが四軍を統率するのか。

ここまでの賈逵のじみな業績を高く評価した者が上にいるということである。その者の意見を容《い》れて命令をくだした曹叡《そうえい》という皇帝の非凡さも、これでわかりすぎるほどわかった。

だが、賈逵だけが呉《ご》を攻めるというわけではあるまい。

「この南征の元帥《げんすい》も、大司馬《だいしば》でしょう」

と、賈逵は皇帝の使者に問うた。先帝のころから南征は曹休《そうきゅう》にまかされている。曹休はすでに大司馬に昇進した。

「そうです。大司馬は皖《かん》へむかい、驃騎《ひょうき》大将軍は江陵《こうりょう》へむかいます」

司馬懿《しばい》も昇進して驃騎大将軍となった。

「すると、三路をつかって呉を攻めるというわけですね」

「そうです」

使者の口調にははずみがあった。しかしながら、賈逵はすこし浮かない顔をした。曹休が元帥である点に、このたびも不安がある。

いきなり敵に攻められて防衛し撃退するのではなく、こちらが軍旅を催して遠征するかぎり、戦いには、勝つべくして勝つというのが兵法である。が、曹休にはそれがない、と賈逵はみている。

ところが、この遠征には、

――かならず勝つ。

という秘訣《ひけつ》がふくまれているため、曹休は自信満々であった。呉の鄱陽《はよう》郡の太守になったばかりの周魴《しゅうほう》から極秘の書翰《しょかん》がきた。かれは孫権《そんけん》に叛《そむ》くという。鄱陽郡は江水《こうすい》の南に位置しているので、曹休軍を国境近くまで迎えにゆけない。曹休軍が呉の国境を侵して皖から南下してくれたら、周魴はただちに呼応する。そういう内容の書翰である。

「孫権の本拠である武昌《ぶしょう》には三千ほどの兵しかいないのか……」

長文の書翰を読み終えた曹休は、敵将のなかに降伏を願う者がいるため、その者と連動するには敵地に深々と侵入する必要があることを上奏して許可を得た。

曹休は豫《よ》州の東隣に位置する揚《よう》州の牧《ぼく》でもあるので、呉の東関のほうが近くて攻めやすいはずであるが、このたびは東関よりはるか西南にある皖に軍をむけた。豫州にいて東関を攻めよと命じられた賈逵は、

――なにかが変だ。

と、感じながら、弋陽《よくよう》郡の西陽まで軍をすすめた。その位置から東関へむかえば、かなりの旅程になる。東関から遠くない地にいた曹休軍が東関を攻めずに、はるばると皖へむかうのであれば、賈逵は東関までゆかず、曹休軍の後方に位置して支援することになるのではないか、と予想した。しかし、なぜ曹休が皖へむかうのか、その戦略的意義がわからないまま、東進をはじめた。

すでに曹休軍は呉の国境を侵して南下していた。

それを知った周魴は手を拍《う》って喜んだ。これは、

「魏《ぎ》の主力軍を潰滅《かいめつ》させよ」

という孫権の内命を承けて周魴が練《ね》りに練った詐謀《さぼう》なのである。かれは陸遜《りくそん》にこの計画をうちあけ、南下してくる曹休軍の側面を痛撃してくれるようにたのんだ。陸遜といえば、先年、呉を攻めた劉備《りゅうび》軍を大破したことで知られる名将である。このたびの指麾《しき》にもそつはないであろう。

曹休は皖に到っても、呉軍が待ち構えていることに気づかなかった。曹休より早く、

「それは呉の罠《わな》だ」

と、予断したのが賈逵であった。東進中に命令が変更されたのである。その命令というのは、賈逵の軍は曹休の軍と合体してすすむべし、というものであった。奇妙な命令である。曹休軍は兵力が十万という大軍である。それでも足りないから、賈逵軍の合流を要求している曹休は、いったいどこまでゆき、たれと戦おうとしているのか。急遽《きゅうきょ》、佐将と属将を集め

た賈逵は、烈しくなる胸さわぎをなんとかおさえ、

「東関にはほとんど兵はいない。敵兵は皖に集結して魏軍の南下にそなえているにちがいない。曹休軍がそれを知らずに深くはいりこめば、かならず敗れる」

と、いった。佐将も似たような予感をおぼえていたらしく、

「このままの速さでは、とても曹休軍に追いつけません。軍をふたつに分けて、水陸並行ですすむべきです」

と、進言した。

——追いつくには、まだ二、三百里はあろう。

一日でも遅くなれば、曹休軍の十万の兵は呉の国で斃《たお》れて骨と化してしまう。そういう最悪の予想を脳裡《のうり》からふりはらった賈逵は、

「よし、水陸並行で、急行する」

と、決断し、実行した。属将のなかには、

「豫州刺史《しし》は大司馬から嫌われているのに、本気で救助にむかおうとしている。えらいものだな」

と、目語《もくご》しあう者がいた。

賈逵が曹休の兵略に批判的であることを、

——兵法通だとうぬぼれているやつ。

と、不快に視《み》ていた曹休は、賈逵の昇進をさまたげた。かつて曹丕《そうひ》は賈逵の軍事の能力を

高く買って、節《せつ》を与え、将としての特権をさずけようとした。ところが曹休は、
「賈逵の性質は剛愎《ごうふく》であり、つねづね諸将をさげすんでおります。都督《ととく》などになさってはいけません」
と、述べて、曹丕の気を変えさせたことがある。
たとえそういういきさつを賈逵が知っていたとしても、ここでの決断と行動はおなじであ
ったにちがいない。
水陸をすすむ両軍は二百里に達した。敵兵に遭遇したが、撃破した。捕虜に尋問をおこな
った属将が、顔色を変えて賈逵に報告をおこなった。曹休軍はすでに惨敗して、その敗軍の
退路をふさぐべく、孫権はあらたな兵を夾石《きょうせき》に送っているという。
ほぼ事実であった。
皖から遠くない地に待機していた陸遜は、尋陽《じんよう》にむかって進撃する予定の曹休軍をやりす
ごすかたちで南下させ、伸びきったその大軍の側面を強烈にたたいた。そのため曹休軍は、
前軍、中軍、後軍がずたずたに分断されて大混乱となり、あっけなく崩壊した。退路がわか
らなくなったので、捕斬《ほざん》された兵が数万をかぞえるという、いわば歴史的大敗となった。
その惨状を想像した賈逵軍の諸将は、啞然《あぜん》とした。しばらくたれもことばを発しなかった。
夾石は、皖の北に位置して、国境にきわめて近い。しかしそこまで呉兵が達しているとなれ
ば、このまま東進して夾石に近づくことは、死地に飛び込むようなものである。
「援軍を待ちましょう」

諸将はそういいたげな目をしている。だが、賈逵の気力は萎《な》えない。

「曹休軍の兵が国外で敗れて、国内にもどる路が絶たれた。かれらはすすんでも戦うことができず、退いても帰還することができない。呉軍は、曹休軍につづく軍がないとみて、夾石に到ったのだ。いま、われらは猛進して、呉軍の不意を衝《つ》くのがよい。『左伝《さでん》』にあるではないか。人に先んずれば、その心を奪う、と。呉軍はわが兵をみれば、かならず逃げ去る。もしもここで、あとからくる軍を待っていれば、曹休軍は全滅し、さらに呉軍の備えは厚くなる。それから攻めても、どうにもならない」

兵法の道理を説《と》いて、賈逵は諸将の不安をぬぐった。これによって賈逵軍の将士は、義俠《ぎきょう》に似た心をもって、さらに進攻をはやめた。超人的な速さであったといえよう。途中で賈逵は、旗と太鼓を増やして、軍の規模を大きくみせた。

賈逵の狙いはあたった。

曹休軍に兵力の大きな援軍がきたと観《み》た呉兵は、あっさり退却した。そのため曹休軍は全滅をまぬかれた。しかしながら、賈逵にいのちを救われたとはいえ、面目を失った曹休は不機嫌そのものとなり、賈逵の顔をみるや、

「なんじの軍のなんと遅いことか」

と、悪態《あくたい》をついた。が、賈逵は顔色も変えず、まったく抗弁《こうべん》もせず、黙ってしりぞいた。

それをにくにくしげに見送った曹休は、おさえがたい腹立ちをおぼえ、左右の者を賈逵の陣へ遣《や》り、

「豫州刺史よ、なんじは途中で武器を棄《す》ててきたであろう、いまからそれを拾いにゆけ」

と、いわせた。こうなると、もはややつあたりといってよい。仰首した賈逵は、その使者にむかって、

「われはもともと国家のために豫州刺史になっているのです。棄ててきた武器を拾いにゆくためにここにきたのではありません」

これが唯一の抗弁であった。

賈逵に睨《にら》まれた使者は気まずげに引き揚げた。とにかく賈逵が全滅寸前の曹休軍をかばい、数万の魏兵を救助したことは、まぎれもない事実であり、それは曹休の近臣でも否定できなかった。

帰還する曹休は、曹叡へ上書をおこなって謝罪した。しかしながら曹休は曹氏一門の重鎮《じゅうちん》であり、敗北の罪を問うわけにはいかないので、曹叡はすぐに屯騎《とんき》校尉《こうい》の楊曁《ようき》を使者に立てて、この敗軍の元帥を慰撫《いぶ》した。皇帝が気をつかってくれたことに甘える感じで、曹休は、

「賈逵が遅参したことが敗因であり、また賈逵が武器を棄ててきたので、反撃できなかったのです」

と、いいわけをした。失敗の罪を部下におしつける上司が醜悪な像にみられることを曹休は知らぬはずがないのに、あえてそれをした。むろんそのあとに自己嫌悪におちいったであろう。

それにひきかえ、賈逵は事実だけを報告した。いいわけめいたことは、いっさい書かなか

った。

曹休と賈逵をくらべて、事の処しかたに優劣をみたおもいの人々は、

「賈逵のみごとさよ」

と、ひそやかに称《ほ》めた。

すっかり評判を落とした曹休は、自責の念にかられ、苦しんだあげく、背中にできたできものが悪化して逝去《せいきょ》した。

おなじ年に、賈逵も病気になり、危篤《きとく》になった。かれは左右に、

「国の厚恩を受けながら、孫権を斬ることなく先帝にまみえるのは残念だ」

と、いった。賈逵は行政の手厚さによって州の官民に慕《した》われており、その死を知った官民は、かれを偲《しの》び、その偉業をたたえるべく石に文字を刻み、さらに祠《ほこら》を建てた。

のちに東征した曹叡は、車駕《しゃが》をその祠に近づけ、なかにはいった。

「賈逵は存命中に忠を尽くし勲功を樹《た》てた。歿してからも思慕されている。死して不朽《ふきゅう》と謂《い》うべき者である。それを天下に布告し、将来の勧奨《かんしょう》とせよ」

そのように皇帝から絶賛された賈逵ではあるが、生前、都督として五万をこえる軍を率いて孫権と戦いたかったにちがいない。なおかれの享年は五十五で、粛侯《しゅくこう》という名がおくられている。

曹真

<ruby>そうしん</ruby>

戦場は
……
刻々と
変わる

手を曳《ひ》かれて、闇のなかを走った。

その体感が、恐怖をともなって、夢のなかによみがえってくるときがある。

その日、その夜に、曹真《そうしん》の父の秦伯南《しんはくなん》が死んだ。

曹真の手を執《と》って走った人物こそ、曹操《そうそう》であり、父の友人であった。挙兵のために奔走しはじめた曹操が、州兵に追われて秦伯南の家に逃げこんだあと、州兵が家のなかになだれこんできた。とっさに秦伯南は曹操と自分の子を裏口から逃がし、家のなかに残った。州兵は曹操の顔を知らなかったようで、秦伯南をとりかこむと、

「曹孟徳《そうもうとく》は、どこだ」

と、殺気だって問うた。

「われが、そうだ」

そう答えた秦伯南は、ただちに斬られた。

曹真は父の死を知らずに、曹操に抱かれるように馬に乗せられ、夜道を走った。いつのまにか闇を脱したらしく、道は月光で青白かった。

やがて馬上の曹操は、炬火《きょか》の群れに迎えられて危地をのがれた。

父が曹操の身がわりとなって死んだことを知ったのは、曹真が十歳をすぎてからである。曹操の一門の子弟としてあつかわれるようになった曹真は、もとの秦という氏を棄《す》てて、曹という氏を与えられ、名は真となった。さらに父も曹卲《そうしょう》という氏名にかわった。つまり父は曹家の墓地に葬られた。

あるとき、曹操の従弟《じゅうてい》である曹洪《そうこう》が、あたりに人がいないとみるや、

「そなたの父を殺したのは、黄琬《こうえん》だ」

と、ささやいた。そのとき、黄琬がどのような人物であるのかは、曹真にはわからなかったが、とにかくその氏名を胸に刻みこんだ。

——黄琬は、父の仇だ。

その仇は、いまどこにいるのか。

それから一年余がすぎたころ、曹操の属将が長安《ちょうあん》城の異変について話していることを、たまたまきいた。首都の長安が董卓《とうたく》の配下であった諸将に攻められて陥落したのが、昨年の六月で、その際、三公九卿《けい》以下、多くの高官が戦死したり処刑されたりしたらしい。

「司徒《しと》の王允《おういん》と司隷校尉《しれいこうい》の黄琬も殺されたようだ。王允は呂布《りょふ》をつかって董卓を誅殺《ちゅうさつ》したので、かれらに怨まれていたのはわかるが、黄琬は董卓にとりいっていたのだろう。あれは擬《ぎ》態《たい》であったのか」

曹真の胸は、この話し声に突き刺された。

――黄琬が死んだ……。

その黄琬とは、父の仇の黄琬なのか。胸のなかに暗雲が垂《た》れ籠《こ》めたように感じた曹真は、趨《はし》った。曹洪を捜した。ようやく曹洪をみつけたので、荒い息のまま、

「長安で黄琬が殺されたとききました。その者は、父を殺した黄琬ですか」

と、まっすぐに訊《き》いた。

「そうだ……」

おもむろに腰をあげた曹洪は、建物の外へ曹真をつれだして、土の上に坐らせた。

「そなたは賢いから、これからわれが話すことを理解するだろう」

曹洪はそうまえおきして、曹操が挙兵する前後についてくわしく語った。

霊《れい》帝という皇帝が崩御《ほうぎょ》したあと、王朝の主宰者となった何進《かしん》という大将軍が宦官《かんがん》に暗殺されたため、宮城の内外は大混乱となった。多くの血がながされたあと、西方の兵を率いてきた董卓が、武力によって群臣を恫喝《どうかつ》し、政治の実権をにぎった。

「主はその荒々しいやりかたを嫌い、帝都をでて帰郷なさろうとしたのだが、董卓に憎まれて、諸郡に手配書をまわされた。その手配書に応じたのが当時の豫《よ》州刺史《しし》の黄琬であった。かれは州兵を動かして、挙兵の準備に奔走する主を、捕斬《ほざん》しようとした。実際にそなたの父を斬ったのは州兵だが、斬らせたのは黄琬だ。董卓の命令を忠実に実行した黄琬は、そのあと、すぐに中央に辟《まね》かれて、いきなり司徒という高位に昇った」

この曹洪の話を、曹真は強く唇を嚙みながらきいている。

「その後、黄琬は司徒を罷《や》めさせられたが、太尉《たいい》に移り、翌年、罷免《ひめん》された。光禄大夫《こうろくたいふ》に貶《お》とされたのだが、一年余あとには司隷校尉となった。うまく官界を泳いだというべきだろう。董卓に従うようにみせて、裏では背《そむ》いていたのかもしれない。そのあたりをみぬかれて、董卓の属将であった李傕《りかく》に殺されたのだろう。そなたの父の仇は、もうこの世にはいない」

そうおしえられた曹真は、肩を落とし、うなだれた。膝《ひざ》の上に涙が落ちた。

――かならず黄琬を捜しだして、討つ。

これを人生の主題にすえた曹真は、気を張って月日をすごしてきたのである。まだ十代のなかばに達していないのに、武術を習いはじめていた。しかしながら、仇である黄琬が死んだとなれば、すべてが虚しくなった。

涙をながしつづけている曹真の肩に手を置いた曹洪は、

「真よ、人にはそれぞれ天によって定められた命運がある。そなたは、仇を討つ手を血でけがさずにすんだ。そなたにかわって天が黄琬を誅《ころ》したのだ」

と、さとした。が、曹真は、

――へたなぐさめかただ。

と、感じた。天にむかって、黄琬を殺してください、とたのんだおぼえはない。だが、うつむいている曹真の表情をたしかめない曹洪は、

「そなたのその手を、天はほかにつかわせようとしている。おそらく人を殺す手ではなく、人を救う手にさせたいのだろう」

と、いい、小さく笑声を立ててから、去った。

曹真は坐ったまま、しばらく自分の手をみつめていた。

ほどなく曹操と属将はこぞって徐州《じょ》の陶謙《とうけん》を討伐するために遠征した。

むろん幼い曹真は従軍せず、鄄《けん》城に残った。この城を留守《りゅうしゅ》するのは、荀彧《じゅんいく》と程昱《ていいく》という重臣で、ほかに千に満たない兵がいるが、あとは婦女子と老弱ばかりである。

曹真はふたりの少年と親しくなった。

ひとりは曹遵《そうじゅん》といい、いまひとりは朱讃《しゅさん》である。

ふたりは曹真と似た境遇で、孤児になったため、曹操にひきとられて養育されている。三人が連れだって城外に遊びにでたとき、朱讃が、自分の身長より高い秋草を手折《たお》りながら、

「主は仇討ちのために徐州へ征《い》ったのさ」

と、いった。このことばが曹真の感情をさかなでした。曹真は慍《むっ》としつつ、

「ほんとうに――」

と、念をおすように問うた。

「ほんとうさ」

曹操の父の曹嵩《そうすう》と弟の曹徳《そうとく》は、戦火のおよばない地を捜し、泰山《たいざん》郡の華《か》県に避難していた。ほぼ兗《えん》州を制圧して落ち着いた曹操は、父と弟を迎えるために将士を遣《や》ったが、かれらが到着するまえに、ふたりは陶謙配下の兵に殺害されていた。朱讃はその大略を知っていた。

――主はずるい。

曹真はむしょうにくやしくなった。父と弟の仇を討つためにあれほどの大軍を率いてゆく曹操をうらやんだ。きっと天下の人々が讃《たた》えてくれる仇討ちになるだろう。

「真よ、なんという顔をしている」

曹真の心情を察したらしい曹遵がたしなめた。その声に背をむけた曹真は、もっていた小刀をぬいて、

「ええいっ――」

と、あたりの草を切った。そのあと、わめきながら、切って切って切りまくった。

曹遵と朱讃はあきれたように曹真を見守っていたが、曹真が草中に沈むと、

「草にもいのちがある。むやみに切ってよいものではない。草はおのずと枯れる。そのまえに切ってもかまわないのか、真よ、よく考えよ」

と、強い声をかけたのは、年長者の曹遵である。

草中に坐った曹真は曹遵を睨《にら》んだ。それをみた朱讃は、曹遵の袖《そで》を引き、帰ろう、とささやいた。だが、朱讃の手をふりはらった曹遵は、あえて曹真の横に坐り、

「切った数だけの草に怨まれると、いつか草に祟《たた》られる。いまここで、謝《あやま》っておけ」

と、いった。

「いやだ。草は人ではない」

「なんじは賢いとおもったが、阿呆《あほう》だな。人でなければ、いためつけてよいのか。朽木《きゅうぼく》は彫《ほ》るべからず、と孔子《こうし》はおっしゃったが、まさにその通りだ」

曹遵は怒ったようにいったあと、草にむかって曹真の名を告げては、低頭し、謝りながら歩きまわった。

――変なやつだ。

曹真は奇妙な感じに襲われた。自分のかわりに草に謝りつづけている曹遵は、十歳になるまえに儒教《じゅきょう》の経書《けいしょ》を読みはじめ、ときどき老人が好むような古めかしい教訓を説《と》く。しかし草にもいのちがあるという思想は、儒教からきているわけではなく、おそらく父母から誨《おし》えられたことであろう。そういう慈仁《じじん》に満ちた家庭で育った曹遵は、喪《うしな》った父母が急に恋しくなったのかもしれない。

曹遵に付いてゆけず、曹真にも近寄れない朱讃は、困りはてたような顔で佇《たたず》んでいた。

徐《じょ》州を攻めた曹操《そうそう》軍は、敵地で越冬し、二月に兵糧《ひょうろう》が尽きて撤退した。

――陶謙《とうけん》を討ちそこなった。

怒りのおさまらない曹操は、兗《えん》州にもどるとすぐに再遠征の準備を命じ、四月に出発した。

「兵の休息が短すぎる。いやなことが起こらなければいいが……」

と、曹遵《そうじゅん》は胸をおさえていった。

曹遵が感じたような不安をまったく感じない曹真《そうしん》は、朱讃《しゅさん》をつかまえて、

「仇である陶謙がまだ生きているのだから、主ができるかぎり早くかれを討ちたいのは、当

然だろう」

と、いって、反応をみた。

朱讃は別のことを考えているらしく、

「うん、そうだね」

と、こたえたものの、曹真の意《おも》いに同調したようではなかった。曹真はふたりに置き去りにされている感じなので、

――われは智慧《ちえ》が遅れているのか。

と、拳《こぶし》で自分の頭をたたいた。

やがて、突然、鄄城《けんじょう》は呂布《りょふ》の兵に攻撃された。

耳が早い朱讃は、曹真と曹遵のもとにきて、

「陳宮《ちんきゅう》が裏切ったんだ」

と、怒りをまじえた声で告げた。事実であった。徐州討伐にむかった曹操は、兗州の治安を謀臣である陳宮にまかせた。ところが陳宮は、兵が出払った州内をみて、陳留《ちんりゅう》郡の太守《たいしゅ》の張邈《ちょうばく》と共謀し、まだぞんぶんに武力を発揮できないまま、さまよっている呂布を招き、兗州平定を敢行した。かれらは曹操を援助すると称して兵を動かすと同時に、鄄城をだまし取ろうとしたが、留守《りゅうしゅ》の荀彧《じゅんいく》に疑われたために、一転して、力ずくで城を奪おうとした。

「われの出番だ」

そう叫んだ曹真は、弓矢をつかむと、すばやく城壁に趨《はし》り登った。大きな楯《たて》を林立《りんりつ》させて

いた城兵は、曹真をみるや、

「孺子《じゅし》は、下がっておれ」

と、叱声《しっせい》を浴びせた。が、曹真はひきさがらず、

「われは役に立ちます。この弓を引けます」

と、胸を張って勁弓《けいきゅう》を突きだした。

「この弓をか……」

城兵のひとりが弓の弦《げん》をたしかめて、おどろいた。弦の勁《つよ》さは尋常ではない。

「よし、ここから射てみよ」

矢狭間《やざま》のまえに立たされた曹真は、らくらくと弦を引き、眼下の敵兵にむかって矢を放った。ほぼまっすぐに飛んだ矢は、まさに、

「勁矢《けいし》」

と、いってよく、この矢をうけた兵は骨さえ砕《くだ》かれるであろう。落下していった矢をみとどけた二、三の城兵は、

「ほう、ほう、孺子よ、やるではないか」

と、称《ほ》めた。

この日から曹真は射手のひとりとなって城壁の上に立つことになった。なにしろ城兵が寡《すく》ないので、女と子どもも武器や食べ物を運んで、日夜、兵の手助けをした。呂布の兵には寛容さがいっさいないときかされている城兵と住民は、この城が落ちればみな殺しにされると

おののき、必死に防戦せざるをえなかった。

鄄城は敵兵の猛攻に耐えつづけた。

この攻撃の回数が激減すると、下にいた曹遵が朱讃とともに上に登ってきて、敵陣のようすを瞰《み》た。

「敵兵は攻め疲れて、だれ切っている。まもなく引き揚げるよ」

この声をきいても、曹真は首を揚げず、無言のままであった。楯に背をあずけ、足をなげだして、なかばねむっていた。疲れはてて、もはや腕があがらなかった。

曹真の両脇に坐った曹遵と朱讃は、この少年戦士の背と腕を撫でつづけた。

翌日、敵の将卒は去った。

鄄城のほかに、范《はん》城と東阿《とうあ》城も落ちなかった。この三城が残ったことで、呂布は兗州平定に失敗し、徐州から帰還した曹操はそれらの城を足がかりにして反撃を開始した。晩秋からはじまった呂布との戦いは、たやすく勝負がつかず、翌年の仲夏までつづいた。

「呂布が徐州へ去った」

この声につづいて、城内のあちこちで歓声があがった。が、曹遵と朱讃は浮かない表情をしていた。

「なぜ、喜ばぬ」

ふたりにかくしごとがあるとみた曹真は、ふたりを城外につれだして、草中にすえた。

「われに悪いところがあれば、はっきりいってくれ」

曹真は隠匿《いんとく》を嫌う性質をもっている。とくにこのふたりの友人には正直でありたいとおもい、そのようにつきあってきたつもりである。

ふたりは目を合わせ、それから朱讃が口をひらいた。

「なんじに悪いところはない。悪事があったのは、主だ。徐州で殺したのは兵だけではない。武器をもたない州の民を大量に殺した。死体によって川のながれが止まったとさえいわれている。父母や兄弟を失った者は、徐州にとどまることができず、放浪しながら主を怨みつづける。そういう者が、何千、何万もいると想《おも》ったほうがよい。つまり主は徐州の民の仇となった」

それを承《う》けて曹遵が、

「陳宮が裏切ったのも、主の残虐《ざんぎゃく》さを嫌ったからではないか、とわたしは思っている」

と、いった。

曹真は呆然《ぼうぜん》とした。曹操の仇討ちの実態がそのように醜悪であったことを信じたくなかった。しばらく草をみつめていた曹真は、突然、

――そういうことか……。

と、覚醒《かくせい》した。自分がむやみに草を切ったことは曹操が徐州でおこなったことと変わりがない。

湿《しめ》ったまなざしを曹遵にむけた曹真は、

「ゆるしてくれ」

たき、
と、いい、ひたいを地にすりつけた。すぐに曹遵はふるえつづけている曹真の背を軽くた
「なんじは阿呆《あほう》ではなかったな。だが……、主は、その一事で天下を取れまい。残念だ」

と、いった。

この日から曹真は、曹遵の手ほどきをうけて、すこしずつではあるが、経書《けいしょ》を読みはじめた。

「むずかしい道徳書は、すぐにいやになるだろうから、これを読め」

そういった曹遵が曹真に与えたのは、『春秋左氏伝《しゅんじゅうさしでん》』であった。この書物のもとになっているのは『春秋』という編年体の記録で、その注釈のひとつが『左氏伝』である。

書物の冒頭には、

「恵公《けいこう》の元妃《げんぴ》は孟子《もうし》である。孟子が卒《しゅっ》したので、声子《せいし》が正室を継《つ》ぎ、隠《いん》公を産んだ」

と、ある。学問をしてこなかった曹真にとって、このわずかな文を読んだだけで、

——われにはまったくわからない。

と、書物をなげだしたくなった。だが曹遵はあくまでやさしく、

「うん、この書物は、歴史書だから、わかってくると、おもしろくてやめられなくなる。この恵公という人は、九百年以上もまえの魯《ろ》の国の君主さ。孟子とよばれている人が正室だったけれど、亡《な》くなってしまったので、側室の声子が正室になった。この声子から生まれたのが隠公で、かれの時代から、魯だけではなく、いろいろな国の歴史が書かれている」

と、ていねいに説《と》いた。

「子《し》というのは、男子の尊称だろう。昔、孟子という儒者《じゅしゃ》がいたときいたことがある。その孟子と声子がなぜ女性なのか」

わからないことを、わかったふりで通過したくない曹真である。

「そうそう、そういう疑問が生まれるところに、歴史書のおもしろさがある。教えられるだけではなく、なぜ、と問い、自分で考える力が培《つちか》われる。ここの子は、尊称ではなく、姓だ。当時、各国の公室には姓があり、子という姓をもっていた国のなかで大きかったのは宋《そう》だ。宋はいまの梁《りょう》国にある睢陽《すいよう》だ。その国の公女が嫁いできたので、実家の姓をもっていたというわけさ」

「えっ、では、孟子と声子が同時に嫁いできた……」

「公室の婚礼とは、そういうもので、ふつうは姉妹が嫁ぐけれど、妹がいない場合、姪《めい》が従ってゆく」

「そういうことか……」

ようやく興味が湧いてきた曹真は、半年ほど曹遵に解説してもらったあと、独《ひと》りで『左氏伝』を読めるようになった。

進歩したのは学問だけではない。武術に関しても、騎射がおどろくほど上達した。

曹丕《そうひ》が騎射の練習に誘ってくれたからである。

曹操の長男は曹昂《そうこう》といい、この青年は正室の子でもあるので、嫡長子《てきちょうし》というべきで、当然、曹操の後嗣《こうし》の席にいた。曹丕は第二夫人というべき卞《べん》夫人の長男なので、後継の列にはいなかった。それだけに注目されることがすくなく、気楽に遊びまわることができた。

父の曹操は、かつて挙兵後に惨敗したこともあり、曹一門の婦女子と子弟は逃げまどうこともあった。その際、曹丕は曹真に背負われた。それを憶《おぼ》えている曹丕は、特別に親しく曹真に声をかけた。

鐙《あぶみ》が発明されたこともあって、乗馬にすぐれていた曹丕は、八歳で馬上で矢を射ることができた。曹丕に馬を与えられた曹真は、すでに壮士の弓矢の術にまさる術を体得していたので、馬上で三か月もすごすと、

「なんじにはかなわぬ」

と、曹丕にいわせるほど騎射の達者となった。

狩りの好きな曹丕につねに随従《ずいじゅう》する曹真は、その従者のなかに朱讃と曹遵を加えてもらえるように、ふたりに騎射を教えた。意外なことに、敏捷そうにみえる朱讃よりも、ひごろおとなしい曹遵のほうが上達は早かった。半年後には、曹丕の従者となった三人はそろって狩りを楽しむようになった。


曹真《そうしん》が成人となったころ、曹操《そうそう》はすでに官渡《かんと》の戦いで袁紹《えんしょう》に大勝していた。

——袁紹の威信は衰微してゆくだけであろう。

と、予断した曹操は、最大の圧力をはねのけたあとの快感を満喫《まんきつ》するために、大規模な狩りを催した。曹操一門の子弟がこぞって参加した狩りで、当然、そのなかに曹真、朱讚《しゆさん》、曹《そう》遵《じゆん》がいた。

――深い森だ。

森のなかの空気は冷えており、濃い緑の底に猛獣がひそんでいそうである。曹真が用心深く馬をすすめてゆくうちに、朱讚が離れ、ついで曹遵の姿もみえなくなった。鳥の鳴き声もしない暗がりにはいった。

――静かすぎる。

いちど馬を駐《と》めて左右を観《み》た曹真は、しばらくそのままで耳を澄ました。異状はないとみきわめたおもいの曹真が、ふたたび馬をすすめようとしたとき、前方の大樹の脇に影が湧きでた。

「むっ」

曹真は矢をつかんだ。直後に、

「子丹《したん》、うしろだ」

曹真のあざなを呼んだその影が、曹操であるとたしかめるまもなく、馬首をめぐらせた曹真の目に、襲ってくる虎が映った。

弓の弦が鳴った。虎は倒れた。

飛矢《ひし》が速すぎて、まるで弦の響きによって虎を倒したように曹操にはみえた。

「やあ、やあ、みごと、みごと」

と、曹操は称《ほ》めちぎった。それはそうであろう。曹操の声にとまどわず的確に反応したのは、危険を予想していたからであり、その動作にも軽忽《けいこつ》さがまったくなかった。曹真の弓から放たれた矢が虎の顔面を割るほど勁《つよ》かったのは、曹真の胆力の表れといいかえてもよい。

——子丹には将器がある。

一日《ひとめ》でそう見抜いた曹操は、狩りを終えてから曹真を呼び、

「なんじに騎兵の一隊をさずける」

と、いった。この騎兵隊は、

「虎豹騎《こひょうき》」

と、呼ばれる精鋭の騎兵集団のひとつである。任命を承《う》けた曹真はさっそく曹遵と朱讃に会い、

「われを佐《たす》けてくれ」

と、頭をさげた。曹遵には予見力と判断力がある。朱讃には情報収集能力がある。千人を超《こ》える騎兵を誤《あやま》ることなく進退させるためには、どうしてもこのふたりの助力が要《い》る。隊長の個人的武勇で隊をひっぱってゆくことには限界がある、と曹真は考えていた。人の上に立つ者のほんとうの偉さとは、下の者の能力をみつけて抽《ひ》きだす眼力が基底となっている。曹操をみればわかる。

——人を活《い》かすことで、おのれをも活かしている。

徐州《じょ》で多くの人を殺したことにたいする反省が、そうさせているのかもしれない。

それはそれとして、曹真に懇願《こんがん》された朱讃はわずかにいやな顔をしたが、曹遵はからりと笑い、

「わかった」

と、快諾《かいだく》した。それをみた朱讃は無言のままうなずいた。

実戦にでるまえに、曹遵は曹真に忠告した。

「兵法書を読むな」

前漢《ぜんかん》の時代から読まれている兵法書は、五十以上ある。それらの書の一篇も読まなくてもよい、と曹遵はいう。

「おい、おい、主は孫子《そんし》の兵法書を暗誦《あんしょう》できるほどお読みになっているではないか」

曹操の奇策や奇襲は、兵法書を読んだことから発想されたのではないか、と意《おも》っている曹真は、兵法書を読んでこなかった自分が侮辱されたように感じた。

曹遵は曹真の感情の高ぶりをなだめるように微笑した。

「なんじは『左伝《さでん》』を熱心に読んだ。それで充分さ。戦国時代に、兵法書を読みすぎて大敗した趙《ちょう》の将軍がいた。兵法書には薬もあるが毒もある。主の才能はそこから薬をとりだすことができるが、主の才能におよばない者は毒にあたって、兵を失い、身を滅ぼす。なんじの才能は主にまさるか」

「それは……」

自分の才能が曹操にまさるはずがない。それくらいの自覚は曹真にある。

「戦場は臨機応変の場だ。知識をひけらかす場ではない。じつは兵法書の教えにしばられた趙の将軍をたたきのめしたのは、秦《しん》の将軍の白起《はくき》だった。この将軍は奇策を弄《ろう》することはしないが、戦えば、かならず勝った。個人の武勇伝をもたず、読書家でもなかった白起が勝ちつづけたのは、なぜか」

「さあ……」

曹真は首をひねった。

「軍をひとつの大家族にしたからだ。兵を弟や子のごとくいたわり、結束を強勒《きょうじん》にし、しかも将軍の手足のごとく使えるようにした。兵は将軍を父のように仰ぎ、水も火も恐れずにすんだ。なんじは白起をみならえばよい」

「そういうことか」

曹真はいちおう納得した。が、独《ひと》りになって考えてみると、配下の兵を家族のようにまとめるにはどうしたらよいのか、わからなかった。そこで朱讃のもとへゆき、曹遵から教えられたことを話し、自分の悩みをうちあけた。

朱讃には気むずかしさがあるものの、弱い者や困っている者に手をさしのべる俠勇《きょうゆう》の心がある。自分に頭をさげた曹真をみると、すぐに、

「むずかしいことではない」

と、いった。

隊長あるいは将軍になっても、配下の兵とちがう特別な食事を摂《と》らないこと、つまり平等を印象づけるために兵とおなじ物を食べればよい。それについても注意点がある。

「いかなるときも、兵をさきにして将はあとだ」

食事も、兵が食べ終わるのを待って、将は食べはじめる。兵営にもどるときも、兵をさきにいれる。就眠についても、すべての兵がねむったあとに、将はねむる。

「なるほど」

曹真は小さく膝《ひざ》を打った。

「賞罰をきちんとしなければならないのは、軍隊だけのことではない」

どんなに小さな成功と失敗にも、将は的確に対応し、看過《かんか》してはならない。とくに悪に関しては注意が必要で、ささいな悪に目をつむると、目をひらいたときには、手のほどこしようもない大きな悪になっている。

「ああ、善言《ぜんげん》だ」

曹真は朱讃の性質の底にある親切心にふれたおもいで、大いに感謝した。

「われは配下の兵を子弟とおもうより、自分の四肢《しし》だとおもって戦ってゆく」

曹真はここで得た信念を生涯つらぬくのである。

このあと曹真は、曹遵と朱讃の翼《たす》けを得て、若いながらも血気にはやることなく、麾下《きか》の兵をおもいやりながら、曹操に従って戦場をかけめぐった。

が、三十歳になるまえに、痛恨事があった。心の支えにもなってくれていた曹遵と朱讃が、あいついで病歿してしまったのである。

——なんたることか。

両翼を失った鳥になったような曹真は、悲嘆にくれた。しかし、自分よりも深い哀しみのなかにいるのが、両人の妻子であると気づき、両家を陰助《いんじょ》することにした。この陰助に関しても、曹真は死の直前までやりつづけたのであるから、かれの情義の篤《あつ》さは尋常ではなく、友情の鑑《かがみ》といってよい。

晩年の曹操《そうそう》は、漢中王《かんちゅう》と称することになる劉備《りゅうび》を征討の的《まと》とした。魏《ぎ》王となっていた曹操は、みずから西行して長安《ちょうあん》までゆき、そこを策源地《さくげんち》とした。すでに中堅《ちゅうけん》将軍の官位にあった曹真《そうしん》は、曹操に従って長安にはいったが、そこでおもいがけなく中領軍《ちゅうりょうぐん》の官をさずけられた。中領軍は近衛兵を掌握《しょうあく》する重職で、それほど曹操に信頼されるようになったということである。

だが、劉備との戦いは困難の連続であったといってよい。前線における魏軍の将帥《しょうすい》は夏《か》侯淵《こうえん》であったが、この歴戦の良将が、劉備に敗れて、戦死した。

——まさか。

曹操は小さな動揺をおぼえた。この動揺が魏軍全体にひろがることを恐れた曹操は、将帥を失った諸軍をみずから救出すべく漢中にむかった。その際、曹真は、「征蜀護軍《せいしょくごぐん》」に、任命された。護軍というのは古くからある官名で、皇帝あるいは王の代理として軍を監督する強い権限をそなえている。

曹操の命令で、斜谷《やこく》を通って漢中郡にはいった曹真は、西へ西へと移動して、陽平《ようへい》に到った。夏侯淵が戦死した地である。その地を守備していたのが、劉備の属将の高詳《こうしょう》である。曹真は果敢に戦いを挑み、高詳の陣を撃破した。この捷報《しょうほう》を曹操に送ると、折り返し、

「なんじは武都《ぶと》までゆき、曹洪《そうこう》らを迎えて、引き返して陳倉《ちんそう》に駐屯せよ」

という命令がきた。

武都郡には曹洪などの将が軍を展開させていて、いわば夏侯淵をうしろから支えていた。が、前線の軍が潰《つい》えてしまったかぎり、かれらの活動は戦略的意義を失った。

曹洪の陣にはいった曹真は、

「王のご命令をお伝えする。撤退すべし」

と、大声でいった。曹洪は横をむいていた。そんな命令には従いたくない、といった顔である。曹真は曹洪に詰め寄って、

「それがしに従って引き揚げてください」

と、強くいった。曹洪は目をそらしたまま、

「われらが引き揚げれば、武都を失う。そんなこともわからぬのか」

と、いって鼻哂《びしん》した。

――この人のいう通りだ。

と、曹真にはわかる。苦労して平定した郡を手離すくやしさもわかる。しかしながら、曹操は益《えき》州北部から全面撤退をするつもりであり、その後に武都郡に魏軍が残っていると、支援することがむずかしい孤軍になってしまう。

「将軍、お起《た》ちください。あなたが先頭になって引き揚げないと、ほかの諸将も動きませんﾟ」

曹洪にまともな反応はなかった。かれは近侍の兵を手で招き、あえて雑談をしはじめた。無視された曹真はさすがに慍然《うんぜん》とし、曹洪の話し相手になっている兵を突き飛ばして、曹洪の視界に踏み込み、

「あなたは王のまえでもこのように不遜《ふそん》なのですか。あなたはご存じないかもしれませんが、われは征蜀護軍に任ぜられました。われは王にかわってあなたに命じている。命令に従えないのであれば、軍法に照らして、あなたを処罰します」

と、いった。目をあげて曹真を睨《にら》んだ曹洪は、

「ふん、あの孺子《じゅし》が、いまや護軍とは――」

と、皮肉をまじえていったあと、しぶしぶ腰をあげた。

曹洪は曹操が挙兵したときからの忠臣であるが、都護《とご》将軍まで昇ったとはいえ、その功の大きさのわりに位は高くない。自分の半分の武功も樹《た》てていない曹真に指図されたことで、

不満と苛立《いらだ》ちが噴出したのであろう。そういう曹洪の感情の側面を察知できないほど魯鈍《ろどん》ではない曹真は、むしろ曹洪に敬意をいだいていたが、曹操の命令を実行するために、あえて厳峻《げんしゅん》を保った。それをみていた兵は、

「両人に隙《げき》あり」

と、いい、曹真と曹洪は仲が悪いと吹聴《ふいちょう》した。曹真にとってたいそう迷惑なことであった。

曹操が漢中にいた魏軍を救出するかたちで長安までしりぞいたのは、建安《けんあん》二十四年（二一九年）の五月であり、それから八か月後、つまり翌年の正月に、曹操は薨《こう》じた。

神智をもっていると諸将にたたえられた曹操だが、どうしても天下平定をなせなかった。昔、徐《じょ》州の民を虐殺したことが、曹操の覇業を完成させなかったのか。曹操の葬儀のさなか、親友であった曹遵《そうじゅん》のことばを、曹真は憶《おも》いだしていた。

時を移さず魏王の位に即《つ》いたのは、曹丕《そうひ》である。

かれは庶子《しょし》として生まれながら、嫡長子《てきちょうし》である曹昂《そうこう》が戦死したため、王位継承権を得た。運の強い人である。さらにその運の強さは発揮されて、年内に禅譲《ぜんじょう》がおこなわれたため、曹丕は皇帝となった。禅譲とは、世襲による皇位継承をやめて有能な臣下に皇位をゆずることである。

後漢《ごかん》王朝の時代は献《けん》帝で終わり、三国時代がはじまったのである。

皇帝となった曹丕には、積年の怨みがあり、それを晴らそうとした。

後漢王朝を創立した光武《こうぶ》帝は、過去の怨みをことごとく棄《す》てるほどの宏器《こうき》であったが、曹

丕はそこまで大きい器量をそなえていない。

その怨みのまとにされたのが、曹洪である。

若いころの曹丕は、さほど豊かではなく、銭が尽きかけたとき、恥をしのんで曹洪のもとに借財に行った。曹洪の家が富んでいたことを知っていたからである。が、曹洪はよけいな銭をつかわない人で、倹約家といってよく、また当時の曹丕が正夫人の子ではなかったことを軽んじて、冷淡に拒絶した。

――曹洪め、この怨みは忘れぬぞ。

そのときおぼえたくやしさはすさまじく、曹丕の胸裡を焼くほどの怨憤《えんぷん》の炎は、年月にさらされても消えなかった。

側近に命じて曹洪のわずかな過誤《かご》でもさぐらせた曹丕は、

「曹洪どのの食客《しょっかく》が法を犯しました」

という報告に接するや、ただちに曹洪を獄に下した。曹丕がかならず曹洪を誅《ころ》すであろうと察した曹真は、

――まずい。

と、憂慮した。曹洪はこの王朝にとって特別な臣であり、戦場でのかれの働きがなければ、のちの曹操はなかったとさえいえる。それを知っている群臣は、私怨によって曹洪が誅されれば、曹丕の狭量《きょうりょう》を恐れ、王朝の未来に絶望して、いっせいに離心《りしん》し、王朝がかたむく原因をつくることになろう。曹丕の時代を暗いものにしたくない曹真は、諫言《かんげん》を呈すべく、閑日《かんじつ》

の曹丕に近づいて、

「いま主上が曹洪どのを誅殺《ちゅうさつ》なされば、曹洪どのはかならずわたしが譖《しん》したとおもうでしょう」

と、いった。譖は、そしる、と訓《よ》む。

が、曹丕は不機嫌に、

「われがみずから裁《さば》くのだ。卿《けい》にかかわりはない」

と、いって、曹真の諫言に耳をかたむけなかった。

曹丕の怨みの深さを察した三公九卿はその件に関して口をつぐんだ。そのため曹洪のいのちは風前の灯となった。

——どうしようもないのか。

曹真は頭をかかえて青ざめた。

たれも救えない曹洪のいのちを救ったのは、曹丕の生母である卞太后《べんたいこう》である。この人は賢夫人といってよく、曹洪の刑死がいかに大きな打撃を王朝に与えるかがわかっていた。そこで卞太后は曹丕を叱《しか》っただけではなく、郭皇后《かくこうごう》を呼びつけて、

「もしも曹洪が死ぬようなことになったら、あなたを皇后の位からおろします」

と、真顔《まがお》でいった。けっして曹洪を死罪にはさせないという卞太后の強い意思が、郭皇后を慄《ふる》わせた。おびえた郭皇后が泣きながら曹丕に訴えたことで、ようやく曹洪は出獄することができた。しかしながら曹洪は官職を免じられ、領地は削られた。

「昔、絹を貸さなかったことくらいで、あのように酷くあつかわれるとは」

そうささやきあって、釈然としない臣民は多かった。

幼いころから曹丕の近くにいた曹真は、曹丕が剛愎《ごうふく》であり、それが長所になると同時に欠点になることはわかっていた。その欠点をめだたぬようにすることが曹真のつとめであることを自覚していたものの、曹丕が皇帝となったいま、かつてはどれほど親しくても、臣下の立場ではなすべきことに限界があると痛感した。なにはともあれ、最悪の事態を回避したのであるから、

——この王朝は、卞太后によって救われた。

と、曹真はおもった。すでに曹操は薨じたとはいえ、かれの智慧《ちえ》は遺《のこ》されて、王朝を制御《せいぎょ》している、といえなくはない。

曹真の位はますます高くなった。

鎮西《ちんせい》将軍・仮節《かせつ》・都督雍涼州諸軍事《ととくようりようしゆうしよぐんじ》に任ぜられた。

「西方のことはすべてなんじにまかせた」

と、曹丕にいわれたようなものであった。

もっとも西の州である涼州のなかの酒泉《しゆせん》郡と張掖《ちようえき》郡で叛乱が起こり、その後も治安が不安定になったので、曹真は西征をおこない、将軍の費曜《ひよう》をつかって、鎮静をはたした。

遠征中に本営にはいってきた佐将が、

「風聞があります。蜀の劉備が呉《ご》を攻めたそうです」

と、声を低めて曹真に報告した。

「まことか……」

先年、呉の孫権《そんけん》は荊州《けい》を奪うべく呂蒙《りよもう》などの将をつかって、荊州で支配力を強めている関《かん》羽《う》を討った。関羽の死によって荊州のすべてが呉の版図《はんと》となったことを知らぬ者はいない。

荊州はもともと劉表《りゆうひよう》の支配地であり、劉表の死後、客将であった劉備が平定した。しかしながら劉備が孫権の協力を得なければ、その軍事が成功しなかったことも事実なので、荊州の支配権の所在は明確にならなかった。劉備が益州へ移ってからも、重臣の関羽が荊州に残ったのは、

――支配権はこちらにある。

という意《おも》いが強かったせいであろう。むろん孫権はそれを認めず、ついに関羽を殺して荊州を得た。ただし関羽を攻めた呂蒙が狡猾《こうかつ》な手を用いたため、関羽の死後ほどなく呂蒙が病死したので、

――その譎謀《けつぼう》に天罰がくだったのだ。

と、いって、荊州の支配者が替《か》わったことを嘆く官民がすくなくなかった。

劉備と孫権は同盟していながら仲がよくない。曹真は遠くからそう眺めていたが、劉備がほんとうに呉を攻めたとなれば、これはおどろきである。呉はぬけめなく魏に使者を送ってきているが、蜀はいっさい魏との交誼《こうぎ》を求めない。そのうえ、呉との同盟を破棄すれば、蜀は孤立してしまう。

「それほど劉備は荊州を奪回したいのかな。欲望が大きすぎて、身のほど知らずにみえる」

と、曹真は哂《わら》った。が、佐将は表情を変えず、

「劉備が呉を攻めたとすれば、別の意いがあったからではないでしょうか」

と、私見を述べた。

「別の意い……、それは、なにか」

「関羽の仇を討つためではありませんか」

「まさか――」

臣下が主君の仇を討とうとしたという話は戦国時代にあったが、そういう例はすくない。儒教が人々に教えたことは、

――父の讎《あだ》はともに天を戴《いただ》かず。

というもので、仇討ちといえば、かならず父を殺した者を殺すことをいう。しかるに臣下の仇を、皇帝と称した者が討とうとすることなど、きいたことがなく、ありえない。

が、佐将はまなざしをあげて曹真をみつめると、

「劉備とは、そういう人ですよ」

と、いい、微《かす》かに笑った。

急に曹真の胸が熱くなった。一臣下の死を哀しみ、仇を憎んで、皇帝が国を挙《あ》げて復讎をする。これはみかたによっては前代未聞の暴挙であろう。だが劉備は関羽を臣下とはみなさず、肉親であるとおもってきたのだ。関羽とともにくぐりぬけてきた艱難辛苦《かんなんしんく》が、どれほど

長く、どれほどすさまじいものであったかを、劉備は天下に知ってもらうために出師《すいし》したにちがいない。

――吁々《ああ》。

曹真は涙がこぼれそうになるのをこらえた。魏にあっては、劉備を英雄であると認める者はほとんどいないが、この一挙によって、劉備が情において比類のない人であることが曹真にはわかった。おなじく情の人である曹真は、

――われは劉備を応援する。

と、胸裡でつぶやいた。

西方から帰還すると、曹真には昇進が待っていた。

上軍大将軍《じょうぐんだいしょうぐん》・都《と》督中外諸軍事《とくちゅうがいしょぐんじ》がそれであった。曹丕から節《せつ》と鉞《えつ》が授けられた。節は旗で、遠征時の法の独裁を皇帝から許可されたという印であり、鉞はまさかりで、これは軍事における独断が許された印である。

曹真が洛陽《らくよう》に帰着したとき、蜀と呉の戦いはまだつづいているようであり、曹丕は劉備の戦いぶりについて、

「あれほど兵站《へいたん》が長くつらなっていては、それを保つのは至難であり、まもなく破られようよ」

と、批判した。

江水《こうすい》とその沿岸の邑《まち》が戦場となっているとすれば、補給路が長くなるのは当然である。劉

備は慎重にその補給の拠点を多く造ったのであろう。それがかえって攻略上の弱点になるのであろうか。

曹真にとって曹丕の声は遠かった。

それからひと月も経《た》たないうちに、劉備の敗退があきらかになった。兵法書を読んでこなかった曹真は、

「劉備のなにが悪かったのか」

と、つぶやいた。たれに問うてもその答えを得られそうもないとおもった曹真は、

——そうだ、曹洪どのがいる。

と、膝《ひざ》を打った。曹洪は官職を免じられたあと、財産も没収されたが、卞太后の口ぞえのおかげで、財産は返された。その後、洛陽のなかで隠遁《いんとん》者のような生活をしている。

微服《びふく》してその家を訪ねた曹真は、いきなり門前払いをくわされた。二度目の訪問も同様であったが、曹真は懲《こ》りずに三度目の訪問をこころみた。はじめて戸外《こがい》に顔をみせた曹洪は、

「どの面下《つら》げてここにきた」

と、曹真をののしった。が、曹真はよけいなことをいわず、一礼した。その容姿を睨んでいた曹洪は、

「はいれ」

と、幽《くら》い声でいった。

曹洪《そうこう》の財産はおどろくべき巨《おお》きさである。

昔、曹操《そうそう》が司空《しくう》になったとき、税の徴収のために諸家の財産を調査させたことがあった。そのとき出身地である譙県《しょう》の令《れい》から送られてきた報告書をみた曹操が、

「われの財産が、子廉《しれん》（曹洪）のそれと、おなじはずがあろうか」

と、叫ぶようにいったことがあった。

それほどの財産をもっている曹洪であるから、隠遁《いんとん》生活といっても、多くの家人と婢僕《ひぼく》が邸内で働いており、悠々自適《ゆうゆうじてき》にすごしているようであった。

客室に坐った曹真は、まず、

「わたしはあなたを譖《しん》したことはありません」

と、いった。苦《にが》く笑った曹洪は、

「わかっている」

と、うなずいたあと、皇帝に寵幸《ちょうこう》されすぎると、かならず妬《ねた》まれ、根も葉もないうわさを立てられる、用心することだ、といった。

「わたしがあなたを訪ねたことも、主上に密告されますか」

曹真がそういうと、曹洪はすこし機嫌をなおして、

「ふん」

と、鼻を鳴らした。

「かつてわたしは友人から兵法書を読むなといわれました。そのほうが用兵を誤《あやま》らないと信じて今日までできました。が、蜀《しょく》の劉備《りゅうび》が呉《ご》を攻め、その攻めかたに大過《たいか》がなかったようにみえたのですが、夷道《いどう》に近い猇亭《おうてい》で大敗し、蜀軍は崩れに崩れて、劉備は敗走しました。劉備の兵略のなにがいけなかったのか、わたしにはどうしてもわからず、それについて的確に指摘できる者も近くにいないので、歴戦のあなたに教えを乞いにうかがったのです」

端座《たんざ》した曹真は曹洪にむかって頭をさげた。

「兵法書を読むな、というのは、すぐれた忠告だ。戦場は巨大な生き物の背に乗っているようなもので、刻々と変わる。あれほど兵法を熟知していた武帝《ぶてい》（曹操）でさえ、いくたびも負け、死にそうになった。勝敗を兵法の理で説明できようか」

「そうですか……」

たまたま劉備は負け、劉備を襲った呉の将軍はたまたま勝ったのか。曹遵《そうじゅん》あるいは朱讃《しゅさん》であれば、そうはいわない。親友を喪《うしな》ったさびしさをここでも感じた曹真が退室しようとすると、

「なんじは、他山の石で、おのれを磨《みが》こうとするか。みあげたものだ」

と、曹洪に称《ほ》められた。

「わからぬことを、自分で考えず、すぐ人に問う横着者《おうちゃく》です」

「学問嫌いの漢《かん》の高祖（劉邦《りゅうほう》）も似たような横着者であったが、天下を取った。兵法で取った天下ではない。取ったのは、天下の人々の心だ。劉備が呉の人々の心を取っていれば、負

けることはなかった。呂蒙《りよもう》が関羽《かんう》に勝ったのは、内を崩したからだ」

背中でこの声をきいた曹真は立ち止まり、ふりかえって、曹洪にむかって再拝した。

さらに曹洪は、

「なんじを大樹《たいじゆ》将軍のごとし、と称める者は、ひとりやふたりではない。ただし大樹将軍は天下平定が成るまえに逝《い》った。なんじも健康には留意せよ」

と、めずらしくやさしいことばをかけた。

大樹将軍とは、後漢《ごかん》王朝の創業期に、光武《こうぶ》帝を輔《たす》けた名将の馮異《ふうい》をいう。馮異は連戦の戦場にあって、諸将がおのれの功を自慢しはじめると、そこからしりぞいて大樹の下で静黙した。それをみた兵たちは、光武帝から、たれに属《つ》きたいか、と問われると、こぞって、

「大樹将軍に属きたい」

と、答えたという。

曹真も自身の功を誇ったことがない。自身が賞されると、その賞を属将に分け与えた。上からの賞がとどかない殊勲者には、私財を割いて授け、ねぎらった。このおもいやりが浸透したため、曹真の軍は強靭《きようじん》といってよいほど結束がかたかった。それゆえ、戦場の有利不利、兵略の有無にかかわらず、曹真軍が動けば、かならず勝った。

曹洪家の門をでた曹真は、また拝礼した。

人から贈られる物で、ことばほど貴いものはない、ときいたことがあるが、

——まさに、そうだ。

と、曹真は感激し、曹洪に感謝した。

この年の晩秋に、曹丕《そうひ》は呉を攻めるべく、兵を発した。曹真は夏侯尚《かこうしょう》、張郃《ちょうこう》、徐晃《じょこう》らとともに、南郡《なん》を攻撃した。南郡の中心にある県は江陵《こうりょう》である。この県の南に江水《こうすい》がながれているが、渇水のため、川幅がせばまり、中洲があらわれていた。それをみた曹真は、江陵は堅城であるが南側に弱点があると想《おも》い、軍をわかち、夏侯尚の軍を中洲に渡らせた。それによって包囲陣を完成させたのである。

十一月に南陽《なんよう》郡の宛《えん》まで南下した曹丕は、なるべく早く戦況を知ろうとした。やがて夏侯尚の軍が中洲に屯営を設け、さらに浮橋を作って南北に往来できるようにしたことを知ると、

「これで江陵の陥落はまちがいない」

と、上機嫌になった。近臣もその明るい気分に調和して、あとひと月ほどで江陵が落ちる、と噪《さわ》いだ。

行在所《あんざい》に盈《み》ちた陽気さのなかで、独《ひと》り沈思《ちんし》の静けさを保っていたのは、侍中《じちゅう》の董昭《とうしょう》である。かれは袁紹《えんしょう》の下で、参軍事《さんぐんじ》として頭角をあらわした。が、のちに弟が袁紹の敵側に属いたことで、袁紹に嫌われ、殺されかけたため、西方へのがれて献《けん》帝に従った。その後、その知力が曹操に認められて、謀臣のひとりとなった。かれが曹操に献じた策は的確であったが、ここでも、

――夏侯尚はみずから死地に踏み込んだ。

と、愁然とした。その策戦のもっとも危ういところは、通路が一本しかないことである。

もしも呉の援軍が到着して浮橋を切断すれば、中洲の軍は孤立して全滅してしまう。また、江水がいつ増水するかわからず、夏侯尚と麾下《きか》の将兵すべてが水没しかねない。

そう考えた董昭は、曹丕に謁見《えっけん》して、おのれの憂慮《ゆうりょ》を述べ、

「江陵攻めの実態は、危険にむかっているとご認識ください」

と、進言した。曹丕は軍事に関して鈍感な人ではない。この進言を重視した。すぐさま江陵の包囲陣に詔勅《しょうちょく》をくだして、夏侯尚らを中洲から撤退させた。その軍が北岸へ移動してから十日後に、江水が突然増水した。

引き揚げた曹真は、

――われは夏侯尚を殺すところであった。

と、冷や汗をかいた。良策であるとおもっていたものが愚策であったことで、策におぼれるとはこのことだ、と自嘲した。

曹丕は呉の制圧を望み、南征をくりかえしたが成功せず、四十歳で崩御《ほうぎょ》した。危篤の際に召し寄せられたのが、曹真、陳羣《ちんぐん》、曹休《そうきゅう》、司馬懿《しばい》という四人で、かれらが政治を輔佐《ほさ》すると確定したうえで、曹丕の子の曹叡《そうえい》が即位した。

曹丕にもっとも篤く信頼されたのが曹真であることはあきらかなので、曹叡は父の遺志を継ぐかたちで曹真を厚遇し、即位した年のうちに曹真を大将軍に任命した。大将軍はかつての何進《かしん》がそうであったように、三公の上の位にあって軍事の全権を掌握しているといってよい。

また曹叡は父がおこなった人事の偏側《へんそく》を匡《ただ》そうとした。

たとえば曹洪の場合、かれは後《ご》将軍の位をさずけられたあと、特進《とくしん》の位を付与されて貴臣と認定され、さらに驃騎《ひょうき》将軍に昇った。

朝廷で曹真の顔をみた曹洪は、

「礼はいわぬぞ」

と、いった。曹真は目で笑った。

「将軍は勘ちがいなさっている。叙任のすべてをお決めになっているのは主上であり、わたしではありません」

なるほどそうであるかもしれないが、そうではないかもしれない。新しい皇帝である曹叡はまだ二十代の前半という年齢であり、群臣の長所と短所をどれほど知っているかとおもえば、諸事に目くばりをおこたらない輔弼《ほひつ》の意見を聴かずに、昇叙《しょうじょ》をふくんだ群臣の人事異動を単独でおこなえるはずがない。

あえていえば、文《ぶん》帝（曹丕）が歪《ゆが》めた王朝を、曹真がひそかに矯正《きょうせい》した。それによってこの王朝は三十年ほど寿命を延ばすことになろう。群臣と官民が納得するような王朝人事を曹真ができたのは、

——この男には、私利私欲がないからだ。

と、曹洪はみた。文帝の最大の遺産は、曹真を群臣の最上位にすえたことだ。

曹真の謙遜《けんそん》ぶりをこころよく感じた曹洪は、

「ま、そういうことにしておこう」

と、いって笑った。かれは曹叡が即位した年からかぞえて六年後に逝去する。曹操が挙兵した際にまっさきに駆けつけた人物であり、戦場で馬を失った曹操に自分の馬をさしだしたこともある。まさに曹操にとって股肱《ここう》の臣であった。

まもなく曹真《そうしん》に最大の試練がおとずれる。

曹叡《そうえい》は即位の年に改元をおこなわず、年があらたまると同時に、太和《たいわ》と改元した。

このころ、魏《ぎ》の軍事的主眼は呉《ご》の攻略にむけられていて、蜀《しょく》の動向には目くばりをおこたっていた。

太和元年（二二七年）の冬に、荊《けい》州の新城《しんじょう》郡の太守《たいしゅ》である孟達《もうたつ》に不穏な動きがあるという報告が朝廷にはいったため、十二月に、司馬懿《しばい》が討伐にむかった。

これよりはるかまえに、蜀の丞相《じょうしょう》である諸葛亮《しょかつりょう》は、魏を伐《う》つ、という計画を立てて、晩春に軍を率いて漢中《かんちゅう》まで北上し、そこに軍をとどめていつでも出撃できる態勢をととのえた上で、孟達を蜀に帰属させるべく勧誘をすすめた。

逡巡《しゅんじゅん》に逡巡をかさねた孟達が、年を越して、司馬懿に討たれたころ、諸葛亮が益《えき》州をでて、魏の西方の州である雍《よう》州に侵攻した。劉備《りゅうび》が崩じて以来、静黙を保ってきた蜀が、まさかそのような大胆な遠征をおこなうとはつゆほども想《おも》っていなかった魏の朝廷は、大いにあわてた。

――われが征《ゆ》く。

群臣の動揺をしずめるために、すばやく決断した曹真は、詔命《しょうめい》を得て、軍を発しようとした。そこに続報がはいった。

「蜀軍は斜谷《やこく》をくだって郿《び》を攻めようとしています」

郿は長安《ちょうあん》の西に位置し、扶風《ふふう》郡の中央にある。

「よし、郿を守りぬいてみせよう」

西行した曹真は郿に重厚な陣を布《し》いた。だが、郿を攻める、というのは諸葛亮がばらまいたうわさで、蜀の主力軍は郿よりはるか西の天水《てんすい》郡を侵して祁《き》山を攻撃した。しかしながら、郿を狙うのに都合のよい漢中の箕谷《きこく》のあたりに蜀軍がいるらしいので、曹真は軍を大きく動かせなかった。

蜀軍の進出によって、天水郡だけではなく、南安《なんあん》郡と安定《あんてい》郡も魏に叛《そむ》き、西方諸郡の騒擾《そうじょう》が拡大した。

――諸葛亮の兵略にふりまわされている。

曹真が苦慮しはじめたとき、曹叡はみずから長安まで行幸《ぎょうこう》して、猛将である張郃《ちょうこう》を蜀の主力軍にむかわせた。

――勘のよい皇帝だ。

曹叡はまだ二十四歳であるのに、軍事の急所を知っていた。曹真はその指図に感心した。

同時に、おのれの勘の鈍さをくやしがった。

だが、まさに戦場は生き物である。

魏の虚を衝《つ》いていきなり有利な戦況を現出した諸葛亮は、策を弄しすぎたといえるであろう。前軍をはるばると先行させて、天水郡に接する広魏《こうぎ》郡の街亭《がいてい》に布陣させた。むろん蜀軍の狙いはわかる。雍州内を東西に交通する道には、北路と南路があり、その北路を街亭において遮断し、南路を渭水《いすい》に臨む県を陥落させて閉塞する。それによって広魏郡と天水郡より西の諸郡には魏の支配力がおよばなくなり、蜀に付属せざるをえなくなる。

この宏図《こうと》を画いたのは、街亭の軍をまかされた馬謖《ばしょく》であろう。

だが現実には、その図は画餅《がへい》にすぎなかった。

張郃軍を迎え撃った馬謖軍は、あっけなく撃破され、戦場から敗走する兵を、諸葛亮軍は救えなかった。蜀軍の大敗である。

それを知った曹真は、やはり策というものは諸刃《もろは》の剣だ、と痛感した。蜀軍が引き揚げたあとも、安定郡では叛乱の余燼《よじん》がくすぶっていたので、曹真が平定をおこなった。その郡の東北部に月支《げっし》城があり、そこに楊條《ようじょう》が官民を攬《まと》めて叛旗をひるがえしていた。曹真が軍をすすめてその城を包囲すると、城壁に登ってそれを瞰《み》た楊條は、

「大将軍がみずからいらっしゃったとなれば、われは早々に降《くだ》るのみである」

と、みなにいい、自分を縛って城外にでた。

これは曹真が武徳以上の徳をもっていたあかしであり、南安、天水、安定という三郡の鎮

定は、曹真の名によって容易であった。じつはこれこそが、いかなる非凡な兵略をもうわまわる徳化というものであったが、曹真には驕《おご》った自己顕示《じこけんじ》はいっさいなかった。

帰還した曹真はおのれの功を誇ることなく、むしろ恐縮して曹叡に感謝の辞を呈したあと、

「諸葛亮は策の多い将帥《しょうすい》です。こちらの虚を衝く兵術にこだわるにちがいなく、きたるべき出撃は、故道《こどう》を通ってすばやく渭水のほとりに到り、陳倉《ちんそう》を攻撃するというものでしょう。帝はひそかに諸将を陳倉へおつかわしになるべきです」

と、進言した。この皇帝には戦術眼があると意《おも》っての献策である。はたして曹叡は、

「なるほど」

と、いい、さっそく郝昭《かくしょう》と王生《おうせい》という二将を遣《や》って、ひそかに陳倉の防備を重厚にさせた。

諸葛亮と蜀軍の出陣は予想よりも早かった。この年の十二月に扶風郡を侵し、陳倉を急襲した。が、心の準備もできていた曹真は、蜀軍に陳倉を抜かせず、すきのない防戦によって蜀軍を阻止した。このねばりづよい防戦にこそ曹真の本領が発揮されたといってよい。

春になると、兵糧《ひょうろう》の尽きた蜀軍は撤退した。根負けしたかたちである。

曹真は蜀の主力軍を撃退し、諸葛亮の策をうわまわる用兵を国内に知らしめたといってよい。

戦勝を曹叡に報じたあとも、用心のために雍州にとどまった曹真は、賞されて食邑《しょくゆう》を増され、合計二千九百戸となった。ちなみに貴臣として特別あつかいされた曹洪《そうこう》の食邑は二千百戸であるので、それをうわまわっている。曹真は曹洪とちがって吝嗇《りんしょく》ではないので、家産が

増えれば増えただけ、より多くの武勲兵に私財を割いてねぎらった。

翌年に洛陽《らくよう》に帰還して参内《さんだい》した曹真は、大司馬《だいしば》に任ぜられた。それだけではなく、剣を佩《は》いたままの昇殿がゆるされ、入朝時に小走りをしなくてもよい、という殊遇《しゅぐう》がさずけられた。それでわかるように、朝廷内をゆっくり歩く者などいないのである。

二度、諸葛亮の蜀軍を防いだ曹真は、

――つぎに蜀軍はどこを狙い撃つのか。

と、想念をめぐらせていたが、いつも魏が防ぎ守る立場にある必要はないと考えた。

――こちらから攻めればよい。

益州にはいる道はひとつやふたつではない。それらの道に魏軍を配置し、いっせいに侵入させれば、蜀軍は防衛のために右往左往して潰乱《かいらん》するであろう。この腹案を曹真は実行にうつすべく、曹叡に献言《けんげん》した。

曹真の説述を聴いた曹叡は、軍事に聰《さと》い質《たち》なので、

――あの武帝《ぶ》（曹操《そうそう》）でも攻めあぐねた蜀を、いまなら攻め取れるのか。

という疑念をいだいたが、曹真のひたむきさに打たれて、やってみよ、と聴許《ちょうきょ》した。

「魏は総力を挙げて蜀を攻める」

この決定をきいた曹洪は、とたんにむずかしい顔をして、歩を速めて曹真に会い、

「大司馬どのよ、あなたは劉備の覆轍《ふくてつ》をたどるつもりか」

と、ほとんど怒声に比《ちか》い声で諫止《かんし》した。曹真は平然と、

「そのつもりはありませんが……」

と、答えた。曹洪は舌打ちをした。

「真の勝利は、敵の内側を崩してから、とまえに申した。それをお忘れか」

「忘れてはおりません。が、蜀の国主はまだ若く、国民の信望を得ていません。ゆえに丞相の諸葛亮にすべてをゆだねています。わたしは諸葛亮と戦いましたが、その指麾《しき》ぶりは成熟しておらず、蜀の将士にはこれといった者はおりません。劉備の両翼であった関羽《かんう》と張飛《ちょうひ》はすでに亡《な》く、勇将であった趙雲《ちょううん》は昨年歿しました。蜀の軍事は衰弱しているのです。この機をのがせば、蜀は軍事をふくめて国力を回復してしまうかもしれません。そうなれば向後十年は、魏は蜀に苦しめられることになります。蜀を攻めるのは、いましかないのです」

力説である。

——一理はある。

曹洪はそう認めたものの、どこかにむりがある、とも感じた。

この年の七月に魏軍は起動した。

曹真の軍は長安にもっとも近い子午道《しごどう》からはいって漢中郡の南鄭《なんてい》をめざす予定であり、東から漢水《かんすい》ぞいに益州にはいる司馬懿の軍と南鄭で合流することにした。ほかにも、斜谷道をすすむ軍とはるか西の武威《ぶい》郡を発して益州の西北部に侵入する軍もあり、それらが八月には益州の辺境に迫った。

四つの道から魏軍がいっせいに益州にはいるわけであり、この戦略に過誤《かご》はなかったといってよい。

しかしながら益州を侵した魏軍にはおもわぬ敵がいた。

雨、である。

――早く、やんでくれ。

そう禱《いの》りながら曹真は、雨霧《うむ》で閉ざされた山道をみつめつづけた。が、この禱りは天意を撼《うご》かさなかった。十日、二十日とつづいた降雨は、山間の道を土でふさぎ、崖に架《か》けた桟道《さんどう》を落とした。この長雨を三十日間ながめつづけた曹真は、濡れた地面に膝《ひざ》をついて、冷えた草をつかんだ。そのとき曹遵《そうじゅん》の声がきこえた。

「諸葛亮は、あの徐《じょ》州の民だよ」

「そうか……」

曹真は、はっと草から手をはなした。いまは天が諸葛亮を護《まも》っている。かつて草を切った者に天の加護は得られない。悪いことはかさなり、曹真はいくたびも雨に打たれたせいで、体調をくずした。

「撤退すべし」

この詔命に従って長安まで引き揚げた曹真は、曹叡にひとつの訴願《そがん》をおこなった。旧友である曹遵と朱讃《しゅさん》に子がいるので、かれらに自分の食邑を分け与えたいということである。これをめずらしい美徳であると称《ほ》めた曹叡は、その訴願をうけいれて許可しただけではなく、それぞれに百戸を追加してふたりを関内侯《かんだい》とした。

——かたじけないかぎりです。

涙をうかべて曹叡に感謝した曹真であるが、年末にはさらに体調が悪化した。かれの指麾下の兵は愁色をかくさず、大司馬の回復を祷った。それほど曹真は兵士に敬愛されていた。だが曹真の病に回復のきざしがないので、その病身は洛陽へ移された。二月には、曹真は自邸の病牀《びょうしょう》にいたであろう。心配した曹叡はみずから曹真邸へゆき、見舞った。

三月、曹真は死去した。

この死は、魏王朝にとって巨大な損失といってよく、曹真を失った曹叡は軍事において司馬懿にたよらざるをえなくなり、王朝の主権が司馬氏へ移行するきっかけになったからである。とにかく、上からも下からも愛された曹真のような人は稀有《けう》といってよい。

蒋 瀿

しょうせい

曹操《そうそう》は人材集めに熱心な人で、誠実でしかも機知のある能吏《のうり》を好んだ。

そういう能吏のひとりが蔣済《しょうせい》であった。

かれは揚《よう》州九江《きゅうこう》郡の平阿《へいあ》県の生まれである。

淮水《わいすい》と江水《こうすい》のあいだにある九江郡は、袁術《えんじゅつ》に支配された郡である。が、天子になることを夢想した袁術が病死したあとに、曹操の支配地となった。ただし郡の南部の一部は呉《ご》の孫権《そんけん》に侵食《しんしょく》された。郡の北部に位置する平阿県は、豫《よ》州と接するところにあるので、当然のことながら、魏《ぎ》の版図《はんと》にはいった。

蔣済は郡に出仕してから、その能力が買われて、郡の計吏《けいり》となり、さらにひきたてられて、州の副刺史《しし》というべき別駕《べつが》となった。

建安《けんあん》十三年（二〇八年）に、曹操は八十万と称する水軍を率いて、呉の攻略にむかった。これ以前に、袁氏の勢力圏であった北方を征伐した曹操は、軍を南下させて、劉表《りゅうひょう》が亡《な》くなったあとの荊《けい》州を取り、勢いを増したかたちで江水をくだったのである。

――これで曹操軍が勝てば、ほぼ天下平定は終わる。

蔣済はそうみた。曹操軍の兵力が八十万というのは、呉の孫権を恫喝《どうかつ》するための数字であろうが、大軍であることはまちがいない。それにたいして呉が動員できる兵数は最多でも十万に達しない。せいぜい六、七万であろう。

——どう考えても、曹操軍が負けるはずがない。

蔣済は楽天家ではないが、そう考えていた。

ところが曹操軍は烏林《うりん》（赤壁《せきへき》）において大敗した。孫権に呉の命運を託《たく》された周瑜《しゅうゆ》と程普《ていふ》は、巧妙な火攻《かこう》によって大船団を焼き払って、曹操の進撃を止めた。その大戦の勝敗が、三国時代の原形をつくったといっても過言ではない。

曹操は帰還したが、周瑜の追撃を阻止するために荊州中部の江陵《こうりょう》に曹仁《そうじん》をとどめた。それによって呉軍の北上をさまたげられるであろうと観測した蔣済が、ふと、

——もしや、孫権が九江郡を狙うのでは……。

と、おもったとき、報《しら》せがはいった。

合肥《ごうひ》が孫権軍に包囲されたという。合肥から寿春《じゅしゅん》を突き抜けるというのも、呉が北上する道のひとつである。

——やはり、孫権がきたのか。

予想したこととはいえ、それが現実になると、蔣済は困惑せざるをえない。すでに合肥から使者が曹操のもとにむかっているであろうが、念のために蔣済も急使を駃《はし》らせた。

やがて、将軍の張喜《ちょうき》が騎兵の千騎を率いて出発し、途中で兵を拾って救援にくるとわかっ

た。この救援の状況を上司である刺史に報せなければならないが、筆を執《と》った蔣済は、すぐにため息をついて筆を置いた。

——やってくる千騎が数千騎になったところで、孫権軍の包囲を破れまい。

たれが考えてもそうであるならば、この書翰《しょかん》は、刺史だけではなく合肥城を守っている将をも落胆させる。では、数万騎が救いにきた、と妄《うそ》を書けばよいのか。それも実態がわかれば、刺史も守将も失望させる。

——困った。

蔣済は頭をかかえて考え込んだ。しばらく悩んでいるうちに、待てよ、と首をあげた。刺史への書翰はおそらくぶじに着くであろうが、城内の将への書翰はどうであろう。蔣済の使者がたやすく敵の包囲陣をすりぬけられるであろうか。敵兵に捕獲されることを想定して、使者は一組だけでなく、すくなくとも二組はだす。

——そうだ。

どうせ蔣済の書翰が孫権に読まれて、曹操軍の実情を知られてしまうのであれば、

——実《じつ》を虚《きょ》に変えてしまえばよい。

と、おもいついた。ふたたび筆を執った蔣済は、刺史への報告書を書いた。内容はこうである。

「四万の騎兵を率いてすでに雩《う》婁《ろう》に到着したという張喜の書翰を入手しましたので、主簿《しゅぼ》を遣《や》って張喜を出迎えてください」

孫権をあざむくには、これくらいの用心は必要である。刺史にちがう動きをしてもらってはこまる。

つづいて城の守将への書翰を三通書いた。内容はすべておなじで、張喜が四万の兵を率いて救援にきた、というものである。刺史への使者を出発させたあと、三組の使者に書翰をもたせて、

「守将に会ったら、書翰を渡し、あとすこしの辛抱だ、と申せ」

と、いいふくめた。

蔣済は、実を虚に化し、さらにその虚を実に化す、という幻術をやってのけたのである。城の守将にとどくはずの三通の書翰のうち、一通は城内にはいったが、二通は呉軍の本営へとどけられた。二組の使者が呉兵に捕らえられたからである。

書翰に目を通した孫権は驚愕した。

――援兵が四万……。

差出人は別駕の蔣済となっている。孫権は蔣済の性格を熟知しているわけではないが、つねづね策を弄《ろう》するような人物ではないことくらいは知っている。

じつはそのことも蔣済の策であったかもしれない。

かつて蔣済は、みずから南征をおこなった曹操に召しだされた五人のなかのひとりであった。そこには蔣済のほかに劉曄《りゅうよう》と胡質《こしつ》などがいたが、その会で、四人は曹操の問いにまじめに答えるなどして、会話の時間をすごした。が、劉曄だけが終始無言で、曹操の問いにまと

もに答えなかった。あとで曹操は劉曄の見識がほかの四人より数段高いところにあると認めて、かれを抜擢して重用した。

蔣済からみれば、あのときの沈黙は劉曄が自身を売り込むための策である。たしかに劉曄は機転がきく。しかしそれを表にだしすぎれば、やがてたれからも信用されなくなるであろう。ほんとうの策とは、そういうものではない、と蔣済はおもっている。ひごろ策とは無縁な顔をしていながら、ここぞというときに立てる策こそ成功する。

このときが、それであった。

孫権は曹操軍の実情を調べさせもせず、

「引き揚げる」

と、いい、陣営を焼き払い、逃げるように戦場を去った。孫権はぞんがい気宇《きう》の小さい人であったかもしれない。

蔣済は書翰だけで、合肥を救い、呉の大軍をしりぞけたのである。

翌年、蔣済は刺史の使者として譙《しょう》へ行った。譙という県は、淮水の支流のほとりにあり、その川をくだってゆけば、まっすぐに九江郡にはいることができる。呉の周瑜との水戦《すいせん》で負けた曹操は、再戦を想定し、その地でみずから水軍の訓練をおこなっていた。

蔣済を引見して、ねぎらった曹操は、

「いま、淮南《わいなん》（淮水の南）の民を移住させたいが、どうであろう」

と、問うた。それはほぼ曹操の心中で決定されたことで、臣下に賛意を求めているにちがいない、と蔣済は推察したものの、迎合《げいごう》しなかった。

大組織のなかで個人の正義を樹《た》ててゆくことはむずかしい。組織の大小にかかわらず、従《じゅう》である者は主《しゅ》である者を悦《よろこ》ばせたいものである。主の胸中にある意望をさきまわりして察し、その意望を先導するようにふるまえば、主を悦ばせて、昇進が早まる。劉曄がそれであった。が、そういう臣が増大した場合の組織は、どうなるであろうか。おそらく、主だけのための組織となり、民は離叛するであろう。曹操という稀代《きたい》の英雄が、それくらいのことがわからぬはずはない、というおもいで、蔣済は、

「あなたさまのご威勢は天下を震《ふる》わせ、民に二心《にしん》はありません。しかしながら、民は郷里をなつかしむものです。他の地へ徙《うつ》ることを喜ばないでしょう。かならず不安をおぼえると懸《け》念《ねん》されます」

と、述べた。はっきりとではないが、曹操に再考を求めたのである。

「そうか……」

と、曹操はいったものの、けっきょくこの意見を採《と》らなかった。ほどなく曹操は淮南の人々に、北へ徙るように、と命令をくだした。

が、皮肉なことに、淮南に住む十万余の人々は、あわてて南へ逃げて、呉の民となってしまった。

のちに蔣済が使者となって鄴《ぎょう》へ往ったとき、曹操に出迎えられた。曹操は蔣済の顔をみるや、大笑いした。

「そもそも呉の加害を避けさせるためにおこなったことなのに、かえって、すっかりむこうに走らせてしまった」

これは謝辞のひとつであろう。なんじの意見を採用しなかったわれが愚かであった、といったにひとしい。これをきいた蔣済は、

――ここが、この人のすぐれたところだ。

と、おもい、安堵《あんど》した。

蔣済《しょうせい》は丹楊《たんよう》郡の太守に任命された。

丹楊郡は九江《きゅうこう》郡に境を接する郡で、江水《こうすい》の南にあるが、その郡全体は曹操《そうそう》の支配地ではなく、呉《ご》の版図《はんと》にはいっている。ということは、呉を制圧したら蔣済に丹楊郡を治めさせるということなのであろう。が、この任命はいかにも実体をともなっていない。

曹操は南征して帰還するときに、蔣済を揚《よう》州刺史《しし》の別駕《べつが》とした。これは実体をともなっている。ただし呉が曹操軍に屈しないとなれば、揚州は呉と魏《ぎ》に分断されたといってよく、魏の揚州は旧揚州北部の二郡（九江郡と廬《ろ》江《こう》郡）を併《あわ》せた広さしかない。それでもこの州は軍事的に重要である。それゆえ曹操は蔣済を任命する際の辞令のなかで、

「いま、君が州に還れば、われに憂《うれ》いはない」

と、いい、蔣済への信頼を率直《そっちょく》に表した。

このあと、蔣済はちょっとした災難に遭《あ》った。揚州の住民が騒ぎ、

「別駕が謀叛《むほん》の首謀者だ」

と、いい、事実政府に訴える者さえいた。曹操はそれをきいても表情を変えず、おもむろにさきの辞令をゆびさして、

「蔣済にどうしてそのようなことがあろうか。もしもそうであれば、われは人を知らなかったことになる。それはきっと愚民《ぐみん》が騒乱を楽しんで、かれをまきぞえにしただけだ」

と、左将軍の于禁《うきん》や沛国《はい》の相《しょう》である封仁《ほうじん》などにいい、蔣済が捕らえられているなら早く釈放するようにと人をつかわした。蔣済への信頼ぶりがわかる話である。

このあと曹操は蔣済を中央に召して、丞相主簿西曹《じょうしょうしゅぼせいそう》の属官に任命した。丞相府には西曹と東曹《とうそう》が置かれていて、それぞれ官吏の選抜をおこなう。蔣済を任命する際の辞令は、こうであった。

「舜《しゅん》が皐陶《こうよう》を挙《あ》げると、不仁《ふじん》の者は遠ざかったという。臧否《そうひ》（善悪）を判定し、かたよらない採用を、われは賢明な曹属に望んでいる」

曹操が蔣済を信用しつづけていることがわかる辞令である。ちなみに曹操はしばしば故事をひきあいにだすが、舜は古代の聖王であり、舜に重用《ちょうよう》された皐陶は正しい法理をつらぬいたことで、伝説の人となり、法務大臣の鑑《かがみ》にされている。

蔣済の勤務に疎漏《そろう》はなかった。

最晩年の曹操をおびやかす報《しら》せが南方からもたらされた。朝廷もざわついた。

荊州《けいしゅう》の関羽《かんう》が軍を率いて北上し、曹仁《そうじん》の守る樊城《はんじょう》を攻めた。樊城は南郡《なん》襄陽《じょうよう》県のすぐ北に位置し、漢水《かんすい》のほとりにある。

劉備《りゅうび》と諸葛亮《しょかつりょう》が荊州をあとにして蜀《しょく》へ移ってから、荊州の経営をまかされていた関羽は、この年に劉備が漢中《かんちゅう》王となり、自身が前《ぜん》将軍に任命されたうえに、自分のおもい通りにしてよいという節《せつ》と鉞《えつ》をさずけられたことで、劉備が建てた国の独自性を天下に示すべく、北伐《ほくばつ》をおこなったのである。劉備は節鉞を関羽にさずけたかぎり、

「魏を攻略するのは、やめよ」

とは、いえなかったであろう。

関羽の勇猛さを知っている曹操は、急報をきくとすぐに于禁を救援にさしむけた。于禁は古参の武人で、そつのない戦いをしてきた将である。が、このときだけはぬかりがあった。城が漢水の近くにあることと、大雨が降ることを想《おも》えば、船を用意すべきであったのに、それをおこたった。智者の一失《いっしつ》といってよい。戦場に着くと、大雨のために漢水が氾濫して、于禁の指麾《しき》下にある七軍が水没し、于禁自身は関羽に降伏するという最悪の事態となった。

――これでは樊城が陥落するのは時間の問題だ。

と、みた曹操は、北上をつづけてきそうな関羽の鋭気を避けるために、遷都《せんと》をほのめかしたのである。

――その弱腰は、魏王らしくない。

蔣済は遷都に反対するつもりでいた。ここで、蔣済とおなじ意見をもつ者がいた。

司馬懿《しばい》、である。

かれの出身地は河内《かだい》郡温《おん》県であり、洛陽《らくよう》から遠くないので、近畿《きんき》の人といってよい。厳格な父のもとで育ち、儒教《じゆきょう》に精通した。曹操の政権を素直に認めたくなかったらしく、出仕をことわっていたが、曹操に強引に辟《まね》かれて、しぶしぶ官途に就《つ》いた。曹操の漢中遠征に従軍したとき、

「まだ蜀の人々が劉備になついていないので、進撃すべきです」

と、進言した。だが曹操は、

「すでに隴右《ろうゆう》を得たのだ。そのうえ蜀を取りたいとはおもわぬ」

と、いい、その策は棄《す》てられた。隴右は隴山より右の広域をいうが、じつはこの場合の右は西と同義語になっている。つまり左は東、右は西である。たとえば函谷関《かんこくかん》より西を関西《かんせい》というかわりに関右《かんゆう》ともいう。なお隴右をおおざっぱにいえば、西方の涼州《りょう》ということになる。涼州を得たのだから、益《えき》州まで取ろうとはおもわぬ、と曹操がいったと想えばよい。

司馬懿は自身に実戦経験がないので、百戦錬磨《れんま》の曹操に軽視されたのだろうとおもっている。いまも曹操からどのようにみられているかがわかっている司馬懿は、地方の行政と軍事を経てきた蔣済を誘って、遷都すべきではないことを献言《けんげん》した。

「于禁らは水没したのであり、戦闘をおこなって失敗したわけではありません。国家の大計において大損害があったとはいえません。蜀の劉備と呉の孫権《そんけん》は、うわべは親しくしておりますが、内実は疎薄《そはく》です。関羽が志望通りに成功することを、孫権はけっして願ってはいま

せん。呉に人を遣《や》って関羽のうしろを襲うように勧《すす》め、江南の地を割いて、孫権を封《ほう》ずることをお許しになれば、樊城の包囲はおのずと解《と》けましょう」

蔣済はほぼおなじ意見をもっていたが、かれが強調したかったのは、住民の移住はそうとうに慎重におこなわなければならないということである。すでに曹操は淮南《わいなん》の民を北へ移そうとして失敗している。こんどは、首都の民を移すのである。遷都がどれほどの大事業であるかは、かつて董卓《とうたく》がおこなって散々《さんざん》な結果になった例からでもわかる。移住する民は曹操を怨み、天下の民は動揺する。これこそ曹操にとって、善《よ》いことはなにもなく、とりかえしのつかない大損害になるにちがいない。

――絶対に遷都をしてはならない。

この蔣済の強い意《おも》いも曹操の胸にとどいたのであろう、再考した曹操は、

「なるほど」

と、いい、遷都をとりやめて徐晃《じょこう》を救援にむかわせ、自身も万一にそなえて関羽討伐のかまえを示した。

徐晃の救援は成功し、司馬懿の策も功《こう》を奏《そう》した。樊城の包囲を解いた関羽は、呉軍に退路をふさがれ、荊州をでて益州にのがれようとする途中で捕斬《ほざん》された。

曹操が感じていた脅威は消滅した。昔、曹操は関羽の武勇を高く買っていたので、その死を知って単純に安堵《あんど》したわけではあるまい。そのあたりの感情は、蔣済にはわからない。

翌年、曹操は魏王として薨《こう》じた。子の曹丕《そうひ》が位を継ぎ、十月に皇帝となった。光武《こうぶ》帝から

はじまり、献帝《けんてい》で終わった後漢《ごかん》王朝は、百九十五年の王朝であった。

——禅譲《ぜんじょう》がおこなわれた。

蔣済はすくなからず感動した。

天子がその位を兄弟や子孫に継がせずに、徳を有する者にゆずる、というのが禅譲である。古代ではそういう美事《びじ》があったが、帝舜のあとの禹王《うおう》からは、血胤《けついん》が重視されて、禅譲などは実現不可能といってよく、夢物語に比《ちか》かった。禅譲がおこなわれなければ、武力での争奪となる。有能な臣下が無能な天子を討つという血なまぐささを経なければ、王朝が替《か》わらなかった。

漢王朝を創立した劉邦《りゅうほう》は、劉という氏をもつ者でなければ天子になってはならないと定めて逝《い》ったので、その遺言《ゆいごん》が官吏《かんり》だけではなく庶民までも縛ってきた。

ここではじめてその呪縛《じゅばく》がとけたのである。

こういう稀有《けう》なできごとがあったこのときに、自分が生きていることに、感動したともいえる。ことばは悪いが、後漢王朝はすでに空洞《くうどう》化して、政治的な求心力を喪《うしな》っていた。人民にとって装飾物にすぎない物になりはてていたのなら、取り去るべきであろう。蔣済はそういう割り切りかたをする男である。

曹丕が帝位に即《つ》いたあと、蔣済は累進《るいしん》した。

散騎常侍《さんきじょうじ》になったとき、南へ派遣されて、南陽《なんよう》郡の新野《しんや》に駐屯する征南《せいなん》将軍の夏侯尚《かこうしょう》のもとに行った。夏侯尚は曹丕と親しく、恩幸《おんこう》をさずけられているひとりである。南方での働きを期待されているせいであろう、夏侯尚のもとに詔《しょう》がくだされた。夏侯尚はそれを蔣済にみせた。

文面はこうである。

「卿《けい》は腹心の重将《じゅうしょう》であり、特別な任務にこたえてもらわなければならないので、必死の働きにみあう恩恵をほどこし、苦労をなぐさめる恵愛を与えている。威《い》を作《な》し、福《ふく》を作し、人を殺し、人を活《い》かせ」

しばらくその文をみつめていた蔣済は、なんの感想もいわず、新野をあとにすると、報告のために曹丕のもとにもどった。

さっそく曹丕は、

「卿が見聞した天下の風俗と教化は、どうであったか」

と、問うた。こういうときに皇帝の機嫌を取ろうとしないのが蔣済の真価であろう。いささかも忌憚《きたん》せずに、

「ほかの地へ行ったからといって善いことがあるわけではありません。ただ亡国《ぼうこく》の語を見聞しただけです」

と、述べた。とたんに忿然《ふんぜん》とした曹丕は顔色を変えて、

「卿は、なにを見聞したというのか」

と、けわしく問うた。

「では、申します。詔のなかにあった、威を作し、福を作し、というのは『尚書《しょうしょ》』にある明

らかな誡《いまし》めです。威と福を人民にほどこすのは臣下でなく、天子なのです。天子に戯言《ぎげん》なし、といわれており、古人はことばづかいも慎重でした。どうか陛下にはそのことをお察しくださいますように」

たとえたわむれであっても、天子の特権を臣下にさずけてはならない、と蔣済は曹丕をさとしたのである。

曹丕は臣下への好悪をはっきりと示し、諫言《かんげん》を嫌う皇帝ではあるが、このときは蔣済の説《せつ》諭《ゆ》にある重要さを察して、けわしさを消した。

蔣済が退出すると、すぐに曹丕は使者を発《た》たせて、夏侯尚の手もとにある詔をとりもどさせた。

魏《ぎ》の黄初《こうしょ》三年（二二二年）の九月に、曹丕《そうひ》は呉《ご》の征討を諸将に命じた。この年というのは、六月に、呉を攻めていた劉備《りゅうび》の蜀《しょく》軍の敗北が決定的となり、さらに呉の孫権《そんけん》は魏に従うとみせて、蜀との和睦をひそかにおこなおうとしていた。

――孫権は信用がならない。

怒った曹丕は呉の南《なん》郡に曹真《そうしん》、夏侯尚《かこうしょう》、徐晃《じょこう》らをむかわせ、潁川《えいせん》郡の臨潁《りんえい》に駐屯《ちゅうとん》していた曹仁《そうじん》を、濡須《じゅしゅ》にむかわせた。このとき曹仁は大司馬《だいしば》であり、諸将の最上位にいた。その武勇と戦績には赫々《かくかく》たるものがある。ただし年齢は五十五歳で、老いのきざしがあった。

濡須は魏の淮南郡《わいなんぐん》にある巣湖《そうこ》を水源として江水《こうすい》へながれこむ川の名である。が、濡須を攻めるというのは、その川のほとりにある濡須塢《じゅしゅお》（濡須城）を攻めるということであろう。その城は呉にとってきわめて重要な軍事拠点で、その城を失うと呉は水軍の自在性を失う。

蔣済《しょうせい》は曹仁に属して、別軍を率いて、濡須塢から遠くない羨谿《せんけい》を攻撃した。じつはそれは曹仁の陽動策戦で、敵将の注意を羨谿にむけさせておいて、自身の軍は濡須の中州にある呉軍の陣営を攻めるつもりであった。

このとき、濡須の防衛を孫権からまかされていたのは、朱桓《しゅかん》である。

「魏軍が羨谿にむかいました」

という報告をうけた朱桓は、兵を分けて、救援の兵を羨谿にむかわせた。その後、急報がはいった。

「曹仁の軍が七十里の近くまできています」

しまった、とおもった朱桓は、すでに出発した兵を呼びもどそうとした。が、その兵がもどるまえに曹仁の軍が迫ってきた。朱桓のもとには五千の兵しかいない。

この時点で、数万の兵をもっている曹仁の策戦はなかば成功した。

が、朱桓は猛将である。うろたえなかった。

「むこうは千里のかなたからやってきた軍だ。たとえ曹丕が率いてきても、その軍は疲れており、われらが負けるはずがない」

両軍が交戦する直前に、蔣済は呉軍の布陣が理にかなっているとみて、曹仁に再考をうながすために使者を送った。

「敵は西岸を固め、上流に船をならべています。中州を攻めるのは、地獄に踏み込むようなものです。危亡《きぼう》の戦術です」

しかし曹仁はこの策戦に自信があり、子の曹泰《そうたい》に濡須塢を攻めさせ、将軍の常雕《じょうちょう》に別働隊をさずけ、諸葛虔《しょかつけん》と王双《おうそう》らに中州を攻撃させた。曹仁自身はといえば、一万の兵を率いて後方から支援するかたちをとった。ここには往年のはつらつとした勇姿はない。

水戦に慣《な》れている朱桓は、上流に待機させた船を急行させて、中州を渡ろうとする魏軍の船を拿捕《だほ》させた。さらに、属将に常雕の別働隊を急襲させた。朱桓は寡兵を率いて、濡須塢を攻めようとする曹泰の軍と対峙《たいじ》して、焼き打ちをかけると、すみやかに兵をしりぞかせた。

曹仁軍の惨敗となった。

常雕は首を獲《と》られ、王双は生け捕られて、孫権のいる武昌《ぶしょう》へ送られた。戦死した者と溺死《できし》した者は千余人にのぼった。

曹仁は合肥《ごうひ》へ引き揚げた。

——天子は落胆なさったであろう。

蔣済には曹丕の失望ぶりがわかる。ほかにも、曹仁が敗軍の将となっても、けっしてとがめることをしないであろう、とわかった。なにしろ曹仁は魏の元勲なのである。もしも曹丕が曹仁を処罰するようなことがあれば、魏軍全体の士気がさがり、国民に不安がひろがってしまう。それがわかる曹丕は、敗報をきいていても、帰還した曹仁を、

「たいそうな働きであった」

と、称《ほ》め、ねぎらうしかない。

――そういう妄《うそ》が、政治というものなのか。

小さな妄でも積み重なると王朝の体質を変えるほど凶悪になるのではないか。蔣済はそんな嫌な予感をおぼえた。

翌年の三月、曹仁が五十六歳で死去した。気落ちしたせいであろう。

曹仁が率いていた南征軍を蔣済が督率《とくそつ》できるようになった。しかしやがて蔣済は中央に呼ばれて尚書《しようしよ》に任命されたので、大軍を指麾《しき》して呉軍と戦う機会をもたずに、文官になった。

――天子は呉を攻めることを、あきらめたわけではない。

蔣済はそうみていた。呉の孫権は狡猾《こうかつ》で、真の勇気をもっていないのに、かれの属将はよく働く。呉の風土がそういう勇将を育てるのであろうか。曹操《そうそう》が生きているころから、魏軍は圧倒的な兵力で呉を攻めるのに、決定的な勝利を得たことがない。どこか、魏軍の攻めかたにまずさがあるのだ。

蔣済は文官になっても、軍事のことを忘れていない。

曹仁が亡《な》くなってから、およそ一年半後に、曹丕はみずから龍舟《りゆうしゆう》に乗り、潁水《えいすい》をくだって淮水《わいすい》にはいり、寿春《じゆしゆん》に行幸《ぎようこう》した。これは南征ではなく、国内を検視《けんし》する巡狩《じゆんしゆ》に比《ちか》い。

寿春から帰途につくのであろうと曹丕の旅行を予想していた蔣済は、

「えっ、広陵《こうりよう》まで行幸なさる」

と、おどろき、眉《まゆ》をひそめた。広陵は寿春のはるか東である。徐《じょ》州の最南端にある郡で、そこへゆくには淮水をつかうしかない。往《い》きはながれをくだってゆくのでさほど日数を要さないが、復《かえ》りを想《おも》うと、蔣済はぞっとした。曹丕は独《ひと》りで広陵へゆくわけではない。従う船の数は数千艘《そう》である。

――船が川をふさぎ、天子は、ご帰還がむずかしくなろう。

そうおもった蔣済はすぐに奏上して、再考を懇請《こんせい》した。が、却下された。

曹丕は広陵までゆき、青《せい》州と徐州の守備に就《つ》いている諸将の変更をおこなった。そこまではよかったが、はたして帰還に難渋《なんじゅう》した。川の水勢が強いこともあり、渋滞状態になった。曹丕は広陵郡の南部にある精湖《せいこ》および山陽池《さんようち》まで行って引き返したのであるが、そこから淮水へもどることが至難であった。顔色を変えた曹丕は、いまにも怒声を発しそうであったが、自身の感情の噴出をおさえ、蔣済を呼んだ。

「船のことは、卿《けい》にまかせた」

と、いい、従者を選んでさきに帰途に就いた。曹丕の側近は、帰り際に、

「従属の船の半分を棄《す》ててもかまわないと陛下は仰《おお》せです」

と、蔣済にささやいた。

「さようですか……」

数千艘の船の半分を排除して帰路をつくることはたやすい。が、それでは損失が大きすぎる。船を焼いて沈めるのでは能がなさすぎる。

——妙案がある。やってみるか。

蔣済はすぐに兵を下船させて、水路を四、五本造らせた。そのあと船を移動させて淮水に近づけ、なるべくまとまるように船をつないだ。同時に、土の堤を造って湖の水をせきとめた。水が増え、水路が消え、船は集合した。

「よし、堤を切れ」

蔣済の号令によって、増えに増えていた水は船とともに淮水にながれこんだ。この大船団は一艘の船も欠けることなく西行を開始したのである。

譙《しょう》県に先着していた曹丕は、蔣済がおもいがけない早さでもどってきたので、驚嘆した。さっそく曹丕はねぎらいのことばを蔣済にかけたあと、洛陽《らくよう》に還ってからもふたたび蔣済に、

「事に暁達《ぎょうたつ》していないのはよくないことだ。われは山陽池のなかにいるとき、船を半分焼いてしまおうと決心したが、卿はあとに残って船を運んできてくれた。しかも譙に到着したのはわれとほとんど同じであった。卿が意見を述べるたびに、そのことばはわが意にはいってくる。今後、呉を討つ計画については、よく考えて意見を述べてくれ」

と、ねんごろにいった。

この年の行幸は、呉を征伐するための水路を確認するためであったといってよく、翌年の八月に曹丕はみずから水軍を率いて譙県を発して、十月に広陵郡に到った。そこから精湖と山陽池を経て南下をつづけると、江水にでることができる。江水を渡れば、呉の丹楊《たんよう》郡に上陸することはたやすい。曹丕の南征はそういう進撃路を予定していたはずなのに、なぜか引

き返してしまった。

この年は、とくに寒さが厳しく、水路が凍結したため、船を江水にいれられなかったということであるが、それだけが、戦わずに帰った理由であろうか。八月に譙県をでた船が十月に広陵郡に着いたというのは、時間がかかりすぎている。曹丕に決戦をおこなわせないなにかがあったと想うしかない。しかし曹丕の生涯を俯瞰《ふかん》してみると、この年の南征こそが、呉を制圧する唯一の機会であったことがわかる。

翌年の五月に、曹丕は崩御《ほうぎょ》した。


蔣済《しょうせい》は中央に残ったまま、新しい時代を迎えた。

皇帝は曹丕《そうひ》の子の曹叡《そうえい》である。即位した年に、曹叡は二十二歳である。

曹叡の生母は甄《しん》氏といい、もとは袁紹《えんしょう》の子の袁熙《えんき》の妻であった。ところが、曹操《そうそう》が兵を北上させて冀《き》州を平定した際に、父に随従《ずいじゅう》した曹丕が甄氏をみそめて、おのれの妻とした。が、歳月が経《た》ち、曹丕の寵愛が衰えると、それを怨んだとして甄氏は自殺させられた。曹丕の愛情がそそがれなくなった曹叡が、太子に立てられることはあるまい、というのが朝廷内のうわさであった。実際、曹丕は曹叡を好まず、自分の子のなかで曹礼《そうれい》を後嗣《こうし》とする肚《はら》であった。

曹丕が危篤《きとく》になったとき、召し寄せられたのは、曹真《そうしん》、曹休《そうきゅう》、陳羣《ちんぐん》、司馬懿《しばい》の四人だけであり、かれらは曹丕の遺言をきいたにちがいないが、つぎの皇帝に選んだのは曹叡であった。

くその四人に恩を感じている曹叡は、当然のことながら、四人を厚遇した。それだけではなく、ほかの旧臣へのいたわりも忘れず、いきなり新皇帝の色をださなかった。その点でも、賢い皇帝であった。

蔣済は関内侯《かんだいこう》の爵位をさずけられた。爵位の最上は列侯であり、関内侯はそのつぎである。呉《ご》の攻略に成功したことがないというくやしさが魏《ぎ》の諸将にはあり、そのなかでも南征軍を総轄することになった曹休は、なんとか呉の深部まで兵をいれたいというおもいが強く、敵将の寝返りを手づるに、大軍を南下させて、江水《こうすい》の北に位置する皖《かん》にむかった。

それを知った蔣済はいそいで上奏《じょうそう》をおこなった。

「深く敵地に侵入し、孫権《そんけん》の精兵と対決するとなれば、朱然《しゅぜん》らの呉将が上流にいるのですから、かれらが曹休さまの背後を衝《つ》くでしょう。わたしにはその進攻の有利さがわかりません」

だが曹叡は曹休に引き返すことを命じなかった。寝返りのあることが攻める側にとって決定的な利点であることを、曹叡と曹休のふたりだけが認識していたからであろう。

曹休軍が皖に到着したという報告のほかに、呉が安陸《あんりく》に兵をだしたという報告もはいってきた。安陸は城邑《じょうゆう》の名である。

――安陸というと……。

魏の江夏《こうか》郡の南部に位置しており、皖のはるか西である。蔣済は首をひねった。曹休軍が呉に侵入したことを孫権が知らぬはずがないのに、方角ちがいに兵をだしたのはなぜなのか。

熟考した蔣済の胸がさわぎはじめた。呉軍は曹休軍が侵入してくることをまえもって知っていて、かくれて待ち構えているのではないか。とすれば、寝返りというのは曹休軍を深部に誘い込む罠《わな》で、それらのことを曹休だけではなく曹叡にもさとらせないために、安陸にみせかけの兵をだしたのだ。

蔣済は、急遽《きゅうきょ》、上疏《じょうそ》した。

「いま呉が西において出師《すいし》の形を示していますが、それはきっと兵を結束させて東へむかわせる狙いなのです。どうか急いで詔《しょう》を諸軍へお下しになり、曹休軍を救いにゆかせるように」

この進言が効《き》いたのか、曹叡は賈逵《かき》の軍を急行させ、曹休軍の救助にむかわせたが、ほとんど手遅れであった。曹休軍は賈逵軍の到着によって全滅をまぬかれたにすぎない。

この大敗によって、魏の南征計画は頓挫《とんざ》した。敗戦の責任を感じた曹休は上書して謝罪し、その後、ほどなく逝去《せいきょ》した。魏は南征の諸軍を総帥《そうすい》する大司馬《だいしば》をも失ったことになる。

――魏の戦略眼は、当分、呉へむけられることはあるまい。

そういう見通しをもった孫権は、翌年の四月に皇帝の位に即《つ》き、九月には建業《けんぎょう》への遷都をおこなった。江夏郡にある武昌《ぶしょう》は旧都となった。

蔣済は曹休軍の危険を察知して上疏した功が認められたのか、中護軍《ちゅうごぐん》に昇進した。中護軍は近衛兵を司《つかさど》り、武官の選挙をおこなう。つまり蔣済は文官から武官へ移った。曹叡の時代のはじめのころには呉との戦いがあったが、すぐに主戦場は西方になった。蜀《しょく》の丞相《じょうしょう》である諸葛亮《しょかつりょう》が蜀軍を率いてしばしば雍《よう》州を侵したからである。その軍に対抗したのが曹真の魏軍であり、曹真の歿後には司馬懿が将帥《しょうすい》となった。蔣済は皇帝を衛《まも》るのが職務であるので、西方への遠征軍に加わることなく、諸葛亮の陣歿を知った。

――司馬懿はそつのない戦いかたをしたものだな。

と、蔣済は内心司馬懿の軍事における才能を称《ほ》めた。軍事は司馬懿にまかせておけばよい、と曹叡が考えるようになったとしても、むりはない。蔣済はそう意《おも》った。

――外患《がいかん》はひとまず消えたが、内憂《ないゆう》がある。

蔣済は朝廷のなかに目をむけた。

王朝も三代目になると、爛熟《らんじゅく》する。あちこちがゆるみはじめる、といいかえてもよい。そのひとつが、劉放《りゅうほう》と孫資《そんし》の権力が増大したことである。ふたりは曹叡の側近中の側近といってよい。特定の臣下に権力が集中するときは、皇帝が政治に倦《う》みはじめたときでもあり、そのもっとも悪い例は、後漢《ごかん》末に宦官《かんがん》が横暴をきわめたときである。劉放と孫資は、あのころの宦官ほど悪辣《あくらつ》ではないが、とにかく蔣済はかれらを危険視して、上奏をおこなった。

劉放と孫資が曹叡に絶大に信頼されていることと、ふたりのうしろには司馬懿がいると群臣のあいだでささやかれているこの時期に、皇帝を諫《いさ》めようとしたことは、かなりの勇気を必要とした。

「聖明である朝廷には専権をもつ官吏《かんり》がおらぬようになさるべきです」

これが諫言《かんげん》の骨子《こっし》である。ふたりを名指すことをやめれば、そういういいかたしかできない。

　すぐに詔がくだされた。

「そもそも鯁骨《こうこつ》の臣は、人主《じんしゅ》の仗《たの》むところである。蔣済の才能は文武を兼《か》ね、職務にあっては忠節をつくしている。国と軍に大事が生ずるたびに、奏議《そうぎ》をおこなって忠誠を発奮させている。われはそれをはなはだりっぱであるとおもう」

　直後に、蔣済は護軍《ごぐん》将軍に昇進し、散騎常侍《さんきじょうじ》の官が加えられた。

が、劉放と孫資の処遇《しょぐう》に変化があったわけではない。

　蔣済はむなしさを感じた。

　先代の曹丕は臣下への好悪が烈しく、どちらかといえば諫言を嫌っていたが、それでも王朝が保持しなければならない政治感覚は生きていた。しかし曹叡は曹丕ほど好悪をあらわさないのに、じつはかたくなであり、皇帝としての労《ろう》を吝《お》しむせいで、王朝は倦怠《けんたい》しはじめているといってよい。

　皇帝の怠惰《たいだ》は、かならず官民への迷惑となる。そうならないためには、昔の管仲《かんちゅう》のように、君主の欠点をおぎない、官民へは公平さをみせるすぐれた輔弼《ほひつ》が出現しなければならない。この王朝に、管仲に比肩《ひけん》する人物がいるのか。

　――司馬懿か……。

　司馬懿に管仲のような公平さがあるのだろうか。もしもそれがあれば、たとえ暗愚《あんぐ》な皇帝になっても、この王朝はいちおう健全な面をみせてつづいてゆくことになる。が、司馬懿に公平さがなければ、どうなるか。蔣済はそのさきを考えないことにした。

とうとう曹叡は、宮殿の造営に熱中しはじめた。その使役《しえき》によって人民が疲弊《ひへい》している。

蔣済は眉《まゆ》をひそめた。

過去に最悪な例がある。最晩年の秦《しん》の始《し》皇帝が、かつてないほど壮麗な宮殿を造ろうとし、その工事のなかばに崩じたが、それが王朝崩壊のきっかけをつくった。そういう悪例を知っているかぎり、蔣済は、たとえ皇帝でも諫めなければならないと肚をすえて、上奏をおこなった。諫言の趣旨《しゆし》は、むだをはぶくべし、ということである。宮殿の造営も、後宮にいる女たちの多さも、むだであると説《と》いた。それにたいして、

「護軍がいなければ、われはそういうことばをきけなかった」

という詔がくだされた。よくぞ諫めてくれたと曹叡はいっているようであるが、その後、なんら改善の処置をほどこしたわけではなかった。

――またか……。

蔣済は憮然《ぶぜん》とした。


曹叡《そうえい》の政治は、龍頭蛇尾《りゆうとうだび》といってよい。

外征の成果は司馬懿《しばい》ひとりがもたらし、内政はだれ気味《ぎみ》になった。

めんどうなことは臣下まかせにしはじめた曹叡は、三十代のなかばという若さで病死した。

その直前に、遼東《りょうとう》の公孫淵《こうそんえん》を討伐した司馬懿が帰路をいそいで、洛陽《らくよう》に到着し、病室に召された。枕頭《ちんとう》において、

「あなたは曹爽《そうそう》とともに幼児を輔佐《ほさ》せよ」

と、曹叡にいわれた。そこまでの膳立《ぜんだ》てをしたのは劉放《りゅうほう》と孫資《そんし》である。曹氏一門のなかでもっとも信望があったのは曹真《そうしん》であり、その子の曹爽は曹叡と親密でもあった。

曹叡の遺言は、はっきりしていたので、崩御《ほうぎょ》後の王朝の運営は、司馬懿と曹爽がおこなうことになった。

――好ましい事態ではない。

すぐに蔣済《しょうせい》はそう感じた。権力者がならんで幼帝を支えるのは、一見《いっけん》、のぞましいことではあるが、なかなか理想通りにはならない。そのことよりも蔣済が愁惕《しゅうてき》したのは、幼帝である曹芳《そうほう》の父がたれであるか、わからないことである。それではいつまで経《た》っても曹芳はえたいの知れない皇帝となり、群臣が忠誠をささげることをためらうであろう。

蔣済は領軍《りょうぐん》将軍となり、ついに太尉《たいい》に昇進した。

王朝人事は皇帝の意向が反映されるものであるが、曹芳が十歳未満の皇帝であるとなると、人事の決定権は司馬懿か曹爽がにぎっているとみるべきで、曹爽と親しくない蔣済をひきあげたのは司馬懿であろう。

ふつう群臣の最上位は、司徒《しと》、司空《しくう》、太尉という三公である。が、皇帝が幼くて親政をおこなうことができないこのときには、三公の上に太傅《たいふ》の司馬懿と大将軍の曹爽がいる。

曹爽の家柄《いえがら》は、司馬懿のそれをはるかにしのいでいる。皇族に準じているといってよい。しかしながら、群臣と官民の信望を集めているのは、遼東を平定するなど軍事で成功した司馬懿である。司馬懿にまさるためには遠征をおこなって大成功する必要があると考えた曹爽は、亡父が果《は》たせなかった蜀《しょく》の平定を計画し、それを実行した。

——諸葛亮《しょかつりょう》は、蜀にはいない。

蜀にはもはやすぐれた元帥《げんすい》がいないとみた曹爽は、正始《せいし》五年（二四四年）の二月に、遠征の軍旅を催した。それについて司馬懿は、

「軍資の浪費《ろうひ》になりかねない。おやめになったほうがよい」

と、曹爽をたしなめた。が、曹爽は聴く耳をもたず、出発した。蔣済もその遠征をあやぶんだ。曹爽の勝算《しょうさん》がどのように生まれたのか、まったくわからない。益州《えきしゅう》の地形は険峻《けんしゅん》であり、道も狭《せま》いので、大軍で攻めることがけっして有利にならない。

たれにも忌憚《きたん》せずに意見を述べてきた蔣済であるが、ここでは口をつぐんだ。それはそうであろう。太傅の諫《いさ》めをしりぞけた曹爽が、太傅より下位の者の意見を傾聴《けいちょう》するはずがない。

朝廷に残った司馬懿と蔣済はあえて遠征についての話題を避けた。

蜀を攻める場合、ふつう長安《ちょうあん》を策源《さくげん》地とする。長安から益州にはいる道で、もっとも長安寄りにあるのが子午道《しごどう》である。だが、曹爽はその道より西にあって、駱谷《らくこく》を通る道を選んだ。

蜀は稀代《きたい》の宰相《さいしょう》というべき諸葛亮を喪《うしな》っても、政治が紊《みだ》れたわけではなく、治安も悪化したわけではない。諸葛亮の後継者である蔣琬《しょうえん》は泰然自若として国内の動揺を鎮《しず》め、むだなこ

とをせず、国力の回復につとめた。かれは病身なので、賢臣の費禕《ひい》が軍事を代行した。

駱谷にはいって数百里すすんだ曹爽軍は、蜀の鎮北《ちんほく》将軍である王平《おうへい》にゆくてをさえぎられ、それ以上、すすめなくなった。さらに費禕が諸軍を率いて王平の応援に駆けつけたとあっては、すすむどころか敗北しかねないという状況になったので、曹爽はしぶしぶ帰途についた。

曹爽の独《ひと》り善《よ》がりの遠征は失敗したのである。が、たれも曹爽を責めることはできず、曹爽も謝罪をしなかった。

帰還後の曹爽は自分に親しい者にだけ重任《じゅうにん》をさずけ、司馬懿に相談することなく、独断で朝廷運営をおこなうようになった。

すると司馬懿は病と称して朝廷から遠ざかった。

はばからねばならない司馬懿がいなくなったとなれば、曹爽の恣欲《しよく》はとどまるところをしらない。やがて曹爽は天子きどりで群臣を睥睨《へいげい》した。

——不肖《ふしょう》の子とは、まさに曹爽をいう。

そうおもいながらも蔣済は口をつぐんだままである。蔣済は、戦場での功は、曹仁《そうじん》の指図に従って羨谿《せんけい》を攻めたことをのぞけば、まったくない。高い見識と上に正言を献じてきたことで、高位に昇った。ここでも曹爽の政治の紊乱《ぶんらん》を匡《ただ》すべきであるのに、その意欲を失った。先帝が曹芳を皇太子に選んだ時点で、こういう事態が生ずることは予想できた。いまの皇帝のために曹爽を朝廷から斥逐《せきちく》する者はひとりもいないであろう。

——われも引き時を誤《あやま》らないことだ。

かつて蔣済は保身などを考えたことはない。

このまま曹爽が増長《ぞうちょう》をつづければ、曹芳に迫って禅譲《ぜんじょう》を強要して、みずから天子になるであろう。昔、王莽《おうもう》がそういうことをした。はっきりいってそれは禅譲ではなく簒奪《さんだつ》である。それを黙認するかたちで高位に残っていたくない。

せめて引き際をきれいにしたいとおもうようになった蔣済が、仰天《ぎょうてん》するような事件が起こった。

正始十年（二四九年）の正月に、曹芳が高平陵《こうへいりょう》（曹叡の陵墓）に参拝にでかけ、曹爽兄弟もそろって随従《ずいじゅう》して洛陽城をはなれた。

それを待っていたかのように司馬懿が参内《さんだい》した。七十歳をすぎた司馬懿は老憊《ろうはい》して、廃人《はいじん》同然である、といううわさが朝廷にながれていて、蔣済もなかばそれを信じていた。

だが、この日の司馬懿は敏捷《びんしょう》に動き、永寧太后《えいねいたいこう》（曹叡の皇后）のもとに参上して、曹爽兄弟の悪業を告げて、かれらの官位を剝奪《はくだつ》してもらった。

――司馬懿は惚《ほう》けたふりをして、この日を待っていたのか。

城内の躁《さわ》ぎを知って蔣済は慄然《りつぜん》とした。

司馬懿は乾坤一擲《けんこんいってき》の大勝負にでたのであろう。たとえ永寧太后をとりこんだとしても、曹爽兄弟は皇帝をにぎっている。かれらは皇帝を擁して司馬懿と戦えば、司馬懿を賊に貶《お》とすことができる。

すでに武器庫をおさえ、城門を閉じさせた司馬懿が蔣済をみつけて近寄った。

「あなたがいっしょなら、心強い」

そう司馬懿に声をかけられた蔣済は、ためらうことなく司馬懿の側に趨《はし》ることを決めた。司馬懿が正しく、曹爽が正しくない、とおもったせいでもあるが、個人の正義などはここではなんの意義もなく、負ければ悪人にされて死ぬ、そのきわどさにはじめて立ったことで、国家の命運にもかかわる実戦の場にようやく立ったおもいがしたからである。

戦いというものは、是《ぜ》も非《ひ》もなく、敗者は死ぬ。朝廷の軍事の長である蔣済がはじめて踏んだ戦場がこれであった。

やがて大司《だいし》農《のう》の桓範《かんはん》が城外へでて曹爽のもとへ趨ったことを知った。

かつて桓範は『漢書《かんじょ》』の摘録《てきろく》を作って蔣済に読んでもらおうとしたが、蔣済に無視されて怨んだことがある。ここでの桓範の行動は、蔣済が司馬懿の側にいるからそれにさからってみたくなったわけではなく、ひごろ曹爽が自分にはらってくれている敬意にむくいようとしたのである。とにかく桓範は才知のある男である。

――まずいことになった。

そうおもった蔣済は、

「智囊《ちのう》が、むこうへゆきましたぞ」

と、桓範の脱出を司馬懿に報《しら》せた。智囊は、智慧袋《ちえぶくろ》といいかえてもよい。桓範が曹爽に付けば、かれが軍師となって戦いを挑んでくるであろう。

だが、司馬懿は落ち着いたものであった。

「曹爽は、うわべは桓範を尊んでいるものの、内心では桓範をうとましくおもっている。それに曹爽には桓範をつかいこなせる才覚もない。役に立たない駑馬《どば》ほどかいば桶《おけ》の豆を欲しがるものだ。たとえ桓範が献策しても、曹爽はそれを採用できまい」

桓範を役に立たない駑馬であるとみくだした司馬懿の自信に、蔣済はおどろかされた。戦場に臨む者の肚《はら》のすえかたとはそういうものか、と蔣済は感心した。

司徒の高柔《こうじゅう》に大将軍の軍を督率《とくそつ》させ、太僕《たいぼく》の王観《おうかん》に中領軍《ちゆうりようぐん》（近衛《このえ》師団）を指麾《しき》させた司馬懿は、

「さて、でましょうかな」

と、いって、ふたたび蔣済をおどろかせた。

――城内にいて戦うのではないのか。

城外にでるということは、引き返してくる曹爽の兵と、どこかで戦うことになるが、それはかならず天子に戈矛《かぼう》をむけることになる。

顔色を変えた蔣済をみた司馬懿は、目で笑い、

「天子をお迎えするためですよ」

と、こともなげにいった。

洛陽城の南で洛水《らくすい》と伊水《いすい》が合流する。その洛水に浮橋があり、司馬懿はそこまで兵をすすめて、駐屯させた。

やがて曹爽が曹芳を奉戴《ほうたい》してひきかえしてきた。が、洛水の対岸には司馬懿の兵が林立し

ている。それをみた曹爽は用心深く伊水の南に陣を構えた。

彼此《ひし》の兵力がちがいすぎると目算した桓範は、

——ここで戦っても勝てぬ。

と、判断し、

「天子を許昌《きょしょう》（もとの許県）にお移しし、都の外にいる兵を召集なさるとよい」

と、曹爽に進言した。天子の命令で徴兵をおこなえば、十日以内に数万の兵が集まるであろう。それから司馬懿の兵と戦えばよい。

が、曹爽の反応はにぶい。別の想念にとらわれていて、桓範のことばをきくゆとりがなさそうな曹爽をみて、舌打ちをした桓範は、声を張りあげた。

「あなたさまご一門がどんな身分になってもかまわないと望まれても、かないましょうか。匹夫《ひっぷ》でさえ、人質をひとり取れば、なお生きる望みをもてるのです。ましてあなたさまは天子とごいっしょなのです。天下に号令をくだせば、応じない者がいましょうや」

このときすでに、曹爽の悪事を書きつらねた上奏文がとどけられていて、本来は皇帝である曹芳が読むべきであるのに、さきに曹爽が一読して、虚空を睨《にら》み、苦《にが》りきっていた。そういう精神状態の曹爽が桓範のことばに耳をかたむけられるはずがない。進退きわまったとは、このときの曹爽をいうのであろう。

蔣済は司馬懿とともに事態の変化を待ちつづけた。

古代にあっては、橋は神を招く場のひとつである。また、占いをおこなう場でもある。おそらく司馬懿もそのことを知っていて、浮橋から動かぬのであろう。自分の行動が神によって正しいと認められるか、どうか、ここでためしているにちがいない。司馬懿にとって生涯最大の勝負とはこれであろう。

その司馬懿と行動をともにした蔣済も、立場はおなじである。

いつまで待っても、曹爽は攻めてこないし、退却もしない。もしかしたら、曹爽は進むべきか退くべきか迷いに迷っているのではなく、ただ呆然《ぼうぜん》としているだけかもしれない、と蔣済はおもいはじめた。

——埒《らち》があかぬ。

と、みた司馬懿は、曹爽のもとからきていた侍中《じちゅう》の許允《きょいん》と尚書《しょうしょ》の陳泰《ちんたい》をかえし、軍を解《と》いて罪に服するようにと曹爽を説《と》かせた。蔣済も文書を送るほかに、殿中校尉《でんちゅうこうい》の尹大目《いんだいもく》をつかって説得にあたらせた。そのとき尹大目は、

「あなたがたは免官《めんかん》だけですみましょう。洛水にかけて誓ってもよい、と太尉はおっしゃっています」

と、いった。じつは曹爽兄弟の過失を責《せ》めるについては、免官にとどめる、と陳泰らにいったのは司馬懿であり、蔣済はその意向を踏襲《とうしゅう》したにすぎない。司馬懿と蔣済がおなじことをいったのであれば、その宥免《ゆうめん》を信じてよいとおもった曹爽は兵を解き、ふたたび許允と陳泰を司馬懿のもとへ送ってから、にぎりつぶそうとした上奏文を曹芳にさしだした。

それでようやくひとごこちがついた曹爽は、

「われは富を失うことなく、老後をむかえられよう」

と、いった。それをきいた桓範は慟哭《どうこく》した。司馬懿がなまぬるい処置をするはずがないとおもっている桓範は、曹爽にむかって、

「曹子丹《そうしたん》（曹真）さまはすぐれた人であったのに、なんじらは犢《とく》（生まれたばかりの牛）としかいいようがない。われはなんじらに連座して、一族が誅殺《ちゅうさつ》されることになろうとはおもわなかった」

と、いって、絶望した。

はたして城内に帰還した曹爽の兄弟はことごとく誅殺され、その一族と与党ものこらず処刑された。桓範も罪をまぬかれることはできなかった。

蔣済は都郷《ときょう》侯に爵位を上げられ、七百戸《こ》の食邑《しょくゆう》をさずけられた。さっそく蔣済は、

「わたしにはなんの功もありません」

と、辞退したが、許可されなかった。

蔣済はこの年に逝去《せいきょ》した。完全に司馬氏一門が主導するようになった朝廷にあって、正言を建てようがなくなったということでもあろう。

鄧艾

とうがい

荊州《けいしゅう》南陽郡《なんようぐん》は肥沃《ひよく》の地である。

農産物が豊かであるだけではなく、人材も豊かであった。後漢《ごかん》王朝を樹《た》てた光武帝《こうぶてい》（劉秀《りゅうしゅう》）がこの郡の出身である。また、光武帝を輔《たす》けて創業の元勲《げんくん》となった鄧禹《とうう》と軍事面の功臣である呉漢《ごかん》もでた。

この南陽郡の中央に位置する棘陽《きょくよう》県に生まれた鄧艾《とうがい》は、遠祖が鄧禹というわけではないが、少年でありながらおのれの氏に誇りをもっていた。

――いつか天子をお輔けするほどの貴臣になりたい。

志望はしっかりとある。が、父のいない家はつねに暗く、貧しさにさらされた。学問をしたくても、師に就《つ》いて学ぶというような家産《かさん》のゆとりはなく、父が遺《のこ》してくれたわずかな書物が、鄧艾にとって学問のよりどころであった。

鄧艾が十歳をすぎるころまで、荊州は静寧《せいねい》であった。

荊州七郡を治める劉表《りゅうひょう》が、防衛主義をつらぬき、ほかの州の雄傑《ゆうけつ》と軍事をともにして発展しようとする野心をもたず、州を守ることに徹《てっ》したからである。たしかに、北方の覇者《はしゃ》である袁紹《えんしょう》とのみ誼《よしみ》を交わしたが、袁紹のために兵をだしたことはいちどもなかった。

荊州だけが安全であると知った天下の人々は、戦乱をのがれて、荊州になだれこんでいた。

しかしその堅牢《けんろう》にみえた安全も、劉表の死とともに崩壊した。

その年に、鄧艾は十二歳であった。

鄧氏の族人のひとりが血相《けっそう》をかえて家のなかに飛び込んでくると、鄧艾の母に早口で耳うちをした。母は口を手でおさえて顔色を変えた。族人は、早く、といいたげに手招きをしたあと、家を飛び出した。母は鄧艾にはなにもいわずに、趨《はし》りだした。

すでに日が西に傾いていた。

母はなかなかもどってこず、もどってきたのは、夜であった。

鄧艾は腹をすかせたまま、家のなかにさしこんでいる月光のなかに坐っていた。母は無言のまま鄧艾のまえに坐ると、その頭をちょっと撫《な》でた。それから嘆息した。

「おなか、すいたろ。いま、豆を煮るからね」

母は火を熾《おこ》した。しばらくぼんやりしていた母は、豆のこげるにおいに気づいて、あわてて起《た》った。すこしこげた煮豆をわけて食べた母は、

「さあ、いまから、かたづけだ。明日の朝に荷車をまわしてもらえるから、積み込むよ。この家から、この県からでるんだ。曹操《そうそう》軍がくるからね。いま逃げないと、みな殺しにされてしまう」

と、鄧艾におしえた。

鄧氏の族人の会合があり、そろって避難することに決定した。県の城が敵軍に攻められるとわかった場合、多くの県民は城をでて、近くの山に逃げ込むのがふつうである。

「だが、今度の避難は、そんななまやさしいものではない。敵は、曹操軍だぞ。州内にとどまる者に活路はないと想《おも》え」

そういった族父《ぞくふ》は、州外にでなければ助からぬ、と族人に説《と》いた。

族人の顔がいっせいに暗くなった。

――家を棄《す》てて見知らぬ土地へ徙《うつ》る。

このつらさと不安にさいなまれた。が、家に残れば、死ぬ。荊州の民には、曹操への恐れが過剰なほどある。かつて曹操は父と弟を徐《じょ》州兵に殺されたため、徐州全体を烈しく憎み、徐州の兵だけでなく州民をも大量に殺害した。徐州の川は屍《し》体《たい》によってせきとめられ、ながれなくなったとさえいわれた。あとで曹操は、その行為を、

――まずかった。

と、悔《く》やみ、以後、あらたに支配する地の人々を慰《い》撫《ぶ》しつづけてきた。しかし曹操軍の残《ざん》虐《ぎゃく》行為を恐れ、憎悪した徐州の民は州を去って四散し、かれらの一部が荊州に移住すると、曹操軍がどれほど非情で凶悪であるかを誇大に吹聴《ふいちょう》した。荊州の民はそれを信じた。それゆえ州民は曹操という名をきいただけで悪鬼のように感じ、おびえた。

鄧艾は母の荷づくりを手伝うかたわらで書物を衣類でくるんだ。その書物には父の魂が籠《こ》もっている。父の魂も移住先に運びたい。

「ど、どこへ、ゆくの」

鄧艾の口から吃音《きつおん》が幽《ほの》かにでた。

「長老の知人が、汝南《じょなん》郡にいるそうな」

母は目的地になる県名までは知らなかった。族人につれていってもらうだけである。汝南郡は南陽郡の東隣にある。

――遠くない。

鄧艾はほっとした。

しかしながら、避難先の汝南郡は曹操の支配地であり、曹操を恐れて移住するのであれば、撞着《どうちゃく》が生ずる。要するに、荊州民でなくなれば、被害にあわないという理屈《りくつ》なのであろう。

この鄧氏の族が東へ去った直後、南陽郡と南《なん》郡の住民はなだれをうって南下しはじめた。劉表の客将で、棘陽の南の新野《しんや》にいた劉備《りゅうび》が、南郡の南端に近い江陵《こうりょう》県をめざして移動しはじめたため、かれに従う民が多かったからである。

鄧氏の族はぶじに州の境を越えて豫《よ》州の汝南郡にはいった。ただしこの族が汝南郡のどこに落ち着いたのかはわからない。あらたな定住地の名が史書にないということは、県でも聚《しゅう》落《らく》でもない地にとどまったのかもしれない。

農民のために小牛を養うことになった鄧艾は、この年のうちに、母につれられて、潁川《えいせん》郡の許《きょ》県へ行った。このとき許県は献《けん》帝がいる首都である。

都内でひとつの石碑《せきひ》をみつけた鄧艾は、

「これは、なんですか」

と、母に問うた。首を横にふった母は、同行の族人に助けを求めるような目をむけた。

「これは、陳寔《ちんしょく》を彰徳《しょうとく》する碑だよ」

「陳寔……」

鄧艾は陳寔を知らない。石碑のまえから動こうとしない鄧艾をみた族人は、苦笑して、

「この人は、とってもりっぱな人だった。名家に生まれたわけではなかったので、独《ひと》りで学び、立っているときも坐っているときも書物を暗唱した。太丘県《たいきゅう》の長に昇ったあと、郷里に帰ってしまった。多くの人に慕《した》われて、亡《な》くなったあと、その葬儀に三万余りの人がきたんだ。この石碑は大将軍の何進《かしん》などが建てたときいた」

と、おしえた。

ついでにいえば、陳寔の子が陳紀《ちんき》であり、陳紀の子が陳羣《ちんぐん》である。徐州に避難していた陳羣は、呂布《りょふ》が敗《やぶ》れたあと、曹操に辟《まね》かれてその属官となり、しだいに昇進してゆく。

片方の耳で族人の話をききながら、鄧艾は碑文を読んでいた。全文を解読できたわけではないが、気にいった一文があった。

「文《ぶん》は世の範《はん》たり、行《おこな》いは士の則《のり》たり」

この文は、文章というより、学問、学芸のことであろう。陳寔は世の模範であり、士はみならうべきである、といっている。

陳寔の偉さがわかったような気分になった鄧艾は、汝南郡にもどると、

「わたしは名を範とし、あざなを士則《しそく》にします」
と、いって母をおどろかせた。
実際に、しばらく鄧艾は、鄧範、という氏名であった。ところが一族のなかに、範という名をもつ者がいるとわかり、その者をはばかって、艾に改名した。あざなも、士則をやめて士載《しさい》とした。士にはこだわりがあり、棄てなかった。
やがて鄧艾は、都尉学士《といがくし》となった。
曹操がはじめて屯田《とんでん》制を実施したのは、建安《けんあん》元年（一九六年）である。屯田は遠征した兵または辺境を守る兵がふだんは農業をおこなうことをいう。が、軍事的ではない屯田もある。土地を失った民を集合させて土地に定着させ、その労働力を農産に直結させるものもある。その組織は、既存《きそん》の県・郡の制度にはしばられない。屯田官の上位には、
典農中郎将《てんのうちゆうろうしよう》
典農校尉《てんのうこうい》
典農都尉《てんのうとい》
などがあって、鄧艾の都尉学士は、典農都尉に属する士民《しみん》をいう。ほどなく吏人《りじん》となった。稲田守叢草吏《とうでんしゆそうそうり》という。典農都尉の属吏である。
なにしろ貧しい。
郡の吏人の父親が、その貧しさをみかねて手厚く援助してくれた。
——どうしてこんなに親切にしてくれるのか。

と、鄧艾がいぶかるほど、その援助は過分《かぶん》であった。しかし鄧艾は礼をいわなかった。口先の礼ですむことではなく、きちんとした恩返しのかたちで報《むく》いなければ、答礼《とうれい》にならないとおもったからである。

その援助のおかげで生活にゆとりがでたので、書物を買い、独学をつづけた。鄧艾は兵書好きであった。


——自分が兵を率《ひき》いるようになったら。

鄧艾《とうがい》はしばしば空想した。

この空想は空想だけで終わらなかった。高い山や大きな沼をみるたびに、どこに軍営を設置したらよいかを考え、実際に測《はか》ったり図を画《か》いて示してみたりしたので、

「おかしなやつだ」

と、みなに嗤《わら》われた。が、どれほど嗤われようと、その種《しゅ》のことをやめようとはしなかった。鄧艾はつねに学習し、努力しつづける男であり、それは、立っているときも坐っているときも書物を暗唱した陳寔《ちんしょく》に倣《なら》っているといえた。陳寔も名門の出ではない。しかしながら智《ち》によって力を得て台頭《たいとう》し、豊かな情によって多くの人々に敬慕された。鄧艾は陳寔について知れば知るほど、その偉大さがわかった。もっとも感動したのは、

——功を他人《ひと》にゆずり、非《ひ》を自分がひきうけた。

ということである。われはそのようなことができるであろうか、と自問してみると、とてもできないと答えざるをえない。ゆえに鄧艾にとって陳寔は超絶した偉人なのである。

やがて鄧艾は学力と才覚が認められて、典農綱紀《てんのうこうき》・上計吏《じょうけいり》となった。典農綱紀は典農中郎将《てんのうちゅうろうしょう》の属官である。上計吏は一年の会計報告をおこなうために首都にのぼらなければならない。

鄧艾は洛陽《らくよう》へのぼった。報告する相手は太尉《たいい》の司馬懿《しばい》である。司馬懿が大将軍から太尉へ遷《うつ》ったのが青龍《せいりゅう》三年（二三五年）の正月であり、太尉から太傅《たいふ》になったのが景初《けいしょ》三年（二三九年）の二月であるから、その間に鄧艾は司馬懿に面会したことになる。

上計吏は計算と経営に長じているだけではなく、政治に精通している必要がある。またそういう人物でなければ、上司は上洛させない。上計吏がしくじると、上司の成績の瑕瑾《かきん》になるからである。

軍事に大いに関心のある鄧艾は、西方における蜀《しょく》軍との戦いで、諸葛亮《しょかつりょう》のたびかさなる攻撃をしのぎ切った将師《しょうすい》が司馬懿であることを知っており、おのずと敬仰《けいぎょう》のまなざしで報告をおこなった。

司馬懿は鄧艾の吃音《きつおん》をきいても、いささかもいやな顔をしなかった。その人格から温柔《おんじゅう》を感じた鄧艾は、こわばっていたものが心からも、口もとからも、消えた。型どおりの報告を終えた鄧艾は、農業以外のことを問われた。下情《かじょう》についても問われたので、農民の生活の現状だけではなく、下級官吏の苦しさについても、こまごまと語った。

問われたことに窮《きゅう》することなく、正確に返答する鄧艾をながめていた司馬懿は、

──地方に置いておくのは、もったいない才能だ。

と、おもうようになり、鄧艾が退室したあと、左右の者に、

「あの上計吏をわれの掾《えん》にしたい」

と、いった。掾は、属官である。時代を主導する者には、かならず人材を発掘する目がある。

司馬懿にあえてとりいったわけではない鄧艾は、おもいがけない知遇《ちぐう》を得たことが栄進《えいしん》のきっかけとなった。太尉府にはいって掾となった鄧艾は、やがて尚書郎《しょうしょろう》に昇進した。

諸葛亮が亡《な》くなったあとの蜀は、国力の回復をはかるために、遠征を自粛《じしゅく》した。それゆえ西方は静寧《せいねい》をとりもどした。当分、蜀軍の出撃はないとみた魏《ぎ》は、ふたたび南方の呉《ご》に着目《ちゃくもく》した。

司馬懿の下にいたころであろうか、

「陳《ちん》県から項《こう》県へ、そこから寿春《じゅしゅん》までくだって、農地の拡大と農産の増大を考え、視察してくるように」

と、命じられ、潁水《えいすい》をつかって巡察した。帰還した鄧艾は、さっそく筆を執《と》り、『済河論《せいかろん》』という論文のかたちで報告をおこなった。たとえ田が良質であっても、水がすくなければ、充分な利をあげられない。そこで、河渠《かきょ》（運河）を開通させるべきであり、水を引いて灌漑《かんがい》をおこなえば、大いに兵糧《ひょうろう》を蓄積《ちくせき》できるだけでなく、水運の道も通ずる、と書いた。

また、昔、許《きょ》都の付近に設けられた屯田を廃止し、淮水《わいすい》の北に二万人、淮水の南に三万人

を配置して屯田をおこなわせると、常に西方の三倍の収穫が得られる。さまざまな費用をのぞいて、毎年、五百万斛《こく》（石《せき》）を軍資《ぐんし》とすることができ、六、七年のあいだに三千万斛を淮水のほとりに蓄積できる。これはすなわち十万の兵の五年分の食料にあたる。

「これをもって呉のゆるみに乗ずれば、遠征をおこなって克《か》たないことがありましょうか」

かつて項羽《こうう》と劉邦《りゅうほう》が死闘をおこなったが、その勝敗を決したのは、武力の優劣ではなく、兵糧の有無《うむ》であった。呉に多大な兵糧の備蓄がなければ、このあらたな屯田によって、魏は勝つことができる。軍事に長じている司馬懿にそこまでいわなくてもわかるはずだとおもった鄧艾は、よけいなことはいわずに具申《ぐしん》した。

司馬懿のすごみは、鄧艾の進言の内容を知るや、すぐにそれらを実施に移したことである。正始《せいし》二年（二四一年）、すなわち鄧艾が四十五歳のときに、その運河は開通した。それによって魏の水軍が淮水あるいは江水《こうすい》へすみやかに到達できるようになり、東南の地域で事変が生じた場合、大軍をさしむけやすくなった。しかも運河は水量が安定しているので洪水が起こらない。水による被害がなくなり、灌漑が農産を増大させた。鄧艾の発想が魏の富国強兵に大いに寄与したのである。

むろんこの功績は認められた。

地方にでて参征西軍事《さんせいせいぐんじ》となり、南安《なんあん》太守に昇進した。すでに皇帝が曹芳《そうほう》（曹叡《そうえい》の養子）の時代になっている。曹芳が若いので、王朝の政治は司馬懿と曹爽《そうそう》（曹真《そうしん》の子）がおこなったが、しだいに曹爽が与党を増やして政柄《せいへい》をにぎると、司馬懿は朝廷から遠ざかった。鄧艾は司馬懿の属官であったことはあるが、個人的なつきあいはない。

――それでも、われは司馬氏の派閥《はばつ》にあるとみられていよう。

曹爽が全盛のうちは、昇進がむりであることはもとより、貶降《へんこう》されかねない、と鄧艾は覚悟した。官を去ることになったら、陳寔のように生きられないものか、とおもうようになった。陳寔は、宦官《かんがん》につごうよく作られた党錮《とうこ》の禁《きん》に連座して投獄されたものの恩赦《おんしゃ》によって出獄した。その後、いくつかの徴召《ちょうしょう》をうけたが、官職には就《つ》かず、門を閉ざして老後をすごした。

――人としてなかなかできることではない。

陳寔にくらべて自分にはなにか大きなものが不足している、と鄧艾は感じている。

やがて正始十年（二四九年）となった。

のちに高平陵《こうへいりょう》事変とよばれる政変が起こったのである。正月に皇帝である曹芳が曹爽兄弟などを随従《ずいじゅう》させて高平陵（曹叡の陵墓）に参詣《さんけい》にでかけた。すかさず司馬懿が宮中にはいり、郭太后《かくたいこう》（曹叡の皇后）に曹爽らの罪を上奏《じょうそう》し、官位を剝奪したあと、族滅《ぞくめつ》した。

これによって曹氏一門は脆弱《ぜいじゃく》となり、司馬氏一門の威権が増大した。司馬懿は曹爽の長年の悪事を匡《ただ》したのであるから、非難されるはずもない。

――それが政治の奇術というものか。

鄧艾は、司馬懿がおのれを韜晦《とうかい》しておいて敵の虚を衝《つ》いたのは兵法のひとつであるとみたが、政柄をつかむための争いは、戦場で勝利を得るための進退とはちがうとおもったので、奇術といった。とにかく鄧艾はここまで中央政府における政権のありようには関心をもたないようにしてきた。政治に首をつっこむとおもいがけないところに敵をつくってしまう。鄧艾の敵は、内にはなく、外にあるべきである。

その外の敵、すなわち蜀の衛《えい》将軍である姜維《きょうい》が、秋に動いた。

姜維は涼《りょう》州漢陽《かんよう》郡の冀《き》県の出身である。なお魏王朝の時代になると涼州は雍《よう》州となり、漢陽郡は天水《てんすい》郡と改名された。

二十一年まえ、すなわち蜀の丞相《じょうしょう》である諸葛亮がはじめて雍州を侵伐《しんばつ》したとき、天水太守の巡察に随行していた姜維は、蜀軍に通じていると疑われたため、やむなく諸葛亮のもとにおもむいた。諸葛亮に拾われたかたちの姜維は、すぐに属官になり、以後、諸葛亮に嘱目《しょくもく》されて累進した。諸葛亮の死後にも昇進をかさね、西方の軍事をまかされるようになった。

二年まえには、隴西《ろうせい》、南安、金城《きんじょう》の諸郡は姜維の軍に荒らされた。そのとき姜維と戦ったのは郭淮《かくわい》と夏侯覇《かこうは》であり、鄧艾は軍を主導できなかった。夏侯覇は夏侯淵《かこうえん》の次男であり、右《ゆう》将軍として隴西に駐屯していた。ところが、親交のある曹爽が司馬懿に誅殺《ちゅうさつ》されたことを知ると、かならず自分に禍《わざわ》いがおよぶと恟《おそ》れ、蜀へ亡命してしまった。

前線に立って指麾《しき》権をもつ者がひとり消えたため、鄧艾がおしだされたのである。むろん、うしろから鄧艾をおした者が司馬懿であることは、朝廷に照会しなくてもわかる。

雍州に出現した姜維の兵は多くない。一万である。しかし動きは速い。鄧艾の反応も早かった。

戦いを避けるように姜維の軍は退却した。

征西《せいせい》将軍の郭淮は名将とはよばれないが、手堅い用法をするので、大怪我《おおけが》はしない。かれは鄧艾に、

「姜維は羌《きょう》族の族長どもを口説《くど》いては、蜀に引き入れようとしている。蜀軍が去ったのなら、羌族を攻めにゆこうではないか」

と、いい、軍を西進させようとした。

鄧艾は毎日兵事を考えているような男である。自分が軍を率いて姜維と戦うことになったら、どうすべきか、とすでに想像を累《かさ》ねてきた。

――姜維は策の多い将だ。

それは姜維の性癖《せいへき》からくることかもしれないが、これまで姜維が雍州を侵すたびに、率いた兵力が一万をこえたことがないので、つまり大軍をもてない将は策によって勝とうとする。ここでも、姜維は策を弄《ろう》するであろう。そう考えた鄧艾は、

「蜀軍は去ったものの、まだ遠くまで行っていません。突然、引き返してくるかもしれませんので、諸軍を分けて万一に備えるべきです」

と、進言した。郭淮は尊大な将軍ではない。良策であるとおもえば、我《が》を棄《す》てて、下からの意見を容《い》れる度量をもっている。

「わかった。そうしよう」

鄧艾は郭淮の許諾《きょだく》を得て、諸将を率いて、白水《はくすい》の北に駐屯した。それを知った姜維は、

「魏にも、多少は血のめぐりのよい将がいるらしい。が、しょせん浅智慧《あさぢえ》だ」

と、嗤い、属将の廖化《りょうか》を呼んで耳うちをした。廖化はかつて関羽《かんう》に信頼されていただけのことはあり、戦いはまずくない。すみやかに兵を率いて白水の南に陣を布《し》いた。

「やはり、きたか」

鄧艾は自分の予想通りになったことに満足したが、ほどなく疑念をもった。蜀軍がすぐに川を渉《わた》ってこないことに、

――なぜ、こぬ。

と、胸騒ぎをおぼえた。やがて鄧艾は、あっ、とのけぞった。姜維自身が率いている主力軍がほんとうに狙っているのは、雍州の兵ではなく、どこかの城だ、と気づいたのである。

――その城とは、洮《とう》城だ。

鄧艾は心のなかで断定した。洮城とは洮陽《とうよう》のことで、雍州と益《えき》州の境の近くにあり、鄧艾の陣から六十里は離れている。急遽《きゅうきょ》、諸将を集めた鄧艾は、対岸の蜀軍が擬似餌《ぎじえ》にすぎないことを告げ、対岸の将兵に気づかれないように夜に陣を払って、洮城へ急行した。

馬をいそがせながら、鄧艾は、

――孫子《そんし》はうまいことをいったものだ。

と、その兵法書のなかにある文章を反芻《はんすう》していた。

「兵は詐《さ》を以《もっ》て立ち、利を以て動き、分合《ぶんごう》を以て変《へん》を為《な》すものなり」

戦いは敵をあざむくことが基本であり、利益に従って動き、分かれることと合わさることと

によって変化をつくる。いまがそうであり、その文章につづいて、

「故《ゆえ》にその疾《はや》きこと風の如《ごと》く」

という一文があるように、鄧艾の軍も疾風《しっぷう》のごとくすすんだ。良将の下にいる兵の進退はかならず速い。洮城を看《み》た鄧艾は、

「まだ姜維の軍は到着していない」

と、ほっとした。一方、姜維は、廖化という餌《え》に魏軍が食いついているはずだとおもっているので、さほど軍をいそがせず、洮城に近づいた。が、先鋒の将から、

「城内に兵が充満しています」

と、報《しら》されて、妄《うそ》だろう、と自分の耳を疑った。城内にはいった兵が、廖化の兵と対峙《たいじ》していたその兵であることを知った姜維は、魏軍に難敵が出現したことを感じた。

敵の詐術《さじゅつ》を見破った。

その功によって、鄧艾《とうがい》は関内侯《かんだいこう》の爵位を賜与《しよ》され、討寇《とうこう》将軍の号を加えられた。

それから、はるか東の青《せい》州へ遷《うつ》り、城陽《じょうよう》郡の太守となった。城陽郡は海に臨《のぞ》んでいるので、鄧艾が海をみたのは、これが最初であろう。ただし城陽郡は戦略的に重要な郡ではない。毎日、兵事について考えている鄧艾にとって、たいくつな地であった。

鄧艾の才能をひそかに認めてくれていた司馬懿《しばい》が亡《な》くなったと知ったとき、自分の年齢を

かぞえてみた。五十五である。あと十年もすれば、戦場で働けない年齢になってしまう。そういう焦《あせ》りもあって、早く軍事的に活躍できる場にもどりたかった。

翌年、司馬懿の長男である司馬師《しばし》が皇帝を輔弼《ほひつ》する席に就《つ》いたと知った鄧艾は、上奏文をたてまつった。幷《へい》州にいる匈奴《きょうど》と雍《よう》州にいる羌《きょう》族を、中央政府がどうあつかうのがよいか、という意見書である。それを一読した司馬師は、

「卓見《たっけん》である」

と、いい、すぐさまそのように実施した。

すでに実質的に司馬氏の時代になっている。大将軍である司馬師の一存で、国事さえ決定される。

鄧艾は狙い通りに任地を変えることができた。その任地とは、あのなつかしい汝南《じょなん》郡であった。南陽《なんよう》郡から移住した当初の苦しさと貧しさは、とても他人にはわかってもらえそうもないすさまじさで、そのころのことを憶《おも》いだしたくもないが、人の恩を感じたのもそこであった。汝南太守として着任するや、鄧艾はすぐに属官に、

「人を捜してもらいたい」

と、いった。郡の吏人《りじん》の父親が、昔、援助してくれた。その人に恩返しをするときがきた。

調査にあたった属官は、三日も経《た》たないうちに報告にきた。

「その人はすでに亡くなっています。が、家族は存命です」

「そうか……」

落胆をおぼえた鄧艾だが、それなら、と気分をあらため、その家に下僚《かりよう》を遣《や》って亡くなった父を祀《まつ》らせ、母には厚く贈り物を与え、子を推挙して計吏《けいり》とした。

時代は新しい局面を迎えつつあるといってよいであろう。

呉《ご》の孫権《そんけん》が七十一歳で崩じ、末子の孫亮《そんりよう》が帝位に即《つ》いた。孫亮はまだ十歳である。諸葛恪《しよかつかく》が太傅《たいふ》となり、国政に臨むことになった。諸葛恪は、父が大将軍であった諸葛瑾《しよかつきん》で、叔父が蜀《しよく》の丞相《じようしよう》であった諸葛亮《しよかつりよう》である。

偉大な父と叔父をもった諸葛恪は、若いころから上の者をおどろかす才覚があり、その奇想をそなえた才能をたれにはばかることなく発揮できる席に就いたかぎり、じっとしているはずがなかった。孫権が亡くなった年の十月には、軍を率いて巣湖《そうこ》にむかい、魏《ぎ》軍の進出をおしとどめるべく東興《とうこう》に城を築いた。魏の神経をさかなでするように築城したとおもえばよい。はたして二か月後に、魏軍は歩騎《ほ》（歩兵と騎兵）七万をもって東興を包囲した。魏軍を誘ったといえる諸葛恪は、狙い通りになったことに満足し、すばやく援軍を催して東興に到り、魏軍を大破した。

翌年の二月に東興から凱旋《がいせん》した軍が首都の官民に大喝采《かつさい》で迎えられたことは、想像するに難《かた》くない。諸葛恪の行動を脳裡《のうり》で追っていた鄧艾は、

「太傅という最高位に昇りながら、なぜ武功を欲するのか。また、孫権が亡くなった年には、静かに喪《も》に服する気持ちでいるべきなのに、半年後に軍旅《ぐんりよ》を催すのは不吉である」

と、おもった。

おどろいたことに、諸葛恪は呉都に帰着すると、ひと月後に魏を討伐することを決し、二十万もの兵をくりだした。かれが攻撃の目標としたのは、巣湖の西北に位置する合肥《ごうひ》の新城《しんじょう》である。その城を落とせば、寿春《じゅしゅん》に直進することができ、寿春を足がかりとして北伐《ほくばつ》がたやすくなる。そういう戦略上の意図は、鄧艾にもわかるが、

――性急すぎるのではないか。

と、首をかしげた。呉兵は去年の冬からほとんど休息していない。

自分の名を顕赫《けんかく》させたいだけで国民のことをおもいやらない諸葛恪は、昔、失脚した曹爽《そうそう》に似ていないだろうか。曹爽が蜀の討伐に失敗したように、諸葛恪も軍資をむなしくついやすだけで、なんの成果も得られずに引き揚げるだけであろう。鄧艾はそう予想した。

はたして諸葛恪の軍は新城を攻めあぐねた。春がすぎて、夏になると、暑さと疲れのために多くの兵が倒れた。生水を飲んだ兵は下痢《げり》をおこして衰弱した。死者が増えるばかりになっても、諸葛恪が撤退しなかったために、軍の損傷が拡大した。新城を救援する魏軍がくると知って、ようやく諸葛恪は退却した。

それを知った鄧艾は司馬師に進言をおこなった。

「諸葛恪は国政を掌握したばかりであるのに、その主上を無視し、上下を撫恤《ぶじゅつ》して基《もとい》を立てることを念《おも》わず、国民をむごく用い、大兵《たいへい》を駆《か》りたて、堅城を攻めて失敗しました。死者は数万であるとききました。かれは禍《わざわ》いを載《の》せて帰りましたが、艱難《かんなん》にたいして配慮しておりません。もはや滅亡が待っているだけでしょう」

司馬師は鄧艾の異能に気づいており、この予測を重視した。はたして十月に諸葛恪は孫峻《そんしゅん》に斬られた。

「鄧艾の予想通りになったか……」

うなずいた司馬師は、鄧艾を兗《えん》州刺史《しし》へ遷し、振威《しんい》将軍の号を与えた。

呉の政情は不安定となったが、魏はそれを嗤《わら》えない。皇帝の曹芳《そうほう》の淫行《いんこう》がおさまらず、司馬師を朝廷から排除するための陰謀があった。それゆえ司馬師は曹芳の廃位を断行し、高貴郷《こうきき》公である曹髦《そうぼう》を迎えて帝位に即けた。曹髦は曹丕《そうひ》の孫である。曹芳のようにたれの子かわからないような謎めいた血胤《けついん》ではない。曹髦の即位後に、鄧艾は方城亭侯《ほうじょうてい》に爵位があがった。

往時、司馬懿とともに北伐を敢行し、遼東《りょうとう》の公孫淵《こうそんえん》を討滅《とうめつ》したのが毌丘倹《かんきゅうけん》である。かれは魏の諸将のなかでも最上のひとりといってよい勇将で、実績のある司馬懿を尊敬したものの、その子の司馬師はかってに廃位をおこない、無礼で驕《おご》った存在であると嫌悪し、揚《よう》州刺史の文欽《ぶんきん》と共謀して、叛乱を起こした。かれは自身の挙兵の正当さを天下に知らしめるべく、使者を四方へ送った。

その使者が兗州にきたので、

――これこそ毌丘倹の驕りではないか。

と、おもった鄧艾は、すぐにその者を捕らえて斬り、軍旅を催すと、潁水《えいすい》をつかって北上してきた叛乱軍を阻止すべく、南下して楽嘉《らくか》に到った。毌丘倹の主力軍は楽嘉の東南の項《こう》まで進出している。いつもながら鄧艾の軍のすすめかたはおどろくべき速さであり、楽嘉に到るとすぐに浮橋をかけるという手際のよさも出色である。

大軍を率いて南下した司馬師は、楽嘉から遠くない汝陽《じょよう》に到ると、鄧艾に密使を送った。

「敵に弱みをみせ、これを誘え」

これというのは、遊軍の文欽である。司馬師の策を理解した鄧艾は、防備の兵を移動させて、敵に楽嘉の城を攻めやすくみせた。

はたして文欽の軍は夜中に動いた。しかし、それよりまえに司馬師は動き、楽嘉への到着は文欽より早かった。夜明けに、楽嘉における盛大な軍容をみた文欽は、

――しまった、計《はか》られた。

と、愕然《がくぜん》とし、すばやく退却しようとした。が、司馬師の動きは、ここでも文欽にまさっていた。近衛の騎兵隊に猛追させたのである。追撃された文欽の軍は大破した。それでも文欽は戦死せず、南へ南へと逃走した。

鄧艾は追撃に加わり、文欽を追いつづけて丘頭《きゅうとう》（武丘《ぶきゅう》）に到った。が、文欽を捕斬《ほざん》することができなかった。

司馬師は鎮南《ちんなん》将軍の諸葛誕《しょかつたん》には、豫《よ》州の兵を率いて寿春へむかうようにみせかけよ、と命じた。かつて徐《じょ》州にいた諸葛氏の族人たちは、曹操軍が徐州に侵攻してきたとき、四散したため、魏、呉、蜀に散在することになった。

――みせかけるだけでは、おもしろくない。

と、意《おも》っていた諸葛誕は、実際に叛乱軍の本拠となった寿春にむかおうとした。が、呉の大将軍となった孫峻が大軍とともに江水《こうすい》を渡ろうとしているときこえてきた。そこで、南下をつづけている鄧艾に、

「肥陽《ひよう》にはいって、呉軍の攻撃にそなえよ」

と、指示した。

その指示にしたがって肥陽に到着した鄧艾は、諸葛誕の戦術眼が少々にぶっていて、肥陽での駐屯に攻防の意義がないと判断した。それゆえすぐに駐屯地を寿春の南の附亭《ふてい》に移した。さらに泰山《たいざん》太守の諸葛緒《しょかつしょ》らを附亭の東隣の黎漿《れいしょう》へ移して、北上してきた呉軍を撃退した。戦術眼は鄧艾のほうが諸葛誕より上であることはあきらかであった。

鄧艾《とうがい》は長水校尉《ちょうすいこうい》に任命されたあと、方城郷《ほうじょうきょう》侯となった。

さらに、行安西《こうあんせい》将軍となった。行は、仮《かり》の、ということであるが、実質的には安西将軍である。この叙任《じょにん》をおこなったのは司馬師《しばし》ではない。

司馬師は田丘倹《かんきゆうけん》の死を確認して、ほどなく、許昌《きょしょう》において逝去《せいきょ》した。朝廷における実権を継承したのは、弟の司馬昭《しばしょう》である。かれは南方の防衛については、

――諸葛誕《しょかつたん》にまかせておけばよい。

と、考え、鄧艾を西方にまわすことにした。

蜀《しょく》では国政をあずかっていた費禕《ひい》が、姜維《きょうい》には一万以上の兵を掌握《しょうあく》させなかった。あの万能といってよい諸葛亮《しょかつりょう》でさえ成功できなかった遠征を、諸葛亮より才能の劣る者が成し遂げられるはずがないという理由である。しかし、費禕が亡《な》くなったあとには、姜維は数万の軍勢を動かせるようになった。

雍《よう》州は姜維に荒らされた。毌丘倹の乱があった年も、隴西《ろうせい》郡に侵入した蜀軍は、洮水《とうすい》の西において雍州刺史《しし》である王経《おうけい》の兵を撃破した。王経の兵の死者は数万人におよび、敗退した王経は狄道《てきどう》県の城に籠《こ》もった。すぐにこの城は蜀軍に包囲された。

王経を救助するために直行を求められたのは、征西《せいせい》将軍の陳泰《ちんたい》である。陳泰は陳羣《ちんぐん》の子で、司馬昭と親しい。陳泰は賢臣であり、その軍事の能力が乏しいわけではないが、用心のために司馬昭は陳泰の軍を翼《たす》けるべく鄧艾を西へゆかせた。

陳泰の麾下《きか》にはいった鄧艾は、以前とちがって姜維が大軍を率いていることを知り、

――兵が多ければ、兵糧《ひょうろう》の減りも早い。

と、想《おも》い、

「いま姜維の軍は勢いが盛んであり、それに当たるのは得策ではありません。勢いが衰えてから救助にむかえばよいではありませんか」

と、進言した。ほかの将もおなじ考えかたであった。

が、陳泰はこれらの意見を一蹴《いっしゅう》した。

「王経は城壁を高くし、塁《るい》を深くして、姜維の鋭気を挫《くじ》くべきであった。それなのに城の外

にでて原野で姜維と戦った。姜維にとっては狙い通りになり、王経を敗走させて、狄道に封じこめた。が、それからの姜維は過《あやま》った。王経を追うのではなく、兵を東にむけて、櫟陽《れきよう》に蓄積《ちくせき》されている穀物をよりどころとして、降伏した者を収め、羌《きよう》族と胡《こ》族を招いて自軍にとりいれ、四郡に檄《げき》文を飛ばしていたら、わが軍にとって最悪になるところであった」

鄧艾は内心瞠目《どうもく》した。いままで信奉《しんぽう》してきた兵法が、じつは常識にすぎず、戦略的な視野がせまい、と痛感させられた。

陳泰は説明をつづけた。

「ところが姜維は勝ちに乗じて王経を追ったことで、その兵は堅城の下で頓挫《とんざ》してしまった。鋭気が殺《そ》がれてしまったのだ。それによって攻守の勢いが変わり、主客《しゆかく》がいれかわった。城攻めのための櫓《やぐら》を建て、塁を築くには、三か月かかると兵書にあるではないか。蜀軍は攻城のための大型兵器をもっておらず、姜維が鬼謀《きぼう》の持ち主であっても、すみやかに事ははこぶまい。自国から遠く離れている軍に、兵糧はつながらない。ゆえに、いまこそわが軍はすみやかにすすんで姜維の軍を破るときである。いわゆる、急な雷鳴は耳を掩《おお》うひまがない、というやつで、自然の勢いである」

きき終えた鄧艾は恥ずかしくなった。

陳泰の兵略の基本にあるのも、鄧艾が熟知している孫子《そんし》の兵法である、とわかった。ただし、応用力がかくだんにすぐれている。

――この人にはかなわない。

鄧艾はひそかに舌を巻いた。おなじように姜維も舌を巻くであろう。

隴西の郡府をでたこの軍を、なぜか陳泰はいそがせなかった。蜀軍を急襲するのに、急行しないとは、どうしたことか。鄧艾は首をかしげたが、陳泰にはひと工夫があった。最初からこの軍を敵の目からかくすのではなく、最初はよくみせておき、途中でかくすという巧妙なことをした。つまり、狄道へゆくには南路と北路があり、大軍が救援にゆくには南路をすすむのがふつうであるから、姜維は南路に伏兵を設けているにちがいないと陳泰は考えた。その伏兵を用心しないふりをしてしばらく南路を行き、姜維の意識を北路にむけさせないようにしたのである。

三日経《た》っても魏《ぎ》軍があらわれないので、

──どこに消えたのか。

と、不審をつのらせていた姜維は、まさか陳泰の軍が険峻《けんしゅん》な路にそれて、巍々《ぎぎ》たる嶺《みね》を越えて近づいてきているとは想わなかった。

狄道の東南にある高山に到着した魏軍は、烽火《ほうか》を挙《あ》げ、太鼓と角笛《つのぶえ》を鳴らして城中の兵を励ますと同時に、山ぞいの道をすすんで蜀軍に突撃した。すでに勝敗はあきらかであった。

一安《いちあん》を得て城外にでた王経は、深々と嘆息し、

「兵糧はあと十日分もありませんでした。すぐに救援にきてくれないようでしたら、城は全滅し、この州は魏の版図《はんと》から消えていたでしょう」

と、いった。そのようすを観《み》た鄧艾は、この行軍が貴重な体験になったとおもった。

狄道の王経を救い、姜維の蜀軍を撃破したのは、むろん陳泰であるが、その指麾《しき》に従って戦闘をおこなったにすぎなくても、鄧艾にも功ありと認められて、正式な安西将軍に任ぜられた。

陳泰は帰還して天水《てんすい》郡東部の上邽《じょうけい》にとどまり、その後、中央政府に召された。姜維との戦いは、鄧艾にまかされたということである。

南へ退却した姜維であるが、益州《えき》にもどったわけではなく、隴西郡の鍾提《しょうてい》に駐屯している。それについて、

「姜維の軍はすでに力を出し尽くしており、再度の出撃はありますまい」

という意見が多かった。

しかし鄧艾はその意見を善《よ》しとはしなかった。たしかに陳泰の軍は姜維の軍を突き崩したが、魏にとってはさきの王経の敗戦による損害が甚大《じんだい》で、実質的な勝ちを得たのは姜維のほうである。いま魏軍は兵糧と武器がすくない。しかも、将が替わり、兵もいれかわっている。軍の上下がしっくりといっていない。魏軍の弱点はそれだけではない。姜維は兵の移動に船をつかうことができるが、こちらは陸地しか行軍できない。さらに、守るほうは狄道、隴西、南安《なんあん》、祁《き》山に守備兵を分けなければならないのに、姜維軍は分散する必要がない。とにかく魏軍に弱点が多く、それを姜維がみのがすはずがない。

「ゆえに、策を弄《ろう》する姜維はかならずくる」

そう断言した鄧艾は、軍を祁山にむけた。祁山のほうには広大な麦畑があり、いままさに

その麦が熟している。兵糧をおぎなうために姜維は麦を奪いにゆくにちがいない、と予想したからである。

はたして姜維はきた。が、鄧艾のほうが早かった。ここからは両者の智慧《ちえ》くらべとなった。鄧艾の守備が万全であるとみた姜維は、

——そこで麦の収穫でも手伝っていよ。

と、敵将にむかってあえて笑声を放ち、すぐに軍頭をめぐらせた。天水郡の南部を西進して南安郡にはいり、董亭《とうてい》を通った。兵を手足のごとく動かせる姜維は、自軍の速さに自信をもっている。が、鄧艾はそれをうわまわる速さで西北にすすみ、北上してきた姜維軍を武城《ぶじょう》山で迎えた。どこへ行っても鄧艾が前途にいるという事実に不快をおぼえた姜維は、

「叩きのめしてやる」

と、吼《ほ》えて、軍を前進させた。鄧艾の軍に当たってその強弱を知ろうとした。険路での戦いとなった。山谷《さんこく》での戦いに馴《な》れていない鄧艾の兵が、蜀の兵と争ってひけをとらず、要害の地を占めた。劣勢をつづけた姜維は、嫌気《いやけ》がさしたのであろう、ようやく撤退した。しかしながら、姜維が王経に大勝したのは事実であり、蜀の朝廷はその功をたたえて、帰還するまえの姜維を大将軍に昇進させた。

鄧艾の実力をあなどれないと感じた姜維は、翌年、鎮西《ちんせい》大将軍の胡済《こせい》に出師《すいし》をうながし、上邽で合流するてはずをととのえて、天水郡に侵入した。

「懲《こ》りない将だ」

姜維の軍の動かしかたは恣意《しい》的で、目的がよくわからない。どこかの城を急襲してそれを落とせば、それが勲功となる。

――姜維は上邽へむかったのか。

以前、陳泰が指摘したように、姜維には規模の大きな戦略はない、と鄧艾もみた。それゆえ、姜維軍の動きに劣らない動きさえ自軍がもっていれば、失敗することはけっしてない。

鄧艾は急速に兵を動かして、上邽の東にある段谷《だんこく》に、迎撃《げいげき》の陣を布《し》いた。この戦いには、鄧艾に幸運があった。上邽にむかってくる蜀軍は、姜維軍のほかに胡済軍があったはずなのに、胡済軍はこなかった。二軍が連合する予定のところ、一軍で鄧艾の軍に衝突した蜀軍は、むざんに潰滅《かいめつ》させられた。敗兵は逃げまどい、かつてない数の死傷者をだした。

敗残の将となった姜維は、帰還すると、謝罪し、みずからを責めて、官位を下げることを願いでて、後《ご》将軍・大将軍事代行となった。

それにひきかえ、鄧艾の武功はめざましく、朝廷に称賛された。鎮西将軍・都《と》督隴右諸軍《とくろうゆうしょぐん》事《じ》に任命されたのも、当然であろう。西方の防ぎをまかされたといってよい。

――姜維《きょうい》がおとなしくしているはずがない。

鄧艾《とうがい》は用心をゆるめなかった。

甘露《かんろ》二年（二五七年）に、南方の防衛をまかされていた諸葛誕《しょかったん》が叛乱を起こした。それに

呼応するように、姜維が駱谷《らくこく》を通って出撃した。益州《えき》から雍州《よう》にでる道は、東から、

子午道《しごどう》（子午谷《しごこく》を通る）

儻駱道《とうらくどう》（駱谷を通る）

褒斜道《ほうやどう》（斜谷《やこく》を通る）

故道《こどう》（陽関大道《ようかんたいどう》）

関山道《かんざんどう》（祁山道《きざんどう》）

という五道がある。姜維は儻駱道をつかって扶風《ふふう》郡を侵し、沈嶺《しんれい》まで進出した。そのない鄧艾はその軍を、長城のほとりで防いだようであるが、その長城が、秦《しん》の始《し》皇帝によって築かれた長城というのであれば、扶風郡には残存せず、あったとすればはるか西の隴西《ろうせい》郡である。しかし駱谷水《らくこくすい》のほとりに長城とよばれる城があるので、戦場はそこであろう。

魏《ぎ》の防衛には大将軍の司馬望《しばぼう》（司馬懿《しばい》の弟の子）が加わり、堅守したので、姜維軍はどうしてもそれを破れなかった。翌年に、寿春《じゅしゅん》の諸葛誕が戦死したことを知った姜維は、この北伐の意義を失い、ようやく引き揚げた。蜀《しょく》の成都《せいと》に帰着した姜維は、大将軍に復帰したのであるから、その朝廷人事は甘いといわざるをえない。

鄧艾も昇進した。征西《せいせい》将軍になった。

方面軍司令官は、東方、西方、南方、北方における攻防の要枢《ようすう》にいるべき人である。四征将軍とよばれる。そのなかでも、征西将軍は他の方面軍司令官より華やかで、すべての武人のあこがれのまとである。

このとき鄧艾は六十歳をすぎている。

――この位まできたか。

鄧艾は、はしゃぎたいほど嬉《うれ》しかったであろう。食邑《しょくゆう》は六千六百戸《こ》である。司馬昭《しばしょう》と親しい陳泰《ちんたい》でさえ、食邑は二千六百戸である。皮肉なみかたをすれば、姜維が出撃するたびに、鄧艾は昇進したのであるから、姜維のおかげでもあろう。

また鄧艾は西方にいるせいで、中央の政変にかかわらなくてすんだ。

司馬昭に政柄《せいへい》をにぎられ、おもうように親政ができない曹髦《そうぼう》は、二十歳になった甘露五年（六月に景元《けいげん》元年に改元）に、みずから司馬氏一門を討つべく兵を集めて進撃した。が、あえなく殺害された。曹髦の遺骸は、皇帝としてではなく、王としての礼によって埋葬された。むろん諡号《しごう》はない。初代の皇帝である曹丕《そうひ》が文《ぶん》帝、二代目の曹叡《そうえい》が明《めい》帝という帝号を贈られたが、三代目の曹芳《そうほう》は廃替《はいたい》させられ、四代目の曹髦は尋常な死にかたではなかったため、二代つづけて諡号のない皇帝となった。

五代目の皇帝を曹奐《そうかん》という。

常道郷公《じょうどうきょうこう》から践祚《せんそ》した人で、曹操《そうそう》の孫であり、燕《えん》王曹宇《そうう》の子である。この年に、十五歳であるから、幼帝ともいえないが、自分の意思で聴政《ちょうせい》ができる年齢ではない。後漢《ごかん》王朝の最後の皇帝である献《けん》帝が曹操に迎えられたとき、十六歳であったから、状況はよく似ており、歴史はくりかえすといわざるをえない。

天命は曹氏から司馬氏へ移ろうとしている。

景元四年（二六二年）、歴史は転換期にさしかかった。

大将軍の司馬昭から、鄧艾に命令がくだされた。このとき鄧艾は戦場にいた。といっても戦闘のさなかではない。姜維が隴西郡に侵入したので、鄧艾はその軍を侯和《こうわ》において破った。敗退した姜維軍が益州の陰平《いんぺい》郡北部に位置する沓中《とうちゅう》にたてこもったので、鄧艾は益州に踏み込んで、年を越しても、その軍と対峙《たいじ》していた。司馬昭の命令は、

「そのまま姜維と対峙するように」

と、いうものであった。

この年に、司馬昭は五十三歳であり、為政《いせい》者としては円熟期を迎えていた。過去の姜維の遠征の回数を算《かぞ》えてみて、いかにも多すぎること、しかもその遠征がほとんど成果を得ていないこと、それなのに姜維の遠征をやめさせる者が蜀の朝廷にいないことなどを照らし合わせると、蜀はずいぶん国力を浪費《ろうひ》したにもかかわらず、国力を回復させる政策をおこなっていない、と推察できる。

「老衰した国は、強い力でたたかなくても、倒れるものだ」

司馬昭の心のなかの声はそういうものであった。あの曹操でさえ征討《せいとう》できなかった蜀の国を倒すのはいまだ。絶好の気運をみきわめたおもいの司馬昭は、敵将としてはうるさい姜維を鄧艾にひきつけさせておき、雍州刺史《しし》の諸葛緒《しょかつしょ》に姜維の退路を絶たせた。そのように姜維を封じ込めておき、鎮西《ちんせい》将軍である鍾会《しょうかい》に駱谷を通って蜀を攻略するように命じた。

鍾会は鍾繇《しょうよう》の庶子《しょし》で末子でもある。

血のめぐりのよい男で、蜀を取るという計画を立てたのは、司馬昭と同時であったといってよく、両者は蜀の地形の調査をまえもっておこなった。そういう経緯があったので、司馬昭は鍾会を優遇し、蜀の深部に最初に到達できるように十余万の兵を与え、姜維の相手は鄧艾と諸葛緒にまかせたのである。

ところが、諸葛緒がしくじった。

「橋頭《きょうとう》にむかえ」

司馬昭の命令のなかにそういう指図がふくまれていたので、諸葛緒は兵をいそがせて、陰平郡の端に位置する橋頭に到着し、その地に駐屯した。そこまでには、なんの疎漏《そろう》もない。

橋頭はふたつの道の分岐点であり、そこに立てば、ふたつの道を監視できる。司馬昭は、姜維が鄧艾との戦いをやめて引き揚げるのであれば、かならず橋頭を通る、と予想したのである。

その予想は正しかったというべきであろう。

鄧艾は天水《てんすい》太守の王頎《おうき》らに直進させて、姜維の陣営の正面にあたらせた。同時に隴西太守の牽弘《けんこう》らに姜維軍の反撃にそなえさせ、金城《きんじょう》太守の楊欣《ようきん》らを西の甘松《かんしょう》にさしむけて、西への道をふさいだ。甘松は州の境に近い。

この魏軍の配置によって、姜維は東か南へしりぞくしかないが、東へむかえば橋頭に到るので、その道も通ることができない。

すでに鍾会の大軍がはるか東の漢中《かんちゅう》郡に侵入したことを知った姜維は、

——それが魏の主力軍だ。

と、察し、その主力軍を阻止しなければ、成都が危うくなると戦慄《せんりつ》した。だが、橋頭に魏軍がいては主要道に到りにくい。しかしその軍と戦闘ということになれば、さらに時間がかかる。

孔函谷《こうかんこく》を東南へいそいだ姜維は、

「北道《ほくどう》にはいって、諸葛緒の軍を避けて、うしろにでる」

と、決め、険路《けんろ》をすすむことにした。姜維軍の移動がにぶくなった。諸葛緒は橋頭に軍をとどめたことで、姜維軍の動きを鈍化《どんか》させたのである。それによって鍾会軍の進攻を補助した。

ところが姜維が橋頭に到らず別の路をえらんですすんでいると知った諸葛緒は、

——その軍を止めなければならない。

と、とっさに判断して、いそいで軍を三十里さげた。古昔《こせき》より、三十里は軍の一日の行程であるといわれているが、平坦な路のすくない益州の北部ではどうなのであろう。

じつは姜維の軍も三十余里すすんでいた。そこに急報がはいった。

「橋頭が空《あ》きました」

益州内の情報網は、蜀軍のほうが精密である。

——しめた。

速断した姜維は、急遽《きゅうきょ》、引き返して、橋頭を通過した。姜維軍の方向転換を知った諸葛緒は、あわてて橋頭にもどったが、すでに姜維に率いられた大軍が通ったあとであった。

蜀の皇帝の劉禅《りゅうぜん》は救援のために、左車騎将軍《さしゃき》の張翼《ちょうよく》と輔国《ほこく》大将軍の董厥《とうけつ》を漢中郡にむかわせたが、かれらが漢中郡よりはるか手前の漢寿《かんじゅ》に到ったとき、退却してきた姜維と遭《あ》った。いまさら漢中にむかっても益《えき》はないので、

「剣閣《けんかく》を死守したほうがよい」

と、かれらは意《おも》いを一致させて、漢寿から遠くない剣閣という要害にむかい、そこで鍾会の軍を防ぐことにした。剣閣には剣門関《けんもんかん》という要塞があり、それについてははるかのちの唐《とう》の時代に、

「剣壁門高五千尺《けんぺきもんこうせき》」

と、詩《うた》われたように、岩壁が天を刺すほどの高さで立っている。姜維らがそこに立《た》て籠《こ》もったことで、鍾会軍はまえにすすむことができなくなった。

鍾会《しょうかい》軍の滞陣《たいじん》を知った鄧艾《とうがい》は、

「剣閣《けんかく》の南にでる路はないか」

と、左右に問い、間道を調べさせた。すぐに報告があった。

橋頭までゆかず、陰平《いんぺい》から横道にはいって南下すれば徳陽《とくよう》亭に到る。徳陽亭の位置は、剣閣から百里西である。そこからさらに南下すれば涪《ふ》県に達する。涪県は蜀《しょく》の国郡である成都《せいと》

から三百余里しか離れておらず、そこに着けば国の腹心《ふくしん》を衝《つ》くことになる。

この進撃路を上表《じょうひょう》のかたちで司馬昭《しばしょう》に報告しておき、鄧艾は徳陽亭をめざした。陰平から七百余里すすんだが、ひとつの人影もみず、荒寥《こうりょう》とした冬の色があるだけであった。

山につきあたれば掘って道を通し、谷に臨《のぞ》めば橋を架《か》けた。しかしながら蜀の山は恐ろしく高く、谷の深さは尋常《じんじょう》ではない。山谷《さんこく》に道を造る作業は困難をきわめた。軍の移動は人馬に限定したものではない。兵糧《ひょうろう》の輸送に支障が生ずれば、敵と戦うまえに、軍全体が枯死《こし》してしまう。至難《しなん》の行軍となった。

「ここをおりるのか」

足がすくむような谷があった。滑《すべ》りおりてゆくしかないとわかった鄧艾は、からだに毛氈《もうせん》をまきつけた。

「ままよっ」

鄧艾は跳んでころがった。骨折することなく谷をおりた。逆に、崖《がけ》をよじ登る場合もある。獣《けもの》さえ恐れて近づかない道である。木をつかみ、岩に手をかけ、下の者の肩に足をかけて身をせりあげるしかない。綱をつかって馬を昇降させる労力は甚大《じんだい》であった。

この道をすすむ鄧艾軍は蜀の情報網にかからず、完全に消えていた。鄧艾が武人であるかぎり、武功を樹《た》てたい気持ちは充分にあるが、鍾会をだしぬこうとしたわけではない。自軍が涪県に到れば、もはやその軍容を隠しようもなく、敵に知られる。剣閣を死守している姜《きょう》維《い》は、後方に出現した鄧艾軍を成都に近づけないために、いそいで後退するであろう。すると、剣閣の防禦《ぼうぎょ》が弱くなり、鍾会が前進できるようになる。

しかしながらこれは、肉を切らせて骨を断つという戦術といってよい。なぜなら、鄧艾軍を迎撃《げいげき》するために成都から軍が出撃することはまちがいなく、その軍と戦っているうちに姜維の軍に追いつかれてしまうと、鄧艾軍は前後から攻撃され、全滅しかねない。鄧艾が戦死しても鍾会が大勝すれば、司馬昭の戦略は正しかったことになる。

――われが死なないためには……。

姜維軍に追いつかれないように速くすすむしかない。鄧艾は兵をいそがせた。

徳陽亭の西に江由《こうゆう》がある。先陣がそこに到ると、蜀の守将である馬邈《ばばく》は、おどろきうろたえてほとんど戦うことなく降伏した。鄧艾はついに徳陽亭に到った。ここから成都までは、死の淵をすれすれに通るような険絶《けんぜつ》な道はない。南の天地をゆびさした鄧艾は、

「ぶじにこの地に立てたことは、天の導誘《どうゆう》があってのことだ。ここから成都までは、洛陽《らくよう》から長安《ちょうあん》までゆく道のりの半分余だ。さあ、われらが成都城内に、一番に、乗り込もう」

と、疲労の色の濃い兵をはげました。

涪県までは敵兵がいなかった。が、いつまでも戦わずにすすめるわけではない。涪県にいた蜀軍を督率《とくそつ》していたのは諸葛瞻《しょかつせん》である。

「諸葛亮《しょかつりょう》の子が相手か」

父が天才であっても子が天才であるとはかぎらない。鄧艾は恐れ気もなく軍を前進させて、蜀軍の先鋒を突き崩した。

――傷は浅い。

と、みた諸葛瞻は陣を立て直すために、緜竹《めんちく》まで退却した。名門の当主がここで死ぬのは惜しいとおもった鄧艾は、使者に書翰《しょかん》をもたせて敵陣へ遣《や》った。

「もしも降伏すれば、上表をおこなって、あなたを琅邪《ろうや》王にしよう」

これはよけいな親切心であったといえる。諸葛瞻は一読するや、激怒し、鄧艾の使者を斬った。

――さあ、こい。

諸葛瞻は闘志をあらわにして戦陣に臨んだ。

それを遠望した鄧艾は、さすがに諸葛亮の子だ、軍を硬質《こうしつ》に変えたわい、と心中でつぶやいた。自分の子の鄧忠《とうちゅう》に、

「なんじは敵の右陣を攻撃せよ」

と、命じ、軍司馬《ぐんしば》の師纂《しさん》には左陣を攻めさせることにした。両将は攻撃を開始した。が、諸葛瞻の軍は将卒《しょうそつ》すべてが死戦を覚悟しており、その矛先に妖気さえまとわせて、魏《ぎ》兵を撃退した。蜀兵をみくびっていた鄧忠と師纂は舌を巻いて敗走した。ふたりが口をそろえて、

「とても歯が立ちません」

と、報告したので、鄧艾は立腹《りっぷく》した。緜竹までくれば、成都まで二日で着ける。こんなところで滞陣してたまるかというおもいで、ふたりを叱呵《しっか》した。

「存亡《そんぼう》の分れ目は、この一戦にあるのだ。歯が立たないことなどあるものか」

怒り心頭に発した鄧艾は師纂だけではなく自分の子をも斬罪《ざんざい》に処そうとした。ひたいを地にうちつけて謝《あやま》ったふたりは、必死の形相《ぎょうそう》となり、先陣に馳《は》せもどると、

「ふたたび退却すれば、死罪があるだけだ。前途を拓《ひら》いて、生《せい》をつかむのだ」

と、兵にいいきかせ、蜀兵に再戦を挑んだ。

両軍は引けぬ戦いとなった。激闘をくりかえすうちに、魏軍が優勢となり、ついに蜀軍を圧倒した。蜀軍では、諸葛瞻のほかに尚書《しょうしょ》の張遵《ちょうじゅん》が戦死した。

鄧艾は快哉《かいさい》を叫びたくなった。

剣閣を守っている姜維が蜀の主力軍を掌握しており、その軍が鄧艾を追って南下してこないかぎり、成都の外で防禦の陣を展開する将士はもはやいないのではないか。あえて想像すれば、多くの兵が都外にでたため、国都を守る兵は極端に寡《すく》ないのではないか。が、これは臆測にすぎないので、鄧艾は用心深く軍をすすめて雒《らく》県に到着した。ここまでくれば、成都は目と鼻のさきといってよい。

むろん成都の朝廷では、諸葛瞻の敗死によって敗兵が四散したという凶報がとどけられた直後に、どう対処したらよいかが話しあわれた。ひとつは、皇帝を奉戴《ほうたい》したまま成都を死守することである。いまひとつは、皇帝をほかの地へ遷《うつ》すことである。呉《ご》に亡命してもらうか、益州南部の建寧《けんねい》郡へ退去してもらうか、ということである。

議論が錯綜《さくそう》するなかで、ひとり冷静で、さまざまな意見を制したのが譙周《しょうしゅう》である。

まず首都を防衛することは、防備が薄すぎて、論外である。地形の険阻《けんそ》さにたよりすぎて

敵を甘くみていたため、いまから徴兵《ちょうへい》をおこなっても遅い。また南部の郡へ逃走するのであれば、これも準備が必要であり、敵が首都に近づいているこのときに、ここから脱出しても、急な追撃を防ぐことはむずかしく、南部の官民が心変わりしていれば、途中で襲撃されるかもしれない。ゆえに皇帝の安全を考えれば、呉に亡命するか、魏に降伏するしかない。どちらを選ぶにせよ、ひとつはっきりしていることは、

「他国に身を寄せれば、天子のままではいられないということです」

と、譙周はいった。劉禅《りゅうぜん》は蜀の天子であるが、呉に移れば呉帝に臣従することになり、魏にはいれば魏帝に服従することになる。いずれも恥辱《ちじょく》をうけることになるが、そのような恥辱は一度だけにしたい。呉と魏をくらべてみると、呉が魏を併呑《へいどん》することは不可能といってよく、魏が呉を併呑することは可能である。それを想《おも》えば、呉へ亡命すると、二度も恥辱をうける恐れがある。ゆえに魏に降伏するのがよい。

ついに、譙周が説《と》いた道理を易《か》える者はいなくなった。

劉禅が迷いを棄《す》てて譙周の意見に従ったことによって、蜀という国の命運は尽きた。

劉禅の使者として侍中《じちゅう》の張紹《ちょうしょう》、光禄大夫《こうろくたいふ》の譙周、駙馬都尉《ふばとい》の鄧良《とうりょう》が成都をでて、雒県まで行き、鄧艾に面会した。かれらは劉禅の意向を鄧艾につたえ、印綬《いんじゅ》と書翰を差しだした。

それをうけとった鄧艾は全身が熱くなるほど感動した。あの曹操《そうそう》が征討《せいとう》をあきらめた蜀の国を、いま自分が降《くだ》したのである。のちの世のたれかが完成する三国に関する歴史書のなかで、かならず、

――鄧艾、蜀を征服す。

と、記《しる》すであろう。鄧という氏をもつ者でもっとも有名であるのは、後漢《ごかん》の光武《こうぶ》帝の創業を翼《たす》けた鄧禹《とうう》であるかもしれない。が、蜀の滅亡に立ち会おうとする鄧艾はその名をしのぐかもしれない。ちなみに鄧艾の眼下にいる三人の使者のひとりである譙周に師事する陳寿《ちんじゅ》が、歴史書である『三国志』を書くのである。

十一月の風が吹いている。

鄧艾が軍を成都の城郭の北まですすめた日に、劉禅は太子と諸王それに群臣六十余人を率い、みずから後ろ手に縛って棺《ひつぎ》を背負い、軍門に到った。

――古代の光景をみるようだ。

劉禅が背負っている棺は、自身が死んだ場合にそなえての物である。鄧艾は史書で読んだ光景を眼前のそれにかさねつつ、劉禅の縄を解き、棺を焼き棄てた。劉禅には苛酷な処罰をおこなわず、その降伏をおだやかにうけいれたという証《あかし》がそれである。

その後の処置も、荒々しくなかったので、鄧艾は蜀の人民にたたえられた。

なお劉禅によって停戦を命じられた剣閣の将士たちは、怒りのあまり、刀をぬいて石を斬ったという。

鄧艾《とうがい》はこのあと死ぬ。

功が大きすぎたことを鍾会《しょうかい》に妬《ねた》まれ、讒言《ざんげん》されて叛逆者とされ、司馬昭《しばしょう》のもとに檻送《かんそう》された。ところが、真の叛逆者は鍾会であり、成都《せいと》の混乱のなかで鍾会が死ぬと、鄧艾の下にいた将士は檻送の車を追って鄧艾を救いだした。喜んだ鄧艾が成都へもどろうとしたところ、鎮西軍司《ちんせいぐんし》の衛瓘《えいかん》からさしむけられた兵によって斬られた。六十八歳であった。

それから三年後の泰始《たいし》三年（二六七年）に、議郎《ぎろう》の段灼《だんしゃく》が、鄧艾は叛逆したわけではない、と上奏《じょうそう》をおこなった。ときの皇帝は、司馬昭の子の司馬炎《しばえん》である。

六年後に、司馬炎は詔《しょう》をくだした。

「鄧艾は勲功がありながら、罪を受けて刑からのがれられなかった。子孫は奴隷《どれい》になっている。朕《われ》はつねにそれを愍《あわ》れんでいた。よって嫡孫の鄧朗《とうろう》を召し出して郎中《ろうちゅう》とする」

装画　村上豊

装丁　大久保明子
地図製作　理想社

初出誌
「オール讀物」二〇一八年九月号
二〇一九年一月号、三・四月合併号
七月号、十二月号
二〇二〇年九・十月合併号、十二月号

宮城谷昌光（みやぎたに・まさみつ）
一九四五年、愛知県蒲郡市に生まれる。早稲田大学文学部卒。
出版社勤務のかたわら立原正秋に師事、創作をはじめる。
その後、帰郷。長い空白を経て、「王家の風日」を完成。
一九九一年、「天空の舟」で新田次郎文学賞。
同年、「夏姫春秋」で直木賞。
一九九三年度、「重耳」で芸術選奨文部大臣賞。
一九九九年度、司馬遼太郎賞。
二〇〇一年、「子産」で吉川英治文学賞。
二〇〇四年、菊池寛賞。
二〇〇六年、紫綬褒章。
二〇一五年度、「劉邦」で毎日芸術賞。
二〇一六年、旭日小綬章。
主な著書に「孟嘗君」「晏子」「太公望」「楽毅」「孔丘」、
十二年の歳月をかけた「三国志」全十二巻などがある。

三《さん》国《ごく》志《し》名《めい》臣《しん》列《れつ》伝《でん》　魏《ぎ》篇《へん》

二〇二一年九月二十五日　第一刷発行

著　者　宮《みや》城《ぎ》谷《たに》昌《まさ》光《みつ》
発行者　大川繁樹
発行所　株式会社　文藝春秋
〒一〇二-八〇〇八
東京都千代田区紀尾井町三番二十三号
電話　〇三-三二六五-一二一一

印刷所　凸版印刷
製本所　加藤製本

ISBN978-4-16-391432-9